# 妞啊，給我飯

2

風文創 626

負笈及學 著

# 目錄

# 第十一章

杜三妞聽說衛若兮的來意，乾脆去她房間裡把南瓜饅頭的做法寫出來。

衛若兮以前便知道三妞識字，可是看到泛黃的粗紙上清麗俊逸的小楷時，還是不禁張了張嘴，想問「這是妳寫的」，偏偏紙上的墨跡還沒乾。

「怎麼啦？」三妞見她盯著自己。「我臉上有髒東西嗎？」

「沒、沒有！我回家了，謝謝妳。」衛若兮到家就找她娘。「母親，您看，杜三妞寫的字！」

衛大夫人正在房裡歇著。「小聲點，若恒在睡覺，把他吵醒，吃飯的時候又該鬧了。她的字怎麼了？有什麼問題不成？」

「她、她寫得比我好。」衛若兮不想承認，容貌被鄉下丫頭比下去，廚藝被比下去，連字都不如人家！

衛大夫人輕笑一聲，隨意瞟一眼，猛地坐直。「真是她寫的?!」生長在禮部尚書家中，衛大夫人的學識、規矩都是一等一的好。

「對啊！」衛若兮皺著眉說：「以前聽大哥講，我還以為他誇張，什麼識文斷字，沒想到居然是真的……」越說聲音越小。

衛大夫人看著心疼。她是怕閨女長成刁蠻任性的大小姐，可也不希望她自卑。「妳的女紅比她好，杜三妞練一輩子都不如妳。」

「對哦！」衛若兮猛地抬起頭。「母親，我繡個荷包送給杜三妞怎麼樣？」

衛大夫人忍著笑。「挺好的，要不要我幫妳畫樣？」

「不用，我自己畫。」衛若兮瞬間精神起來。

中秋節的重頭戲在晚上，有三妞這個好鄰居，衛家午飯的菜不多卻很夠味。小雞燉蘑菇加鯽魚鍋貼麵餅、爆炒螺螄配冬瓜排骨湯，涼拌黃瓜和紅燒茄子，有葷有素，雞魚豬肉俱全，每人一碗大白米飯、兩個蟹黃湯包。

放下筷子，衛家大的、小的、老的立馬站起來，畢竟坐著擠得肚子疼啊！

本來打算去找杜小麥的衛若愉撐得半躺在床上，哼哼唧唧道：「大哥，給我揉揉……」

衛炳文他們突然而至，衛老沒時間修葺閒置的房子，又趕上中秋節，衛老不好意思找人來修房子，衛若愉就和衛若懷擠一張床湊合幾天，把他的房間騰出來給他爹娘。

衛若懷朝他肚子上一巴掌。「誰讓你吃這麼多！」

「好像你吃得比我少一樣！」小孩很生氣。「你再這樣對我，小心我以後都不幫你！」

衛若懷晃一下腦袋。「隨便。」頓了頓，接著說：「不過，你大伯要是知道我喜歡三妞，你覺得我是會被帶回京城，還是會被弄去建康府，和三妞兩地相隔？」

衛若愉一噎。「……算你狠。」說了，又覺得不痛快。「我跟你講，日後等三妞姊進門，我就告訴她，你老早以前就惦記她！別以為我不知道，三妞姊有次戴的簪子只有京城有得賣，我一眼就認出和你給若兮姊買的兩根樣式差不多！哼，居然還騙三妞姊那是伯母給她的。」

衛若懷猛地坐起來。「小子，這幾天盯緊三妞，見她戴簪子，想辦法給她拿掉藏起來。」

「怎麼謝我？」衛若愉瞬間樂了。

「不嫌你胖、不嫌你睡覺不老實，像隻小豬一樣亂拱；三妞給我們好吃的，讓你先吃，吃不完我再吃。」衛若懷見他還不吭聲。「差不多得了啊！」

小孩白他一眼。「一點誠意也沒有，就這樣還想娶三妞姊？嗤！」

「我沒誠意？三妞會做好吃的就夠了。」衛若懷說得乾脆。

杜三妞忍不住揉耳朵。「誰在說我啊？兩隻耳朵都發燙。」

「估計是妳姊夫。」今天杜發財沒去幹活，在家幫閨女刷洗小螃蟹。「昨天晚上我回來的時候從段家酒樓門口路過，店裡燭火通明，裡面全是人。妳姊夫他爹看見我就慌忙跑出來，比見到財神爺還熱情！丫頭，就因為那個蟹黃包？」

「除了那個還能有什麼？」丁春花說：「二丫趕在這時候懷孕，不能吃。趙家賣布，我們也幫不上什麼忙，這次要是能生個小子就好了。」

杜三妞心想，只要孝順，兒子、女兒都一樣；可這裡不是她前世生活的世界，女人生個男孩確實比生個女孩受婆家重視。「先開花後結果也好，別想那麼多了，娘。爹，螃蟹洗好了給我。」

「妳不是說螃蟹清蒸最好，調這麼多調料幹什麼用？」杜發財見她弄了一盆烏漆墨黑的醬油、醋，又往裡面加花椒、桂皮、八角等物，忍不住直皺眉。他閨女也不知是真聰明還是憨大膽，什麼東西都往肚裡吃。

三妞笑了笑。「醃螃蟹。爹，若兮送來的餅，你明天上工時拿著吃。」

「蓋房子的人家晌午管飯，不用。」杜發財一見閨女想著他，登時又覺得自個兒吃飽了閒得，居然覺得他閨女傻。「妳醃的這個蟹別讓若愉看到。」

「什麼不讓我知道？」衛若愉拉著杜小麥，蹦蹦跳跳進來。

杜發財眼前一黑，這孩子怎麼有點陰魂不散？「沒什麼、沒什麼。」

「我都看見了，還想瞞著我。」衛若愉三兩步跑到三妞身邊。「又做什麼好吃的？螃蟹，還是活的？這怎麼吃啊？」

「誰跟你說可以吃？」三妞知道她做的醉蟹沒問題，然而爹娘見都沒見過，自然不敢貿然送給衛老嚐鮮，怎麼也得自個兒吃過再送給他。

衛若愉的小眼睛往她頭上瞟，嘴裡說：「反正我就知道。三妞姊，妳的漂亮簪子呢？」

「收起來了。」三妞做飯的時候怕頭髮熏的都是油煙味，便用頭巾包住頭髮，有一次差點把簪子上蝴蝶的翅膀弄掉，她就不捨得再戴了。

衛若愉即便聰明，可他只是個五歲大的孩子，臨出門前衛若懷反覆交代，不能讓三妞看出來異狀，結果一見三妞沒戴簪子，小孩終究沒忍住問了。

幸好杜三妞忙著往罈子裡倒黃酒，沒發現衛若愉神色不對。「難得休息，怎麼不出去玩？」

「我們喜歡和三妞姊待在一塊兒！」衛若愉的嘴巴像抹了蜜。

杜三妞笑道：「說得再好聽，醃的蟹也不給你吃。小麥也別想，你倆太小。」罈子封好，放到水盆裡冰著。「真沒事？沒事就和我一塊兒去打桂花。」

「現在？」衛若愉彷彿沒聽清。「八月十五呢！」

杜三妞說：「今天一會兒出太陽、一會兒沒有，明天來場大雨，今年的桂花酒就沒了。」

杜發財一聽不得了，立即道：「我和你們去！三妞娘，趕緊找塊布！」

桂花瓣小，打桂花時要麼小孩子站在樹上使勁搖晃，要麼拿長長的竹竿敲，無論怎麼著，都得有三、四個人扯開一塊布等著接飄落的桂花。

杜三妞說：「不急，今天沒雨。」快下雨的時候山上會升起白霧，而位於杜家村西北面的山上此刻萬里無雲。

杜發財自是知道，可一想到他的桂花酒三個月前就沒了，這事得趕緊辦！

半山腰有幾棵老桂花樹，村裡人見杜發財一家上山，紛紛拿著東西跟上去，杜三妞眉心不自覺一跳。等走出村，走到山腳下，三妞突然停下來，衛若愉下意識拉住她。

杜三妞拍拍他的肩膀，示意他別擔心，轉身道：「大家別跟著我們了，我這次不教大家做桂花酒。」

「什麼?!」村民們大驚，手裡的竹竿差點砸到三妞臉上。

杜三妞笑問：「我為什麼要教大家？」

「妳……這……妳以前都教我們啊！」話說出來突然覺得不對，卻想不出哪兒不對。

三妞不介意告訴他們哪裡不對。「我沒有收大家的拜師禮吧？也沒管大家要過東西，既如此，那我教不教大家做桂花酒是不是都屬於我自個兒的事，和你們沒關係？」

「三妞！」丁春花揚聲制止她說下去。

杜發財抬手拉住妻子。「妞啊！我和妳娘先去打桂花。」衝兩個小孩使眼色。

衛若愉不動，低聲對小麥說：「你去幫忙，我保護三妞姊。」

杜小麥轉頭看了看他。

衛若愉道：「我姓衛。」

杜小麥才意識到有他在，村裡人再生氣也不敢對他三姑動手的。

村民都曉得三妞主意正，也沒攔著丁春花兩口子離開。「妳的意思是要拜師禮？」眾人看她的眼神瞬間變了。

「不是。」再次出乎所有人預料，三妞否認得非常乾脆。村裡年輕人假如是跟非親非故的人學木匠活，不但要送禮，剛開始一段時間還沒工錢可拿。「桂花酒的方子我不會告訴任何人，包括我大姊夫、大伯他們，等我以後成親，還指望著賣桂花酒養孩子呢！」

「嗄?!」杜三妞的話猶如平地一聲驚雷，炸得衛若愉外焦裡嫩。成親？孩子？他大姪子嗎？

村婦們更是個個呆若木雞，任憑她們想破腦袋也想不出是因為這個。

三妞彷彿還嫌不夠。「我爹娘沒兒子，我連繡花都不會，只能賣酒補貼家裡；而且我爹和我娘幫忙釀酒，我未來相公才不敢甩臉子。」

衛若愉張了張嘴，想說：妳嫁給我大哥，誰敢給妳臉色看我就揍他！

跟著杜三妞過來的老的、少的沒衛若愉那麼多顧慮，直接嚷嚷開。「妳這麼厲害，誰敢欺負妳?!」

「我厲害不全是你們教的？」三妞眼尖瞧見二寡婦站在人群最後面。「四喜的娘，我說得對嗎？」似笑非笑地掃眾人一眼，一半村民下意識低下頭躲過她的打量。

杜三妞心中嗤笑，去年之前，村裡的女人可沒少在背後念叨她娘生不出兒子。自從她跟大家夥兒說如何用豬油炒菜，類似的嘲諷才慢慢減少；今年村裡人又跟著杜三妞釀果酒，自此再也沒人毫無顧忌地說杜發財絕戶了。

一見村裡人那理所當然的樣子，暗暗警告自個兒不准當聖母的杜三妞忽然意識到，她快把自己搞成冤大頭了。「若愉，我們走吧！」

「三妞……」人群中的姜婆子突然開口。

三妞看她一眼。「無論杏花酒、桃花酒還是梨花酒，都是我琢磨出來的，對了，還有葡萄酒，這些還不夠妳賣錢補貼家裡？」

姜婆子噎住，老臉脹得通紅。

杜家村的男人除了四喜、杜家鵬這類能說會道的在縣裡做事，其他勞力都去給別人蓋房子。果酒是村裡的女人、孩子做的，男人幾乎沒搭手，而「我琢磨出來的」幾個字三妞咬得格外重。眾人你看我、我看你，大半女人都不好意思再說什麼。

有一小部分，像二寡婦，心裡希望三妞改變主意，但硬是不敢跟她胡攪蠻纏，畢竟誰也不知道杜家三妞明天又會想到什麼賺錢的法子，可不能把人得罪死。

衛若愉見有好些人越走越慢，離他們越來越遠，忍不住擔心。「三妞姊，妳不教那些女人做桂花酒，她們會不會把其他果酒的做法說出去？」

「小若愉啊！在村裡住大半年了，怎麼還這麼不瞭解她們什麼德行？」三妞想起杜家村的男女老少就想笑。「我不教，她們會把做法捂得更嚴實，畢竟只有杏花、桃花、梨花和葡萄酒四樣果酒。」

小孩長舒一口氣。「我好擔心她們亂講，搞得廣靈縣的人都會做果酒，妳家的果酒沒法賣。」

「我還有大姊夫啊！」杜三妞牽著他的手。「走慢點，山上草長。若愉有沒有聽說過一通百通？就是一件事弄明白，百件事自然而然全明白。我現在會做很多菜，也會做好幾樣果酒，做得多了很容易琢磨出新花樣，真不擔心釀果酒的法子洩漏出去，導致我沒法賺錢，信不信？」

「信！」衛若愉對三妞莫名自信。

杜三妞卻笑了，這話說得她自個兒都不信好不好？

單純的衛若愉估計作夢也想不到，他三妞姊這麼多心眼。為了幫三妞在長輩面前提升好感，他到家就繪聲繪色地把山腳下發生的一切講給長輩們聽。

由於若愉年齡小，除了衛老和衛若懷，沒人會想到他是故意的。

衛炳文很驚訝。「這個小丫頭好懂人心。」

「她瞭解村裡的人。」衛老道：「三妞當初要教四喜做滷肉，跟開玩笑似地隨口說說，四喜不信，還是老老實實地幫她家幹活，誰知三妞真的會做，當然，三妞也沒食言。其實她是用行動告訴大家，杜三妞不是個濫好人。」

「這麼大的孩子，難道不希望別人稱讚她善良大度？」大夫人比她相公還要詫異。

衛若懷的嘴巴動了動，最終什麼也沒講。

就聽衛老又說：「三妞不在乎名聲，看得清楚，或者說更現實。」

「才不是呢！」衛若愉被他堂哥掐一下，急吼吼道：「您以前說三妞姊通透，祖父！」

「對，若愉說得對。」衛老笑笑。「不能把別人慣得貪得無厭，我十五、六歲才懂的道理，三妞十歲就已經知道了，唉，可惜姓杜。」

也可以姓衛！衛若懷多麼想大吼一聲，但話到嘴邊卻道：「祖父，要不要提前跟三妞講一聲，多釀點桂花酒，賣給我們幾罈？」

「要的，父親！」衛炳文在京城饞果酒饞得流口水，來到老家，在父親面前，衛老不主動提，衛家兄弟憋得搔耳抓腮也不敢講，怕老父一個不高興，來了句「合著你們告假回老家是意在果酒」。

衛老道：「桂花入酒太麻煩，不能像桃花、杏花直接泡，村裡的桂花都弄回去也做不了多少，而且等你們要回去時還不能做好，你要什麼要？」瞪他一眼。「若愉，你們下午一直打桂花？」

「對，哎，不對！」衛若愉忙說：「回來後三妞姊給我和小麥一個饅頭，還有一碟蠶豆花，可好吃了。三妞姊說等她家的醉蟹入味了，我倆可以吃一隻。」

「什麼蟹？」衛炳武忙問。

衛若愉搖頭。「我也不知道，反正是好吃的。祖父，什麼時候開飯啊？我餓了。」

「你不是才吃過？」

「半個饅頭不頂餓。」衛若愉的小眼睛瞟向他大哥。

衛若懷念他幫三妞說好話，便道：「若愉正在長身體，容易餓。」

「你也餓了吧？」衛炳武肯定道：「晌午是不是比我吃得還多？」

衛老接道：「常人說，半大小子吃死老子，我還覺得若懷吃得少了呢！若兮，喊錢娘子擺飯，我們今晚在院裡吃。」

今天是八月十五，雖然白天多雲，到晚上月亮卻沒學著太陽那麼調皮，老老實實出來把杜家村照得恍如白晝。三妞怕桃樹下有蟲，和她爹娘在廚房門口吃飯，她剛好背對著門，一抬眼就能看到不遠處的那棵大桃樹。「娘，聽說桃膠也可以吃。」

丁春花的手一抖，筷子啪嗒掉在地上。「夠了！」

「真的，娘，我在書上看過。西漢時有人寫了本書，裡面便記載桃膠不但可以吃還可以入藥，不信趕明兒去縣裡問大夫！」三妞信誓旦旦的樣子，連大夫都搬出來了。

杜發財很是無語，他閨女上輩子到底是做什麼的？「妳今天在山腳下說的話，聽妳二伯母的意思，很多人都不高興。」

「有的人啊！十次有九次對他好，一次不好就是不好了，我不可能做什麼都想著他們，跟咱們家非親非故的，憑什麼？以後不高興的次數還多著呢！」三妞毫不在意。

門口的一大一小相視一眼，再次為杜三妞的通透而訝異。一想到為何而來，大的衝小的呶呶嘴，於是三妞家的門被拍響了。

杜三妞打開門一看。「若兮、大夫人？妳們有何事？」

衛大夫人說：「家裡做些餅，拿來給你們嚐嚐。」

皎潔的月光照在潔白的瓷盤上，三妞看到六個圓圓的月餅。

丁春花不會做月餅，三妞前世沒做過也沒關注過，她孤家寡人一個，又找不到同她團聚的人。來到古代十年，杜發財買過一次月餅，在三妞看來就是麵團，因此誤以為月餅還沒出現，豈料衛家的廚娘會做，不愧是京城來的。

三妞忙接過來。「謝謝，來屋裡坐。」

「不了。」衛大夫人一想到她出來的時候若懷正在倒果酒，一刻也待不住。「盤子明天再給我們。」

三妞點頭。「好。」

隔天三妞不但送回盤子，還送了一碗燉好的桃膠。

前世經歷造就三妞說做就做、毫不拖延的性格。昨兒晚上和她娘說起桃膠可以吃，這裡既沒有空氣污染，也無須擔憂化肥、農藥，因此吃過早飯她就拎著瓷盆出去。

西北面的山上有片雜亂的野桃樹，結的桃子酸又澀，以至於村裡人用桃子釀酒時也沒人想起山上的桃。三妞會知道野桃樹還是以前聽她大姊提過，家裡的大桃樹來自山間。

以往三妞一出門總能聽到有人喊她，不是問她「吃了嗎」，就是問她「去哪兒玩」，不出一刻鐘，身後準多出一串小孩子。

然而，今天周圍的孩子看見她卻裹足不前，大人看到她眼神也躲躲閃閃，三妞早就預料到，心中無悲亦無喜。「二伯娘，和我一起上山唄！」

李月季接道：「妳娘在家，找妳二伯娘做啥？」

「大伯娘又不陪我走一趟，問這麼多幹什麼？」三妞衝對面正在打掃牛棚的人撇撇嘴，繼續纏她二伯娘。

段荷花嘴笨，哪裡招架得住她使勁糾纏，又不想看小丫頭太得意，遂道：「只有我們倆？那我可不敢上山。」

「不到裡面去。」三妞見山上起霧，頓了頓又說：「最多半個時辰。」

「這還差不多。」話音落下，手裡已多一個盆，段荷花哭笑不得，點著她的額頭無奈道：「整日裡就想著吃！」

然而，當段荷花看到三妞弄什麼東西吃，臉色瞬間煞白，話也說不索利了。

杜三妞哭笑不得。「又不讓妳吃，瞧妳嚇得，二伯娘膽子忒小了！」

「這是桃樹汁，不是木耳、不是蜂蜜！妳瘋了?!」段荷花驚叫道。

三妞嚇一跳。「妳小聲點，驚醒山裡的野豬，明年今天就是我倆的忌日。」

誰知段荷花開口說：「正好，省得哪天把自己毒死，妳爹娘都不知道妳怎麼死的！」

「二伯娘……」三妞苦笑。「書上有記載，連做法都有，不信改天帶妳去縣裡書鋪看看。」

「真當我不識字？不識字也有常識！我活大半輩子，就沒聽說有人吃桃樹汁！我爹娘小時候，有人餓得錯把毒草當野菜吃，也沒人吃桃樹皮上的東西！」段荷花一激動，手裡的盆一歪。

杜三妞慌忙扶住。「掉了、掉了，端好。」

「掉了正好，省得妳吃吃吃！」嘴上這樣講，見三妞這麼緊張，還是彎腰撿起來，不由分說，拽住她的胳膊。「跟我回家！」

「不行啊！眼看著要下雨了，雨水一泡全壞啦！」三妞指著面前的幾棵老桃樹。「伯娘，咱們全都摘回去，好不好？」

段荷花不是厲害的人，卻被三妞逼得板著臉，嚴肅道：「不好！」

「那妳走吧，我自個兒摘。」杜三妞兩三下爬上樹。

段荷花下意識往周圍看，見沒別人，這才鬆了一口氣；可是一見十來歲的大姑娘爬樹比猴兒還索利，又憋得胸口疼。「妳這丫頭怎麼就不聽勸！」

杜三妞也想聽，但解釋的話都說了還是不信，她也很為難啊！「幫我摘桃膠，回去做好我先給雞鴨嚐嚐，牠們吃著沒事我再吃，可行？」

「那，行吧！」段荷花知道她打定主意，再勸也是浪費口舌。難怪丁春花在家沒什麼要緊的事也不陪她閨女上山，實在太氣人了。

洗臉盆大的瓷盆，三妞和段荷花兩人摘了大半盆桃膠，回到村裡，遠遠就瞧見三三兩兩坐在樹下幹活的男女老少往她這邊看。

杜三妞故作不知，從他們面前路過，神色自若地和賣豆腐的那家媳婦、婆子打招呼。「家裡還有豆皮沒？」

「有啊！三姑什麼時候要，我去給妳拿。」年輕媳婦想都沒想，針線笸子遞給身邊的婆婆，起身打算回家。

杜三妞道：「晚上用，有的話我現在和妳一塊兒去。」

「妳先回家，我給妳送過去。」對方說著推三妞一下。

三妞笑了笑。「那行，我在家等妳。」又衝眾人笑了笑，隨她二伯娘走遠才說：「瞧見沒？這才是有良心的人。自從我告訴她家豆腐和臭豆腐的做法，我去買豆腐，人家從來不收錢，偶爾一次接下錢，不出兩天一定拐著彎還回來。」

「唉，要我說，妳以後少顯擺，不教他們什麼事也沒有。」段荷花這人話不多，平日裡聽到什麼風言風語也不跟著摻和，就喜歡瞎琢磨。昨天下午拾柴火的時候聽村裡的幾個長舌婦說起三妞，她想到半夜才睡著，主要是擔心對三妞名聲不好。

杜三妞無所謂。「我又不是真金白銀，做事周全也有人不滿意，整天擔心那麼多，日子要不要過啦？」抬眼見她娘在門口的樹下坐著，接過盆。「去和我娘嘮嗑吧，我自己端回家。」

段荷花親手把黏糊糊的桃膠一點點從樹上剝下來，一想到三妞要拿桃膠做吃的，打了個寒顫，頓時沒有一絲想說的慾望；就連李月季問起，段荷花也是一句「她瞎折騰」，把人打發了。

衛炳文一行來時用掉十二天，他必須趕在九月初一前回到京城，於是便同衛老說：「我們十八早上回去，父親。」

「這麼快?!」衛若兮心中一緊。「父親，路上走快點，我們、我們再多陪祖父幾天！」

衛老暗自好笑。「走太快若忱和若恒受不了，再說，有若懷和若愉在這兒，妳還擔心祖父沒人陪嗎？放心，過些天收莊稼，村裡比京城的廟會還熱鬧呢！」

衛若兮一窒，她明明不是這意思！「大哥、若愉，下次再見不知道又要到什麼時候……」所以，趕緊說不捨得我走，趕緊啊！

衛若懷也不知有沒有看出來。「我們正月十五回京城，只有五個月，沒多久。」

誰要聽這個啦！衛若兮急得乾瞪眼，衛大少乾脆抱著小弟玩耍，可把衛若兮氣得不輕，只得繼續求救。「母親，您昨天說特別喜歡這裡，要不讓父親和叔父早點回去，您不用去部裡報到，也不用上朝，我們再待幾天？」

「我不回去，誰照顧妳父親？」衛炳文的祖輩親身經歷過餓死人的事，他祖父健在時，家裡有錢買地買糧也不納妾，臨到衛老，年輕時在朝中勢單力薄，怕被人抓到把柄也不敢亂來。到衛炳文這一代，又因丈人是禮部尚書，極重規矩，直接導致衛老這支男丁無人納妾養小，可謂是京城貴圈的一股清流。

衛若兮難住了。「父親，您這麼大的人不能照顧好自個兒嗎？」

「不能。」衛炳文也想多待幾天，皇上給他一個月假期已是天大恩賜，要怪只能怪老家離京城太遠。「妳也別想著在這兒玩，我和妳叔把人帶走了，誰保護你們回去？」

衛若兮張了張嘴，想說叫老家的護院送他們，一想那幾人是保護哥哥、弟弟和祖父的，便道：「要不這樣，母親，大哥年後回京城，到時我和他一塊兒回去。」

「想得美！」窩在母親身邊的衛若愉突然開口。「別以為我不知道，妳就想偷懶！字寫得還不如三妞姊，妳怎麼好意思說這話啊？」

衛若兮脫口道：「寫得差勁也比你好！」

「我五歲，妳九歲，不知羞！」在臉上比劃一番後，小孩跳下板凳。「母親，我去找三妞姊，請她把這幾天做的菜都寫出來，您帶上。」

「真乖，去吧！」二夫人滿臉欣慰。「等等……」從手腕上褪下個銀鐲子。「把這送給三妞，謝謝她把我兒子養成小豬。」

「母親，人家才不是小豬！」衛若愉的臉一下子紅了，奪走鐲子就跑。

二夫人忍不住哈哈大笑起來。

衛若愉跑出家門還隱隱能聽到母親那堪稱張狂的笑聲。

杜三妞把桃膠泡上，桂花倒在簸箕裡。衛若愉到的時候，三妞盯著桂花挑揀裡面的髒東西，眼睛又疼又澀，忍不住使勁眨了眨眼，發現面前多出的銀鐲子依然沒消失，不禁問：「你還戴這個？若愉。」

「誰戴啊！」衛若愉嫌棄地塞給她。「我母親送妳的。對了，三妞姊，我父親後天回去，能做好桂花酒嗎？」

三妞搖頭。「明天最多做出桂花露，桂花酒還得好幾天。你家不是有葡萄酒？雖然現在不能喝，讓他們帶上唄。」

「不行。」衛若愉頂著圓乎乎的小臉，唉聲嘆氣道：「妳不知道，家裡的桃酒和杏酒被我大伯知道後，名曰祖父年齡大不能多飲酒，就只給祖父留兩罈！本來啊！我們還想告訴他家裡有葡萄酒的，見他這麼貪心，就不敢說了。」

「那你還問我？」三妞心想：你也是夠矛盾的。

小孩自有他一番道理。「我大伯好面子，東西如果是別人給我父親的，大伯喜歡也不好意思向我父親多要。」

「桂花酒沒有，醉蟹倒是有三斤。」三妞原打算給衛家一碗嚐嚐味道，怎料計劃趕不上變化，衛二夫人居然讓若愉送給她個銀鐲子。

鐲子上纏繞著一朵活靈活現的荷花，看起來分外精緻。三妞接過來才發現鐲子很滑，不用想，一定是因為衛二夫人常戴。三妞也沒推辭，畢竟對亓國百姓來說是件貴重物品，對衛家來說，也就是個飾品。

「看看我說什麼來著？就是好吃的！」衛若愉大喜，卻坐著不動。「三妞姊，我幫妳挑桂花裡的髒東西。」

杜三妞估算著這會兒最多八點半，衛家可能剛吃過飯。「行啊！等弄好這個，給你做好吃的。」

「又有好吃的？」一向貪吃的小孩突然猶豫了。

三妞見他神色不對。「怎麼了？不喜歡我做的東西啦？」

小孩搖搖頭。「才不是呢，母親說我是小豬。」

「嗤，你母親逗你呢！」三妞指著腿上的鐲子。「她真嫌你吃得胖，才不會送我這個，可她卻讓你送來，這就是暗示我以後多給你做些好吃的。」

衛若愉將信將疑，三妞使勁點點頭，小孩索性不管了。

杜三妞要做的吃食很簡單，麵和好，往盆子裡加水，把麵團放進去使勁揉，揉出麵筋。三妞和衛若愉說：「燒小鍋。」出去拔了幾支蔥，洗塊薑，待鍋熱後倒油，炒麵筋。

麵筋炒好盛出來，盆子裡的水舀入鍋內，水舀去四分之三時便可看到盆底有一層厚厚的麵糊，三妞停下來，改往大鍋裡添一瓢清水，隨後丟一把筷子進去，又在筷子上放個乾淨的碟子。

衛若愉猛地站起來。「三妞姊姊，妳傻啦？怎麼煮碟子？」

「煮給你吃。」三妞笑咪咪說。

衛若愉撇嘴。「我來燒火，妳忙別的。」

杜三妞很懷疑。「成嗎？」

「必須可以。」半年前十指不沾陽春水的衛家二少爺，如今一個人可以燒兩個灶，小孩都忍不住佩服自己。

杜三妞去洗生菜和香菜，等菜洗好，小鍋裡面的水沸騰了。三妞把麵筋切塊放鍋裡，又打了三個雞蛋，加點青菜、鹽和味精，熱騰騰的麵筋便算完成。

大鍋此時發出水沸騰的的聲音，三妞拿紗布擦乾碟子上面的水氣，往滾燙的碟子裡添一勺麵糊，攤勻，麵糊瞬間變成一層薄薄的麵皮。鐵碟子做麵皮更方便，然而三妞忘記訂做那東西，只能煮碟子燙麵皮，雖然麻煩，好在初步成功。

親眼看到這一切的小孩使勁睜大眼。「好神奇啊！」

「神奇的還在後面呢！」所有麵糊做完，做出九張碟子大的麵皮，麵皮切成小拇指寬的長條，加香菜、生菜、搗碎的蒜瓣、麻油、醬油、醋和鹽拌勻，兩大碗公涼麵出現在三妞家。

丁春花估算著三妞該做好飯，進來卻看到衛若愉坐在案板邊呼嚕喝麵湯、吃荷包蛋，三妞正往外挾螃蟹，直到碗放不下，她才停下來。不用想，一定是準備給隔壁送去。

「這東西可以吃嗎？」不是丁春花小氣，是三妞研究出的新花樣，她沒嚐過，不太敢給衛老吃，恐怕把老人家吃出毛病。

杜三妞點頭。「當然。娘，給我留一碗麵皮。」指著灶臺上的一盆麵皮。「直接吃就成。若愉，喝完了你端麵皮，我端著蟹去你家。」

「他一個小孩子哪能端這麼大的碗？妳端著。」丁春花張嘴就說。

衛若愉抿嘴笑道：「可以的，嬸子，我回去啦！」說完和三妞出去。

獨留丁春花盯著麵皮，挾一點點，嚐一小口，一吃味道不錯，給三妞留了半碗。

衛家眾人調侃衛若愉一去不回，只有衛若懷心不在焉。等家人吃到三妞送來的醉蟹和麵皮，正開心的時候，衛若懷道：「母親，您不送給三妞一個禮物？」

衛大夫人一愣，見兒子瞄了瞄不遠處的妯娌，恍然大悟。「瞧我喲，本來還想著，一吃東西全給忘了。去叫連翹給你找個金鐲子給三妞送去，她知道是哪一個。」

衛若懷的母親乃衛家長媳，出身也比二夫人好，二夫人一出手是貼身戴的鐲子，她送得必須比弟妹送的禮物好一些。

衛若懷到他爹娘房門口，小丫鬟連翹坐在門口做針線活，見他過來，起身問：「少爺何事？夫人不在這兒。」

「我知道，母親讓我來拿個鐲子。」衛若懷神色自若地推開門。「她告訴我是哪個了。」

連翹不疑有他。「在櫃子裡，打開就能看到夫人的首飾盒。」

衛大夫人的首飾盒是個長寬一尺的多寶盒，外形看起來像個四方小櫃子，上面有鎖眼，但沒上鎖，大概對家裡人極為放心。

這樣一來倒方便了衛若懷，不用叫連翹來開鎖。

衛若懷打開多寶盒，只見最上面一層是耳釘、耳環、各色戒指，第二層是金、銀鐲子和髮簪，第三層的每個東西都用白綢緞包裹著。

衛若懷毫不猶豫拿起第三層最外面的東西，打開白綢緞，白玉鐲子躍入眼中。衛若懷失望地搖了搖頭，又放了回去，挑挑揀揀。

連翹忍不住問：「大少爺，找到沒？」

「找到了。」衛若懷看著手中款式老舊的一對金鐲子，拿走一個，剩下那個仔細用綢緞包裹好，塞到第三層最裡面。

外面不知何時下起雨，雨滴又急又密，衛若懷怕遲則生變，去廚房拿裝麵皮和螃蟹的兩個盆，穿著簑衣去隔壁杜三妞家。

開門的是杜三妞，衛若懷把兩個盛菜盆遞給她，很隨意地問了句。「妳娘不在家？」

「在她屋裡，有事嗎？」杜三妞答。

衛若懷搖搖頭。「以為妳自個兒在家。」掏出鐲子。「這是我母親給妳的。」

杜三妞一見金鐲子，下意識想拒絕，話沒說出口，衛若懷先她一步道——

「嬸娘送妳的是銀鐲子，母親比她有錢，便送妳金鐲子，可惜不是當下時興款。」頓了頓，頗為不好意思。「其實這東西是很早以前的，我母親好久不戴了，妳不喜歡就收起來吧！」

「替我謝謝大夫人。」杜三妞倒不好再拒絕。

送走衛若懷，她剛剛回屋裡躺下，村裡賣豆腐的人便送來四斤豆皮，三妞給她錢，來人死活只要一半。

杜三妞怕到最後她連一半都不要，把剩下的錢收起來，給她用盛豆皮的大碗裝了四隻小螃蟹。「直接吃就成，但是不能給孩子吃。」

年輕媳婦一臉喜色，笑道：「謝謝三姑，我走了。」等不及回家炫耀。

杜三妞無奈地笑了笑。

天快黑時，三妞才再次走進廚房。

泡上一天的新鮮桃膠隔水燉最好，可是三妞打算做好給衛家送去一些，做得多乾脆把爐子點著，直接倒在砂鍋裡燉。

桃膠也就吃個味，所以三妞只燉她摘的桃膠的三分之一，本來沒覺得多少，倒砂鍋裡才發現居然有半鍋。

杜發財未時就回來了，杜三妞煮桃膠的時候他蹲在廚房裡喝麵筋湯，邊喝還邊說：「妞，我們明天還做這個吃！」

「明天下雨就做。」下雨天杜發財不出去做事。

杜發財「嗯」一聲，又盛一碗。

三妞不得不提醒他。「昨兒過節買的豬肉沒吃，我晚上做肉吃，你別吃太飽。」

家裡有鯽魚，有段守義送的花蛤，有蟹黃包，杜發財去縣裡買的兩斤豬肉便一直放在櫃子裡，雖然用鹽醃著，三妞也不敢久放。「大姊家裡特別忙嗎？」中秋節禮都忘了。

杜發財道：「今天下午從段家路過，本來想進去歇歇，等雨停再回來，妳不知道，裡面又擠滿人，那時候不是飯點，也不知道都在他店裡做什麼？」

那時的確過了飯點。飯點的時候很多人吃不上又不甘心回去，有的人甚至是慕名從鄰縣趕過來的，就只能等先來的客人吃完走人。

杜發財這個每天都有果酒、好菜吃喝的人自然無法理解。

三妞本不是多事之人，既然段家沒出什麼事，她就去切肉剁餡。

放蔥薑調料的餡料調製好，把一張豆皮一分為四，把餡料放到四四方方的豆皮上捲起來，交接處用麵糊黏上，看起來很像春捲。

聽到爹娘問她做的又是什麼玩意兒，杜三妞說：「在書上看到的，有個地方的人喜歡做春捲，不過外面的皮多是用雞蛋皮，我們家沒那麼多雞蛋，我就用豆皮代替。」

隨後把豆皮春捲放熱油鍋裡炸，炸至金黃撈出來。

三妞惦記著衛家，調餡料時放了很多很多蔥，別看只有兩斤肉，最後做了尖尖兩碟子。

這次沒等三妞開口，丁春花便說：「我給衛叔送去。」

「去吧、去吧！」豆皮春捲是個什麼鬼，杜發財不知道，但豆皮和豬肉都是經常吃的東西，兩人倒不怕衛老吃出問題。

衛炳文即將回京，衛老也不再拘著衛若懷哥兒倆習字背書，一家人坐在客廳裡閒聊。

丁春花到時，衛老正念叨葡萄乾不禁吃，還沒等肚子有感覺就沒了，一見丁春花端來的東西，老人家樂得見牙不見眼，誇讚三妞的話像不要錢似地一句接一句，還不帶重複。

丁春花聽著都不好意思了。「衛叔，三妞她爹說雨下得有點不正常，怕過一夜葡萄被雨打掉，打算把葡萄架上熟的葡萄全摘下來，你們要嗎？可能有點酸。」

「沒事，酸的開胃。」衛老當即喊兩個僕人隨丁春花去摘葡萄。

三妞家的葡萄架不大，怎奈有兩棵葡萄樹，只有一半葡萄熟了卻也摘了三大籮筐。

丁春花留半筐，給兩個妯娌分一筐，剩下的全讓衛家的僕人抬回去。葡萄不能久放，拿回衛家如幾個僕人所料，衛老大手一揮，將一筐賞給僕人。

衛家僕人別提多高興，在京城想吃葡萄，有時有錢也難買到，何況沒錢。感激主人家，更感謝三妞一家，自從來到杜家村，他們吃到好多京城達官貴人也吃不到的好東西。

桃膠燉上一個時辰最好，杜三妞燉的時間晚，一部分桃膠送到衛家時，衛家已吃過晚飯，又因為東西是三妞送來的，吃不下也想嚐兩口。

不過，衛老在喝之前對三妞說：「雨越下越大，現在還颳起風來，明天再做什麼好吃的千萬別往這邊送了。」

杜三妞抹掉額頭上的雨水，燈光昏暗，她沒看到衛若懷滿臉心疼，笑道：「我等雨停了再送來。」

「好、好。若懷，送送三妞，別摔倒了。」衛老發話。

衛若懷穿著簑衣，提著燈籠隨三妞出去。

走到門口，衛若懷道：「我母親和嬸娘送妳的東西，妳記得收好。鐲子上有母親和嬸娘的字，訂做鐲子時刻下的，哪天我和我祖父不在杜家村，有人找妳麻煩，妳就拿出鐲子賠禮道歉，但千萬別忘記提醒對方鐲子上的字。」

杜三妞腳步一頓。「謝謝。」剛收下鐲子時三妞沒發現，下午一個人在房裡把玩看到上面有很小的字，三妞便有預感，想找個機會還回去。衛若懷這麼一講，三妞突然想到，古代人做一塊磚頭都會在磚頭上記下自個兒的名字，據說為了以示負責，鐲子上有刻字倒也正常。

衛若懷道：「該說謝謝的是我們，等我父親出孝，他邀請同僚來家中做客，他的同僚一旦吃到我們吃的那些菜，準樂得找不著北，足夠母親和嬸娘在圈子裡顯擺許久。」

杜三妞樂了。「你說得太誇張，也不是人人都愛吃。」

「話是這樣說，可飯菜每個人都必須吃。若兮之前還說飯吃七分飽即可，現在呢，每天吃得扶著牆出去。」衛若懷一看見丁春花出來，話鋒一轉。「回去吧，我給妳照路。」

八月分的雨水打在身上已有點涼，三妞怕感冒，也不敢再和他聊下去，回家洗個熱水澡，睡覺前又忍不住拿出金、銀手鐲把玩一番，心想這兩樣值多少錢？

掂著重量，至少有一兩，這個分量，日後遇到麻煩賣掉也能保命，便將手鐲放在櫃子的深處，誰也沒告訴。不是三妞和她爹娘使心眼兒，而是想著萬一哪天衛家遇到事，她就把兩個鐲子埋起來，省得給自家惹禍。

衛老所料不差，第二天風雨更大。杜三妞從堂屋到廚房，短短幾步路，頭髮就全淋濕了。杜三妞小時候沒經歷過颱風，忍不住問：「風這麼大，會不會把漁船颳走？」

「不會的，最多吹翻。」丁春花認識縣裡幾個賣海產的漁民，也知道閨女擔心什麼。「靠海吃飯的人家比我們懂，估計昨天下午就從船上下來回家去了。」

「那就好。」三妞放心下來。

另一邊，衛家父子開始擔憂。

「漁民的房子會不會被吹倒？」衛炳武問他哥。

衛老接道：「趕明兒雨停了我過去看看，皇上問起你們，就說怕時間來不及，走得匆忙，不知道具體情況，等我親自看過之後再寫信告訴你們。」

「廣靈縣這邊有山、有河，且離海近，希望撐個五、六年別颳大風，這裡又是個江南富庶之鄉。」衛炳文一頓。「我們晚走兩天吧，父親，屆時我和二弟騎馬先走，若兮他們坐馬車慢慢走。」

衛老想了想，道：「也行，畢竟我們在這邊，海邊的漁民沒事還好，一旦遇到事，少不了有人拿此事做文章。」

然而，沒等衛老親自去縣裡，三妞家先迎來了兩個人。

# 第十二章

八月十八早上，雨停，風也沒了，天空露出半個太陽，三妞把桃膠拿出來晾曬，見進來兩人。這兩人丁春花見過兩次，三妞倒是和他們很熟，年長的叫大海，年輕的叫大船，是漁家兩兄弟，三十出頭的年紀，年輕的大船還挑著兩個籮筐。

丁春花和杜發財去地裡看豆子有沒有被風吹倒，三妞招呼他們。「等一會兒，我這就去找爹娘。」

「三妞姑娘，昨兒颳大風、下大雨，海邊全是魚蝦和海菜，我們撿一些給妳送過來。」怕她不要，忙說：「太多了，賣也賣不完，我們既然送到，就回去了。」

三妞伸頭一看，魚蝦、螃蟹什麼東西都有。大海家離這裡有四、五十里路，兩人估計天濛濛亮就起來了。「別急，我做點飯給你們吃，吃完再回去。」

兩兄弟這麼急吼吼過來，其實是有點事想向杜三妞請教，可一想人家小姑娘幫他們頗多了，又不好意思開口，弟弟看哥哥一眼，猶猶豫豫道：「那……也行。」

誰知沒等三妞殺魚，又聽到敲門的聲音。「今天什麼日子？」

「好日子！」段守義拎著大包小包，杜大妮抱著孩子進來。段守義一看院裡的兩個人，問：「喲，又捉到什麼好玩意兒讓三妞做給你們吃？」

「你們是賣魚的？」衛若愉不知從哪兒竄出來。

段守義嚇一跳。「不然呢？」

衛若愉一窒，面色發窘。「以為又是給三妞姊說親的。」大哥真不靠譜，看見陌生人來三妞家就當是媒婆，瞎緊張什麼啊！

衛若懷本著寧可看錯，絕不放過的原則，衛若愉哪能想得到？

見兩個男人不是來給杜三妞說親，小孩的注意力瞬間放在籮筐裡。「好多大蝦，三妞姊又能做好多、好多好吃的！」

「若愉想吃什麼儘管說，叫三妞給你做。」段守義不拿自個兒當外人，然而他低估了衛若愉。

小孩無所謂地說：「隨便，三妞姊做饅頭我也喜歡。」

「我中午做饅頭，記得來我家吃啊！」三妞故意逗他。

丁春花的聲音從外面傳來。「三妞，四喜他們哥兒幾個網了不少魚，我們要鯉魚還是要鰱魚？」

東漢末年戰火紛飛，三國、晉朝內憂外患不斷，百姓死的死、傷的傷，以致如今總人口還沒東漢初年多。地廣人稀，又因這些年邊關沒大戰，內無暴亂，得以休養生息的廣靈縣物產豐富，雖沒到瓢舀魚的地步，但下暴雨時在稻田裡捉得到魚倒是真事。

丁春花和杜發財到田裡，見幾個姪子拿著漁網，便說：「多捉些。」四喜隔著兩畝地喊

「三太爺爺，我這裡有」。

四喜的老闆給他放兩天假，又因昨兒狂風暴雨一直沒停，他家前天下午做的豬頭肉沒法賣，便自家分一分吃掉一半，今天也沒法去賣了，量太少，一家人倒是閒下來。

天濛濛亮，四喜聽到外面無雨也無風，就把三個哥哥喊起來和他一塊兒去捉魚。廣靈縣最不缺魚，除非家裡來重要客人須大魚上桌，否則沒人去縣裡買魚，也導致生活越來越好的村民捉到魚就留著自個兒打牙祭。

「我要鱸魚，有嗎？」杜三妞走出去說。

四喜笑道：「三姑奶奶要，沒有我也得去捉！」彎腰在木桶裡翻翻找找。「有兩條，不大。」

「夠了。」三妞道：「娘，家裡來客，和爹趕緊回家吧！」

「來客？」四喜想一下，又翻出一條大草魚。「再給妳一條。」

杜三妞接過來，進屋見大海和大船兩兄弟還在院裡站著。「姊夫，你們去屋裡坐，我收拾收拾做飯。」看衛若愉一眼，低聲說：「你先回家，我做好給你留點，午飯後來找我。」

衛若愉這次不是衝著她家的美味佳餚，一聽這話便麻溜地跑回家，背著他母親和伯母，把衛若懷拉到角落裡。「下次看清楚，別一有點風吹草動就讓我去。」說完還「哼」一聲。

衛若懷才不會說他看得很清楚，為了掌握三妞身邊所有動向才叫衛若愉走一趟。「我那兒還有點葡萄乾，分你。」

衛家做出十斤葡萄乾時，爺孫三人就分了，衛老五斤，兩兄弟各一半。衛炳文他們來的這幾天吃的葡萄乾一直是衛老的，兩兄弟的私藏沒拿出來，衛老就裝不知道，實在是兩個兒子和兒媳太能吃，把葡萄乾當飯，數落了幾次也不聽。

美味吃多了，衛若懷哥兒倆倒不在乎葡萄乾，兩人便準備送給若兮、若恒和若忱半斤，用油紙包好，等他們準備走的時候再拿出來，算是臨別驚喜。

「不稀罕。」小若愉轉過身就偷笑，才不告訴他，三妞姊又做好吃的呢！

杜三妞前世得到善心人資助，病情控制住，後來又上大學，有個體面工作，出車禍死了還能到古代，這讓三妞更惜福，知道感恩，盡力幫助需要幫助的人。

別看杜三妞沒問大海兩兄弟「家裡受災嚴重嗎」，看到他們帶來的東西，就想好怎麼不動聲色地幫助海邊的漁民了。

丁春花問：「晌午做什麼吃？」

「魚丸。」三妞從大海帶來的籮筐裡找出幾條青魚。「娘，把魚身上的刺剔掉，不好弄就把魚切成片，骨、刺留下來。」

「這種魚刺少，好剔。」杜發財幫忙殺魚。

丁春花在廚房裡翻翻找找。「醉蟹被我們吃完了，豆腐皮和豬肉也沒了……」

「娘，我拿了菜來呢，在案板底下。」三妞的蟹黃包很受縣裡有錢老爺喜歡，段家人這幾天差點忙暈過去。早飯後段守義對他爹娘說，去杜家村送節禮，他娘一下子給了五兩銀子，大手一揮，叫他們隨便買。

段守義轉手給杜大妮三兩，留二兩買菜、買肉。

黃瓜、茄子不需要買，杜家也不缺青菜，段守義便買五斤羊肉、八斤豬肉，又買兩條大魚，鹽和調料各買一包；至於縣裡賣的熟食和油炸物，段守義自個兒都看不上，自然不會買來忽悠三妞。

家裡魚太多，杜發財聽閨女的話，全部殺了、洗了，用鹽醃好，放在院裡晾曬，只留青魚讓三妞做飯。

做魚丸很費工夫，青魚刺少好剔出肉，但把魚肉剁成肉泥，加藕粉、調料攪成糊，以前攪過豬肉餡的段守義仍然累得胳膊痠痛，卻不忘確認。「妞要做魚丸，魚丸怎麼吃？」還有一句沒說，他怎麼就沒想到把魚肉做成丸子呢？

「紅燒。」魚頭和魚骨被三妞放在大鍋裡燉，小鍋裡倒半鍋清水，水燒開，三妞丟一塊魚團進去，圓圓的魚肉入水後便以肉眼可見的速度變成白白嫩嫩的丸子。

段守義睜大眼。「魚肉真能做出丸子?!」

「那當然。」杜三妞頓了頓。「只有你想不到，沒有我做不出的。」所有魚肉做完，三妞撈出魚丸，一部分放到大鍋裡，加香菜和調料，一道魚丸湯瞬間完成。

濃濃的魚湯做底，配上白嫩的丸子、青翠的香菜，正是色香味俱全。

段守義忍不住說：「可以吃飯了吧？」

「夠你自個兒吃的嗎？」正在燒火的丁春花瞪他一眼。「妞，再做兩道。」

三妞洗了一大把蔥，蔥葉用來做湯，留下的蔥白準備做蔥爆羊肉，隨後又做了海帶燉排骨、紅燒魚丸、紅燒茄子、涼拌黃瓜和蒜蓉生菜，每樣都滿滿一盆。「娘，我再做個海菜蛋湯，這麼多夠吃嗎？」

「足夠了。」大海和大船兄弟來杜家主要是找三妞，杜發財便讓妻女和他們這些男人一塊兒吃飯。

大海兩兄弟一直想找三妞聊聊，怎奈三妞沒出廚房，一見她坐下吃飯，兩兄弟就起身感謝。「給你們添麻煩了。」

「沒事、沒事。」丁春花招呼道：「坐下，先吃飯。」指著段守義和杜大妮。「這是我大閨女和女婿，你們就算不來，晌午也得做菜；而且你們面前的魚丸湯，排骨裡的海帶，海菜蛋湯裡的菜，都是你們帶來的。」

丁春花說的就是紫菜，三妞不知道漁家怎麼稱呼紫菜，怕露餡，就跟她娘說是海菜。

大海兩兄弟來找三妞，其實就是愁家裡海產太多，一時賣不完，想請她出個主意，聽到丁春花說的話，兩兄弟相視一眼，飯後就問三妞怎麼做魚丸。

第二日起，廣靈縣魚攤旁邊就多了個賣魚丸和日後專門賣海菜的攤子。

段守義對魚丸感興趣，當即就說：「大海，明兒早上給我們家送一百斤青魚。」

漁家的魚如果賣不完，一律風乾，雖然不用擔心魚臭，但能及時換成錢最好，於是大海和大船兩兄弟得了段守義的話，吃過飯就回家。

杜家一家人終於能聊點家常。

丁春花借著外孫女犯睏的由頭把杜大妮喊進她屋裡，到屋裡還沒把睏得睜不開眼的小孩放床上，就問：「妳婆婆有沒有催妳生孩子？聽我的，別這麼著急，過兩年，我當初就是太著急生二丫，妳和二丫間隔的時間太短，才又生了個閨女。」

杜大妮心想：這都是什麼理由啊？三妞比我小十歲，不照樣是女娃？「我知道，娘，家裡生意越來越好，我婆婆的意思，是把兩旁的店盤下來。他們每天忙得顧不得吃飯，才沒空管我生不生，現在不生最好，我若是懷了，他們得愁死。」沒人照顧孕婦和孩子。

「那就好，二丫那丫頭最近怎麼樣？」丁春花問。

「她還沒滿四個月，她婆婆的意思是，等月分大些再讓二丫過來。」杜大妮說：「昨天下大雨，我們店裡閒，他們店裡也沒人，特意去找我說一聲。」

「來不來都沒事。」丁春花道：「哪天陰天了，他們店裡人少，我去看她。」

杜二丫和趙存良住在店鋪的後院裡，天氣好的時候，前面布店裡全是買布的人。丁春花上次給段守義送醉蟹的方子時，特意拐到二丫那邊，見店裡有客人便沒進去。

「收了黃豆再說。」杜大妮頓了頓，問：「娘，家裡還有錢嗎？」

「有啊！」丁春花一愣，意識到她什麼意思。「我們和妳可不一樣，吃個青菜葉都得用錢買。前面河裡、後面山上，除了買豬肉和鹽需要上縣裡，平時用不著錢。說起這個我就想笑，早兩天妳妹妹去山裡弄了一盆桃膠，回來做了吃，妳二伯娘想起來就說她瘋了，什麼玩意兒都吃。」

「真吃了？沒事吧？」杜大妮嚇一跳。

丁春花笑道：「說是在縣裡書店裡看到的。昨兒下大雨，我不讓她出去，怕風颳掉的樹枝砸到她，那丫頭除了做飯的時候，一直都在屋裡趴著，我算是看出來了，惜命著呢！」

「嗤，妳一說我也想起來了，她小時候燒火燒著衣服，還差點把廚房點著，我不准她進廚房，她當真嚇得不敢往灶門前去。」杜大妮笑道：「可能就是怕燒死自己。」

杜三妞正在和段守義講做魚丸需要注意的事項，若是知道她姊這麼吐槽她，一定撂挑子不幹。見衛若愉過來，三妞拋下她姊夫，拉著小孩。「魚丸都快涼了。」

「若兮姊盯著我，跑不出來啊！」衛若愉的小臉皺成包子。「祖父和我爹還有大伯去海邊，他們說如果受災不嚴重，明天就回京城。錢娘子在家裡做豬肉脯，我娘和伯娘什麼都不會居然上去幫忙，別以為我不知道她們想吃，還不准我離太近。」

「你大哥呢？她們不說嗎？」三妞隨口問。

衛若愉道：「大哥精著呢，在屋裡做功課，其實算著時間，祖父安排的功課完成，豬肉脯也差不多做好，他出去就能吃到，伯娘見他這麼乖，還會給他很多。」

杜三妞想笑。「那你怎麼不做功課？」

「我得來找妳啊！」小孩說得理所當然。

能說會道的杜三妞竟無言以對。

杜三妞端出一直放在鍋裡保溫的魚丸。「我做的時候很仔細，裡面沒有刺，放心吃吧！」遞給衛若愉一支勺子。

每次在三妞家吃到好東西，衛若愉到家就顯擺，接著叫錢娘子去做，所以對吃獨食一事，衛若愉毫不羞愧，反正哥哥、姊姊、弟弟早晚能吃到。

用「常在河邊站、哪有不濕鞋」形容衛若愉最為合適，自認晌午少吃的小動作沒人發現，到家卻被衛若懷堵個正著。

「又在三妞家吃什麼？」

衛若愉心中一凜。「你、你跟蹤我?!」

「你牙縫裡有點綠。」衛若懷眉頭一挑，居然被他猜中了。「還不速速招來?!」

衛若愉一窒。「什麼都瞞不過你。」惱怒道：「魚丸。不過，三妞姊說只有刺少的魚才能做魚丸，若恒那麼小的小孩不適合吃，裡面有點魚刺也不曉得，所以就叫我去吃。」

「我比你更適合。」衛若懷提醒他。

小孩笑了笑。「好啊！下次三妞姊姊做好吃的，我喊你一塊兒去。」

衛若懷一噎，他若是個小孩子便天天去，可他快有丁春花高，臉皮又沒堂弟厚。「吃吧、吃吧，過年宰了！」

「你才是豬！」衛若愉氣炸。「別以為你能把三妞姊娶回家，我就得讓著你，我告訴——唔唔……」

「嚷嚷什麼？想叫所有人聽見是不是？」衛若懷捂住他的嘴巴，往四周看，不禁慶幸他娘也是個貪吃的，還在廚房裡待著。

衛若愉使勁拉下他的手。「之前說過什麼要我提醒你，大哥？不嘲笑我、不嘲笑我！你的記性遇到和三妞姊有關的事就消失了？」

「純屬被你給氣得。」衛若懷倒打一耙。

衛若愉算是服了他。「你……真不愧是大哥。」伸出大拇指。「說不過你，我躲。以後再有人來給三妞姊說親，看我幫不幫你打聽消息！」怕衛若懷一怒之下揍人，小孩說完忙不迭地朝廚房裡跑，沒看到身後的衛若懷失笑搖頭。

大海兩兄弟走後，杜三妞開始收拾他們送來的東西，紫菜洗乾淨，海帶煮熟晾曬，蛤蜊倒鹽水裡吐泥；卻有個人一直在旁邊盯著她。「天快黑了，姊夫，不走能看見路？」

「我們離得近，兩刻鐘就到家。」杜三妞晌午做了一桌菜，段守義尤其愛魚丸湯、紫菜蛋湯，他只會吃不會做，怕到家忘掉，索性拿出三妞的筆墨記下，偶爾還問三妞兩句，不等三妞不耐煩，就對杜發財說：「爹，我去四喜家買點豬頭肉和豬下水，晚上吃！」

這話都說出來了，杜發財只能說：「妞，早點做飯。」

魚肉、蝦肉易消化，蛋白質含量高，杜大妮的閨女也可以吃，於是三妞蒸鱸魚、炒蛤蜊，又做油燜大蝦，把晌午剩的菜和湯熱熱，加一盆滷肉，不用半個時辰，一桌菜便好了。

此時衛若懷終於找到機會，端著一碟熱騰騰的豬肉脯給三妞送去。

最近一段時間伙食太好，發福的不只衛家人，杜發財天天幹活卻也快出現雙下巴了，一見豬肉脯，杜發財不禁嘆氣。「今年吃的好東西比我前半輩子都多。」

衛若懷笑道：「以後日子只會越來越好，杜三叔，可得早點習慣啊！」

「嗯，給我一塊嚐嚐。」杜發財捏住肉片一角。「不錯，比三妞做的好吃。」

「錢娘子做過好幾次，熟能生巧而已。」衛若懷想多留一會兒，見三妞在院裡擺飯，只得道：「碟子先放你們這兒，我明天再來取。」

「等一下，衛小哥，三妞說你爹娘明天回去？」丁春花叫住他。

衛若懷道：「這次大風對這邊造成的影響不嚴重，父親看過之後說不需要朝廷派兵救援，縣裡能解決好，他的意思明兒一早就走。」

「你爹娘要不要帶些東西回去？」丁春花試探道。

衛若懷愣了愣，沒明白。「還帶什麼？」

「土儀。」段守義提醒。「送給你父親在京城的至交好友，他們應該知道你父親回老家。」

衛若懷張了張嘴，想說他父親已經準備拉幾十罈果酒回去，繼而一想，父親小氣得只給祖父留兩罈，指望他拿酒送人？「海產、乾貨嗎？可是現在去買也來不及了啊！」

「也對，天都快黑了。」丁春花仔細一想。「我家的梅乾菜，京城有賣嗎？可以做餅，也可以和肉一塊兒燉。」

「這倒是沒有。」衛若懷說：「我回家問問。」

然而這一問，卻問出事了。

衛炳文為了把他爹的酒拉走，特意叫人買了兩輛車，反正護院、小廝都會駕車，多兩輛車也不費事，加上行李，四輛馬車滿滿的，這還不算衛炳文和衛炳武坐的車。

經衛若懷提醒，吃過梅乾菜燒肉的衛炳文忙說：「要要要！三妞家有多少？」

「最多一罈，難道父親想要三、五罈？」衛若懷不等他開口，又道：「誰家沒事做這麼多梅乾菜幹麼？」

衛炳文心梗，嘆道：「為父在你心中就是這麼貪得無厭的人？若懷，你對為父誤會頗深呢！」

「是嗎？沒覺著。」衛若懷話音落下，客廳裡響起一陣爆笑。

衛若兮捂住小嘴道：「大哥，我想吃南瓜絲、南瓜餅，你去向三妞要兩個南瓜在路上吃，好不好？」

衛若懷道：「南瓜又不是什麼稀罕物，天南地北到處都有得賣。」

「我們路上在驛站裡住一夜，特意去集市上買多麻煩。」衛若兮皺眉說：「大哥，你去問問，三妞說過她家南瓜可多了，還有黃瓜。」

衛若懷不耐煩。「在京城也沒見妳吃過，要那麼多東西，有地方放嗎？我問妳。」

「可以放我們馬車裡啊！」衛若兮道：「父親和叔父騎馬，我和母親、若恒擠一擠。大哥，等等，我不白要杜三妞的東西。」跑到房裡拿出兩個荷包。「差點忘記，你給三妞。」

衛若懷見荷包上的蝴蝶繡功很稚嫩，便猜到是妹妹畫的花樣，畢竟他家丫鬟的針線活不會粗糙到線頭都露出來。「算妳有良心，那我再為妳，還有你們跑一趟吧！」

杜三妞見他過來，以為自個兒眼花了。「來拿碟子？」

衛若懷輕笑。「都跟妳說了明天，我的記性可沒這麼差。」遞出兩個荷包。「我妹送給妳的，謝謝妳做的好吃的。」頓了頓，道：「她自個兒不好意思來。」

「替我謝謝若兮。」杜三妞說。

衛若懷還想明天再來一趟，不等她再開口，便說家人想帶些什麼東西回去，絕口不提碟子。

段守義一聽南瓜，差點笑咧嘴。「衛小哥，那麼大的京城連點南瓜都沒有?!」

「有啊！但以前沒人炒著吃。」衛若懷說：「我父親趕時間，路上沒法停下來去集市上買菜。」

「那可真辛苦。」丁春花放下筷子就去搬梅乾菜罈子，之後又打算去摘南瓜。

衛若懷忙攔住。「你們先吃飯，飯後我和您一塊兒去。」

衛若懷一走，杜大妮便伸手奪過荷包看了又看。「還真像是小姑娘繡的。三妞，看看人家若兮，再看看妳，妳還比人家大一歲呢，人家做什麼像什麼，妳呢？蝴蝶像隻毛毛蟲。」

「蝴蝶本來就是毛毛蟲變的！」杜三妞脫口而出，結果「啪」一聲，額頭上挨了一巴掌。

杜大妮怒道：「還有理?!」

杜三妞捂住腦袋。「沒……」兩個荷包上的圖案，一個是蝶戀花，另一個是蜻蜓立在荷葉上，三妞沒看出哪點像小孩的手筆，不過她大姊說是，應該沒錯。

衛若兮平時表現得並不是很喜歡她，有時說話也不甚好聽，三妞念她年幼不跟她計較，可手裡的荷包證明了，那丫頭其實刀子嘴、豆腐心？得到這個答案，杜三妞哭笑不得。

飯後，衛若懷同丁春花一起去摘南瓜時，三妞去找錢娘子，看見她便問：「妳明天打算做些什麼給妳家主子們路上吃？」

「蔥油餅啊！怎麼了？」錢娘子問。

杜三妞說：「和盆麵，寅時去喊我，我來教妳做些可以放很久的麵食。」

「那麼早？」錢娘子一驚，想到三妞平時睡到天亮才起床，覺得很感動，三妞回去後，錢娘子就說給幾位主子聽。

衛若懷的母親不禁感慨道：「真是個好姑娘。」

好姑娘杜三妞聽到錢娘子拍她家門，一邊念叨著自個兒給自己找罪受，一邊瞇著眼穿衣。到衛家發現院裡燭火通明，主子、僕人全起來了。

衛若愉看到三妞先打個哈欠，才晃悠著胖乎乎的身子過來，努力睜大眼。「三妞姊，我幫妳。」

「瞧你睏得。」杜三妞也忍不住打個哈欠，拍拍臉讓自己清醒點。「有錢娘子幫忙，去找你母親吧，她待會兒就回京城了。」

小孩終歸捨不得母親，難得聽話地同三妞揮揮手。

杜三妞要做的是饊子，即發麵盤成條，然後拉成麵條那麼細，扭成麻花狀，放油鍋裡炸至金黃撈出來，放到密封性好的袋子裡，放半年也可以。

剛出鍋的饊子香、酥、脆，錢娘子和麵時三妞叫她放些芝麻進去。衛家幾位主子吃到饊子後，直說：「錢娘子，別做蔥油餅了。」

杜三妞教衛家的丫鬟做一會兒，小丫鬟就接替她。於是杜三妞和麵，用死麵做烙饃。其實她想做水烙饃，但水烙饃要在鍋裡蒸，且薄得透亮不頂餓，便覺得做比水烙饃厚兩層的烙乾饃好了。

烙乾饃並不是乾的，之所以這麼叫，是在鍋裡乾烙。做烙饃最好用鏊子，然而衛家沒有，三妞家也沒想起來置辦，便用炒菜的小鍋做。

錢娘子等人做饊子時，三妞同小丫鬟做了三十張烙饃，等她做好，饊子也全部都炸好了。

杜三妞強忍著睏意，做了油燜茄子，對錢娘子說：「茄子放到烙饃上面，捲著吃。路上不想吃驛站的飯，就自個兒隨便炒個南瓜絲、黃瓜炒蛋來捲著吃也成。」

錢娘子見她的腦袋一晃一晃，忙說：「我知道了，三妞姑娘，趕緊回家睡一會吧！」

杜三妞「嗯」一聲，去和正在吃飯的衛家人打聲招呼。

一向在孩子面前裝矜持的衛炳文停下筷子道：「三妞，謝謝妳。」

「衛大人客氣啦，我沒做什麼，饊子和烙饃是你家人做的。」杜三妞見他很是鄭重，頗為不好意思，畢竟無論是饊子還是烙饃，都不是她研究出來的，她只不過借花獻佛而已。

此時天已亮，衛家眾人清楚地看到小姑娘臉色微紅，很是詫異杜家村潑辣出名的杜三妞的臉皮這麼薄。

「快回去吧，我瞧妳都快站不住了。」大夫人開口。杜三妞到家後，一覺睡到晌午，畢竟她這具身體年齡小，起得早又幹活，撐不住太正常了。

衛炳文一行的離開，並沒在杜家村引起多大轟動，按照村裡人估算，他們十七就該回去了，因一場大雨拖到十九。

按照衛炳文來時的速度，最後兩天他和衛炳武得快馬加鞭先行一步，才能趕在九月初一前抵達京城。

有饊子和烙饃陪伴，衛炳文穿上朝服，照之前那般束腰，卻發現腰帶有些緊。「我又胖了？」一見到衛炳武就問。

衛二爺算半個武將，在老家每天早上都會和護院切磋，而衛炳文是純粹的文臣，飯後便往椅子上一癱，拿著書消磨時間。「你胖不是很正常？大嫂給我們兩包饊子，你一包都吃完了，我還剩一半呢！」上下打量他一番，消遣道：「挺好的，吃到身上也沒浪費。」

「滾蛋！」衛炳文哭笑不得，卻忍不住鬆鬆腰帶。

慢自家夫君一步，百里外的驛站裡，估算著下午就能到家的衛家兩位夫人早早起來梳洗打扮，務必要以最好的狀態抵達京城。

連翹算著老夫人走一年多了，便拿出金簪、金戒指，詢問主子。「您看戴哪個？」

衛大夫人想說「妳看著辦」，餘光瞟到多寶盒裡的東西，猛地睜大眼。「等等，這個鐲子為什麼在這裡？若懷沒送給杜三妞嗎？」

連翹一愣。「少爺送什麼三妞姑娘？」

「在老家的時候，我讓若懷找妳拿金鐲子送給杜三妞啊！他沒找妳嗎？」衛大夫人不禁皺眉。

連翹更加不解了。「少爺送了啊！少爺說您告訴他是哪個鐲子了，少爺自己拿的，沒問奴婢。」

「妳確定？」衛大夫人不知為何，有種不好的預感。

多寶盒裡的每樣首飾都是衛大夫人親自放進去的，搭配她帶去老家的衣服，第三層貴重的首飾，她不放心留在京城，也就一起帶了過來。衛大夫人翻找上面兩層，見什麼都沒少。

「不可能啊……」

連翹又認真回想一番。「奴婢當時坐在門口給小少爺做衣服，少爺翻找了很長時間，奴婢要去幫忙的時候，少爺說找到了。對了，出去的時候盒子都沒關好。」

衛大夫人立馬把所有首飾拿出來，轉瞬間，梳妝檯上多出一堆松綠石、鑲嵌金手鐲，獨獨那對老舊的金手鐲少了一只，衛大夫人簡直氣樂了。

衛大夫人看見衛炳文的第一句話便是——「瞧瞧你兒子幹的好事！」抬手把孤零零的金手鐲扔出去。

衛炳文慌忙接住，仔細瞅了瞅。「給我這個幹什麼？不喜歡就熔了，或者賞給下人。」

衛大夫人踉蹌了一下，深吸一口氣。「這是我的陪嫁，你兒子把另一只送給杜三妞了。」

「送就送唄！」衛炳文道：「三妞姑娘不錯，弟妹也送給她一個自己喜歡的銀鐲子呢！」

「當初我倆成親時，我家看著不錯，可說好聽點叫清貴，說難聽就是窮酸。我娘沒錢給我置辦首飾，又怕被你們看輕，就打算把以前買的地賣掉。這事後來不知怎麼傳到先皇耳朵裡，太皇太后便賞給我一對金手鐲，特意刻上我的字，為此沒少惹伯母和嬸娘念叨。」衛大夫人說。

衛炳文手一抖。「別告訴我是這對，若懷知道？不，我都沒聽妳提過，他不可能知道啊！估計是見手鐲款式老舊，才拿了送給三妞的。」

衛大夫人冷哼。「不要給你兒子找藉口，我們家老太太還在的時候，沒少在幾個孩子跟前顯擺太皇太后多麼看重我們家，這事他記得比我清楚；何況手鐲被我用布包著，他衛若懷只要不是個傻的，就能看出手鐲對我來說多重要。」

衛炳文眉頭緊皺。「可……可是若懷都送出去了，總不能要回來吧？太皇太后已走了五、六年，服侍她老人家的人，除了放出宮的，剩下的全在太子宮裡；離太子娶妻還有幾年，東宮也沒個女主人，沒人會記起妳。」

「真沒聽出來還是跟我裝呢？」關起門來，衛大夫人不怕丫鬟、小廝看見她潑辣的一面。「現在的問題是，你兒子明知手鐲貴重，還把它送給三妞！他藏著什麼心思，我在老家沒發現，如今也看出來了！」

「哪那麼嚴重？三妞已經訂親，若懷不會不知分寸。」衛炳文忍不住替兒子辯解。

衛大夫人嗤笑。「他是我生出來的，什麼德行我比你清楚。杜三妞是訂親了，若沒訂親，現在就不是送鐲子，而是送聘禮！」

「三妞挺好的，若懷真看上她，說明兒子有眼光。」

衛炳文此言一出，衛大夫人眼前一黑，頭腦裡嗡嗡作響。「我沒說她不好。」十歲大的孩子，天不亮就起來幫他們做路上吃的東西，衛大夫人十分感動，可是……「問題是，三妞已訂親！你兒子、你兒子——」

「別我兒子，兒子是妳生的。」衛炳文道：「有父親在，給他十個膽子也不敢強搶民女。」

衛大夫人一想，也對。「等等，杜三妞在外名聲不好聽，潑辣、跋扈，你說若懷要是派人刻意到和三妞訂親的那家人附近散布不好的消息，對方會不會和三妞退親？」

「妳……妳想太多了。」衛炳文無語。「不說若懷才十一歲，即便他十八歲，也想不出這麼陰損的招。」

誰知衛大夫人搖搖頭。「若在以往我自然信他，可是他能把太皇太后賞賜的東西送給三妞，再做出什麼事來我都不意外。」

「照妳這樣說，我現在就給父親寫信。」衛炳文一頓。「妳去隔壁一趟，叫二弟把三妞寫給我們的食譜抄錄一份，明天一早送去皇宮。」

「皇宮？」衛大夫人微愣。

衛炳文道：「不知道哪個多嘴的，說我們家廚子特別會做好吃的，一頭豬能做出十道、八道不重複的菜，皇上昨天上午見到我就問，我臉上的肉是不是吃豬肉吃得？我說不是，是吃米麵，他老人家不信。對了，果酒的事別告訴任何人，離明年花開還有大半年呢！」

「快別想著吃喝了，趕緊給父親寫信吧！」衛大夫人催促。

信件送抵杜家村時，村裡老的、少的都在屬於杜家村的河段上採蓮蓬。荷花早已凋謝，半數蓮蓬已老，村裡的女人採鮮嫩的蓮蓬，杜三妞卻只要老的。

村民們自然知道三妞要老蓮蓬有用，但沒聽說她拿去賣，估計是要留著自己吃，之前又出了桂花酒那檔事，村裡人如今見三妞依然有點彆扭，倒也沒因這點小事纏上她刨根究底。

「老的蓮子怎麼吃？煮粥嗎，三妞姊？」衛若愉幫忙剝蓮子，衛若懷盯著她。

杜三妞壓力很大。「蓮子粥，村裡人都會做，只不過蓮心苦，做之前要先用溫水泡一個時辰，太麻煩，大家都不喜歡弄，如果能挖幾節藕就好了。」

「村長說十月分再挖藕。」衛若懷道：「我叫鄧乙帶人去縣裡看看？」

「耽誤事嗎？」三妞問。

衛若懷道：「我不出去的時候他們就閒著。」立刻走到門口喊隔壁自家的小廝。

有的人為了搶藕市，藕種下去得早，鄧乙到縣裡沒費多少工夫就拉了幾十斤藕回來，同時懷裡還揣著一封京城的來信。

衛若懷接過信，衝鄧乙揮手。「藕送三妞家去。」拆開信一看內容，衛少爺樂了，笑咪咪地去找衛老教他怎麼給京城回信。

衛老好想逮著他揍一頓，卻在給兒子的回信中寫道：晚了！收到你的信後我不敢相信，便令管家探查一番，得知對方已準備和三妞退親。想我天天把若懷拘在身邊，萬萬沒想到他能幹出這等缺德事，看我怎麼修理那小子！

衛炳文收到父親令人寄來的快件時，京城已步入深秋，本來秋高氣爽的時節，衛炳文的心情卻很是沈重，比三伏天還要煩悶。「父親也沒說讓若懷回來，到底怎麼個意思啊？」

「還有一張，看完。」衛大夫人說。

第二張信上，衛老又點名，說衛若懷那小子固執，不能一味阻止，所以他老人家決定沒事時就帶衛若懷去建康府，多見見年輕漂亮的小姑娘。末了還給衛炳文出主意，年後衛若懷回去時，以若兮的名義請京城大家閨秀們來家裡坐坐。

衛大夫人不看好。「京城裡和若懷差不多大的小姑娘，沒有比杜三妞漂亮的，若懷能看上才有鬼。」

「這個看臉的小混蛋！」衛炳文不禁扶額，頓了頓又說：「如果不按父親說的辦，又不讓若懷回來，那萬一若懷執迷不悟怎麼辦？」

「若懷才十一，我們就警告他，沒考中進士前不能成親，拖到他二十來歲，我不信杜三妞能等他這麼久。」衛大夫人道：「在老家那段時間，杜三妞和我們講話不卑不亢，說明權勢對那姑娘來講沒多大吸引力；她又能賺錢，若懷在她面前唯一的優勢也沒有了，你兒子估計是一廂情願，搞不好三妞過幾天又訂親了。他能阻止一個，不能阻止兩個、三個、四個，讓他折騰去！」

「夫人說得對。」衛炳文道：「即便三妞被他的執迷不悟打動，杜家兩口子也不可能讓三妞等他到二十出頭，他若是真能把杜三妞折騰進衛家，我、我——」

「你不同意也得同意。」衛大夫人說完就覺得心裡堵得慌。「這叫什麼事喲！都怪杜三妞那張臉惹的禍，一個農家女不長得灰頭土臉，竟比京城高門嫡女還出挑，幸虧是在鄉野，要是在京城……」

「一定是個禍水紅顏。」衛炳文接道。

衛大夫人呼吸一窒，半晌憋出一句。「我總有個不好的預感。」至於是什麼，衛大夫人一想就頭疼，沒說出來。

和她夫妻多年的衛炳文瞧她那糾結的樣子，多少猜出來一點。

鄧乙拉著藕回來時，三妞正在燉蓮子湯，留下六、七斤，剩下的全讓鄧乙拉回去，不忘囑咐他。「喊錢娘子來，我現在就用藕做菜。」

黃豆已收進家，晚稻還沒熟，杜家村的村民又能歇上幾日。前些日子太累，丁春花和杜發財也想吃點好的，吃點不一樣味道的，就沒阻止杜三妞折騰。

杜三妞見此，決定做醋溜藕片、炸藕合以及糯米藕，反正藕這東西吃不壞肚子，還有「女不離藕」之說。前兩樣簡單，獨獨糯米藕麻煩。

洗淨的藕從藕節處切開，浸泡過的糯米塞到藕眼裡，用筷子壓實，蓋上之前切掉的那片藕，用竹籤固定住，放入蔗糖、紅棗和枸杞，加水煮。

糯米藕煮好，切片盛盤，三妞把蔗糖融化，加乾桂花，淋上蔗糖桂花水，一道又甜又軟糯的糯米藕完成，杜三妞喊衛家爺孫過來嚐鮮。

衛家老少非常喜歡，不喜甜食的杜發財也忍不住說：「糯米藕好吃是好吃，就是太費糖了。」

「過兩天去我家吃，過一段時間再來你家，咱們這樣輪換著做，不費糖。」衛老開口，衛若懷哥兒倆連連點頭。

杜發財笑了。「衛叔可真能想，不過，藕這東西過段時間就沒了，我們想這樣吃也吃不了幾次。」

「新鮮的藕沒了，還有藕粉呢！」衛老也就這麼一說，每次段守義過來都會給杜家拎一包鹽、糖，杜家哪需要他變著法接濟？

衛家爺孫心情舒暢地回到家，衛老和衛若愉衝衛若懷擠眉弄眼。

第二日，鄧乙拿著信去驛站，七天後，京城衛家大門被差役敲響。

衛炳文看到信封上「父親大人親啟」六個字，直覺告訴他，不要接、不能看，權當沒收到。怎奈人都有好奇心，即便衛炳文已有預感，還是忍不住拆開信。不出所料，開頭兩句客氣話，下面全和吃食有關，單單青魚和藕的做法就有十來種，偏偏這兩樣東西到菜市上就能買到。

以往衛大夫人看到兒子的信，除了覺得兒子壞，故意拿美食誘惑他們，便是覺得兒子孝順，吃到好吃的立馬寫信送來。

如今見紙上左一個杜三妞、右一個杜三妞，再看不出他那點小心思，衛大夫人覺得她也可以辭去衛若懷的親娘一職了。「別給他回信，我們就裝不知道。」隨後讓人吩咐廚娘去買青魚和藕，晌午吃魚丸湯和醋溜藕片。

衛炳文不由自主地舔了舔嘴角。「妳兒子的心眼比我多，十天沒收到回信，信不信我們半個月後就會收到父親的問候？」

衛大夫人一噎，登時覺得心口悶痛。「父親也不管他，一點點大就這麼壞，長大還了得！」

「父親巴不得家裡出個壞心眼的。」衛炳文說：「若懷他心眼多卻沒做過什麼缺德事，父親就算見他做事不周全，最多提點他兩句，才不捨得重罰，把他的小聰明給罰沒了。」

「破壞杜三妞的親事還不叫缺德？」衛大夫人冷笑連連。「那怎麼才叫缺德？你說。」

衛炳文無語。「……窈窕淑女，君子好逑哪。再說了，杜三妞長得好，腦袋聰明又拎得清，除了家世太差，配若懷也沒什麼不好，我們家現在這樣，又不需要若懷娶高門嫡女錦上添花，若真能成——」

「你以後得吃得走不動！」衛大夫人沒好氣道：「別的我不管，只要杜三妞不同意，若懷不准用強。」

隨著皇子們一個個長大出宮建府，有真才實學的皇子越來越不安分，除了太子嫡系，朝中大臣沒人能躲得過他們的關懷。

衛炳文因為妹妹嫁給太子的嫡親哥哥，被打上太子的烙印，沒人來拉攏他，可是一想到每次大朝會都像打一場硬仗，說句話也會被同僚分析來、分析去就頭疼。「我知道，一定轉告父親看緊若懷。把這個食譜，連同杜三妞寫的，還有之前若懷寄來的，整理好抄三份，一份送給皇上，一份送去太子東宮和妹妹那兒。改天請同僚和他們夫人來我們家賞菊吃蟹，明兒我就派人去鄉下買菊花，務必準備十個碟子、八個碗，讓他們吃得扶著牆出去。但是，夫人，切記，千萬不能告訴他們，菜是誰琢磨出來的。」

衛大夫人道：「我曉得，萬一真讓若懷那個小壞蛋得手，再說出三妞。」

「對。」衛炳文說著話，又忍不住嘆氣。「別人當父母的，我們也是，為什麼別人家就沒這麼多糟心事？兒子才十一，就得考慮未來兒媳婦……我還沒到不惑之年，可是給我的感覺卻是已經到了娶兒媳的年紀。」

「說得好像只有你一人犯愁。」衛大夫人不是怕兒媳婦是農女，而是怕兒子自以為是，把三妞惹毛了，拆人姻緣的事被爆出來，朝中大臣借此彈劾衛炳文，全家跟著受累。

衛炳文再次嘆氣。「不講這個，我們做好準備。這些天別閒著，妳瞅瞅哪家姑娘和三妞像，無論性格還是容貌，只要像就行，若懷年後回來，以若兮的名義把她們請過來。」

衛若懷估計作夢也想不到，他只是耍點小心思，此後多年父母都把他當成詭計多端之人；然而同衛炳文夫婦所料不一樣，衛若懷清楚他年少，說出來的話難以令人信服，即便他知道自己對三妞多麼認真。

所以在三妞跟前，衛若懷一直充當單純的鄰居，偶爾不經意間來點曖昧，沒等三妞察覺不對，那點曖昧就消失殆盡；也是如此，精明的杜三妞沒發現她身邊有頭虎視眈眈的狼，一如既往，做了新吃食就送到隔壁。

衛家爺孫再次收到京城來信時，廣靈縣遍地金黃。杜家村的村民一邊搶收，一邊組織村民守在稻田附近。

衛若愉不懂。「為什麼啊？祖父。」

衛老道：「怕野豬下山禍害。這時候山上半數草枯了，野豬餓了就會摸下山。」

「我們冬天怎麼沒見過？」衛若懷更加不解。「野豬下山禍害不該是冬天或者開春的時候？」

衛老說：「冬天山下只有麥苗，村子周邊的人家裡都有狼狗，野豬以前估計沒討到好，冬天才不敢出現。春天山上的草鮮嫩，夏天吃的東西多，只剩秋天，山上吃的變少，山下可吃的變多。」

「聽說大野豬比熊瞎子還厲害，村裡人能把野豬趕跑嗎？」衛若懷忙問：「我們要不要派幾個人去幫忙？」

「他們有對付野豬的經驗。」衛老見杜發財扛著鐵叉、丁春花拎著鐵鍬，往西北方向跑去，心中一凜。「不會這麼巧吧？」忙喊來護院，拿著傢伙隨他過去。

一走近，衛老看到一部分村民手裡拿著火把，他們對面有十來頭大小不一的野豬，衝著火把哼哼，顯然是不甘心，沒到稻田地裡就得回山上去。

杜家村的村民才不管這麼多，全村的漢子都到了，衛老還沒開口，就見村長一聲令下，開始圍剿野豬。

每個拿著火把的男人身邊，都跟著一個拿著鐵叉或者鐵鍬的年輕漢子。

衛若懷緊緊拉住堂弟，發現三妞在身邊，想了想，拉住她的手。「別怕，我家護院的功夫很厲害。」

杜三妞想說「我不怕，你放開我」，誰知衛若懷握得更緊。

村民一邊拿著火把試著靠近野豬，一邊拿著鐵叉朝野豬身上捅。就在三、五個男人舉起手中鐵叉同時刺向野豬時，衛若懷一緊張，把杜三妞拽到身後。

杜三妞盯著他的後腦勺，一陣無語。她又不是弱不禁風，至於嗎？

可是發現衛若懷眼裡濃濃的擔憂，杜三妞只能老老實實地被他攥住，只有衛若愉趁兩人沒注意，看一眼他們緊緊交握的手，偷偷撇嘴。

野豬雖凶悍，但抵不過杜家村人多勢眾又有對付牠們的經驗，十來頭野豬下山，最後只有三、四頭大野豬跑掉，其餘七、八頭已死或者半死不活的野豬身上，全是一個一個窟窿，血流得到處都是，看起來分外嚇人。

杜三妞小時候也見過野豬，不過，最多時也就兩、三頭。大概那時山上的野豬少，這兩年繁殖起來，一下子這麼多同時下山，若是之前嫌衛若懷瞎緊張，這會兒卻是當真害怕了，被衛若懷握住的手不禁回握他。「我們回去吧！」

村裡的小孩不被允許靠太近，野豬一被拿下，小孩子們就撒歡地往野豬跟前跑，根本沒人注意到三妞的非比尋常。

衛若懷巴不得和三妞獨處。「嗯，回去。若愉，你呢？」

「我當然和你們一起啦！」衛若愉很沒眼色地抓住三妞的另一隻手。「三妞姊，野豬肉怎麼做好吃的？」

三妞面色一僵。「都那樣了，你還吃得下去？」血肉模糊，多看一眼都想吐。

衛若愉反道：「怎麼吃不下去？一想想那群畜牲來禍害莊稼，我現在就想叫錢娘子割一塊肉回家燉。」

「也是哦。」杜三妞一聽這話，面色好多了。「不過我今天還是不想吃。」

衛若懷挑眉，錢娘子以前說閒話的時候講三妞厲害，拿著鐮刀把四喜逼得躺在地上一動也不動，看三妞現在這樣，原來她並不如平時表現得那般堅強啊！心中這麼想，此後每當杜三妞遇到點什麼事，衛若懷總是藉機到三妞面前反覆強調。「誰敢欺負妳，告訴我，我和若愉幫妳對付他。」

由於每次說話都捎帶上衛若愉，以致三妞遇到點芝麻大的事就會不由自主地想到衛家兩兄弟，最先躍入腦海的自然是關心她的衛若懷。那時三妞還沒發現不對，總覺得衛若懷真是個好孩子，便對衛家兄弟更好，儼然把他們倆當成了家人。

而杜發財和丁春花兩個粗心大意的，因平時和衛家來往密切，硬是沒察覺到一向只對自家人十分好的三妞，對和他們沒任何血緣關係的衛家哥兒倆比對杜小麥還好。

話說回來，野豬被趕走後，村民們估計野豬得很長一段時間不敢下山了，即便下山也只敢挑半夜裡行動，反正村裡半數人家都養著大狗，倒也不怕野豬報復。

# 第十三章

翌日，一半野豬肉拉到縣裡賣掉，賣的錢全部換成稱手的鐵器，第三天村民就拿著這些鐵器上山撿板栗。

野生板栗味道不錯，但個頭小，除了真喜歡吃的人，沒人樂意去撿，而這個特別喜歡的人中，就有杜三妞和李月季。上山前李月季就和三妞商量板栗怎麼做，三妞想著板栗燒雞，開口卻說做栗子糕。做栗子糕時只須加糖、糯米粉和栗子，前兩樣家裡有，不需要去縣裡買。

喜得一向覺得三妞被寵壞的李月季難得支持三妞，下山時還要幫三妞揹背簍，然而她年齡大了，三妞即便勒得肩膀疼，也不會叫她幫忙。

衛若懷看書之餘出來放風，聽曬稻穀的丁春花說三妞上山了，衛若懷回到家就喊護院隨他一起上山，由於太著急，差點忘記拿裝板栗的背簍。

走到半山腰，看到三妞扶著樹一步一步慢慢往下移動，衛若懷臉色大變。

鄧乙忙拉住他提醒。「少爺、少爺，您只是三妞的鄰居，鄰居而已！」

衛若懷轉頭瞪他一眼，深吸一口氣，壓下心中擔憂，淡定地往三妞走去，然而緊緊握著的拳頭洩漏了他此刻有多麼緊張。

杜三妞一見最不該出現在山上的人突然來到她跟前，下意識眨了眨眼。「你怎麼來啦？」

「聽說山上的野栗子可以做很多好吃的。」衛若懷隨口胡謅。「錢娘子和她閨女去縣裡買東西還沒回來，我剛好出來走走，想著去哪兒都是去，就過來了。」指著鄧乙手裡的籮筐。

「衛小哥也想撿栗子？」李月季好奇。

衛若懷「嗯」一聲。「山上不缺栗子，我撿些回去，也省得三妞做好往我家送。」野桃樹的那片地在三妞家西北方向，栗子樹在東南方向，這邊衛若懷沒來過。

三妞想了想。「我的給你，我再去撿。」

「那可不行。」衛若懷忙說：「被祖父知道非揍我一頓不可！不如這樣，鄧乙幫妳把栗子揹回去，妳告訴我栗子樹在哪兒？」

杜三妞眼中的衛若懷是個少年，即便他的身高快趕上杜發財，因此三妞想都沒想就說：「大伯娘，回去告訴我娘一聲，我晚點回家。」

杜家和衛家的差距好比雲與泥，李月季白天睡覺也不敢作衛若懷中意杜三妞的夢，且見衛若懷還帶著兩個護院，各揹一張弓。「知道了，別在山上耽誤太久。」根本不擔心衛若懷會存什麼見不得人的心思。

丁春花看著衛若懷一行往山上去，聽到她大嫂的話更不會多想，非但如此，還用粗布包住手，把栗子外面的毛殼去掉，等著三妞回家收拾。

山上的栗子早已成熟，之前杜家村的村民忙著收黃豆、犁地、種小麥，在晚稻成熟之前終於能歇上幾天，而且現在又不是吃不上飯的年代，栗子樹又長在高處，村民也就懶得上山撿栗子。

衛若懷知道山上物產豐富，比如他家經常吃的山菇，除了剛來那幾天，再也沒向別人買過；可當他看到滿地皆是栗子，不少還已壞掉時，仍是忍不住驚道：「怎麼這麼多?!」

「沒人要啊！村裡的男人出去做事，老人沒法上山，那些懶女人嫌麻煩，寧願不吃也不撿。對了，衛小哥，栗子不去掉外殼能放一、兩個月，叫你家的人多撿點回去吧？」三妞小心試探。「你家房子多，攤在地上不會發霉。」

衛若懷瞅她一眼，杜三妞那期待的小眼神瞬間變得如古井無波，衛大少心中暗樂，故作矜持，微微頷首。「行啊！都聽見沒有？」

「少爺，小的記下來了，回去就喊人過來。」其中一人瞅著同伴繼續說：「他在這邊保護你們，小的去裡面看看，少爺？」

「別走遠，最多兩刻鐘就回來。」衛若懷擔心杜三妞，隨便拿個籮筐就跑過來，籮筐看起來不小，半公尺高，架不住三個人同時撿栗子往筐裡扔，兩刻鐘不到籮筐就滿了。

一直守著他倆的護院立馬扯開嗓子喊同伴，誰知又等了一刻鐘，另一個護院才回來。

衛若懷面色不豫，眼瞅著即將噴火，熟悉他的護院忙舉起手裡的東西。

「野雞？」衛若懷臉上的怒氣瞬間消失殆盡。

杜三妞在他身邊見狀，簡直服氣，比唱戲的變臉還快。「不是野雞，是竹雞。他另一隻手裡拎的是麃子……等等，你往上面去了？」

「沒有。」護院道：「我剛往山裡走幾步，啪嗒一下，手背上多出一灘鳥屎，誰知等我抬頭一看，居然是這玩意兒，也不知道是村裡人不常上山，還是這東西傻大膽，我拿弓時牠還站在樹枝上不動彈，直到箭射出去牠才知道要飛。

「牠的翅膀亂撲打，箭被掃出去砸到這隻傻麃子。本來我不想捉的，麃子肉味重不好吃，可一想三妞姑娘定有辦法，便又補一箭，拽根藤條把麃子綁起來後，就去追拉屎在我手上的這隻雞，剛捉到牠就隱隱聽到你們喊我。」

「那你怎麼不立刻回來？」衛若懷問。

護院道：「我大概是闖到雞窩裡，捉了一隻，周圍還有三、四隻。這種雞個頭不大，做好還不夠二爺吃，所以又打了兩隻。」

杜三妞此時才看到，每隻竹雞身上都有血跡，不由自主地又想到早兩天血肉模糊的野豬群，心中一顫。「……我們快回去吧，晌午了。」

「對，回去殺殺洗洗，晌午還不耽誤吃。」衛若懷說完，另一個護院便揹起了籮筐。

衛家兩名護院從小習武，身體不知比衛若懷強多少倍，兩人揹著栗子、扛著麃子，下山時居然比衛若懷和杜三妞走得快。

「別著急。」衛小哥伸手扶住三妞。

杜三妞下意識想甩開他的手，又聽到衛若懷嘀咕——

「真是上山容易下山難，來的時候也沒見路有多陡。」

杜三妞便自動想著，衛若懷是怕摔倒，於是不再掙扎，由著他攥住自己的胳膊。

衛若懷最懂適可而止，到山腳下立馬鬆開三妞，然後像掩飾他的窘迫般，問：「栗子怎麼吃？」

杜三妞道：「放鍋裡炒著吃，我回家就做，你們到家先把雞洗好，待會兒我去教錢娘子怎麼做。」

「好。」衛若懷經過三妞家門口都沒停頓，直接回家。

板栗洗乾淨後，用刀在板栗外皮上切個小口，倒入鍋裡煮一刻鐘，然後撈出來備用，接著倒麻油化糖，待鍋裡的油糖燒至起白泡，把板栗倒入鍋裡翻炒至板栗熟，便可盛出來。

去年這時候杜大妮生了，一家人擔心大妮，也就忘了山上還有板栗這東西；今年家裡條件比去年好很多，有油又不缺糖，三妞折騰起來，丁春花一般情況下不心疼。

丁春花以前也吃過水煮的板栗，這是第一次吃糖炒板栗，忍不住說：「妞啊！我猜妳上輩子一定是個廚子。」

三妞心想，廚子？亓國的廚子也沒有大吃貨國的孩子會吃。「也許吧！娘，我給伯娘送點去。」

炒板栗現炒好吃，三妞總共炒了四大碗公的生板栗，板栗炒熟之後自然比之前多。丁春花見總共有三碗一盆，從盆裡倒出一小碗，剩下的放在櫃子裡。「這些留給妳爹，妳送過去吧，我做飯。」

杜三妞瞥她一眼，給兩個伯娘送板栗的時候，放下碗抓起一把示範。「伯娘，像這樣直接剝掉殼就可以吃了。」

段荷花和李月季兩人也沒多想，只是李月季一聽板栗這麼香是用油和糖炒出來的，立馬問：「栗子糕怎麼做？」炒板栗太浪費食材了。

杜三妞和她說一遍，等送板栗到衛家時，錢娘子不但已經洗好雞，連雞肉都剁好，就等著下鍋炒，三妞先教她如何把板栗的皮去掉。「炒竹雞就和炒家裡養的雞一樣，雞肉倒鍋裡翻炒變色後把板栗倒進去燉，雞肉燉入味便可出鍋。」

「這隻傻麃子呢？」錢娘子犯頭疼。

三妞說：「麃子肉得放水裡泡，反覆換水泡去血水後，再放調料醃，像醃野豬肉那樣，然後加藕粉或者山藥粉拌勻，倒油鍋裡炸，炸至金黃出鍋就沒那麼重的味了。」

「照妳這樣說，晌午吃不到了？」衛老接道。

杜三妞瞥一眼他手裡的板栗。「您老還能吃得下去？」

衛老呵呵一笑。「的確吃不了那麼多。」然而老人家卻不知，吃不了那麼多還使勁吃的大有人在。

京城百官早就聽說衛家廚子極會做吃食，也看到衛炳文兄弟倆胖了一圈又一圈，因此收到衛炳文賞菊請柬的達官貴人們，下朝後立馬回家換衣服，卻依然沒能成為第一個抵達衛府的人。

大皇子是諸皇子當中最清閒的人，衛炳文前腳剛進家門，他後腳帶著王妃就到了，那時衛炳文剛剛換下官服，都沒來得及出門迎接。

這位主子是個不拘小節的人，見到衛炳文就直呼。「大舅哥，趕緊把你家好吃的端上來，本王早上只喝了一碗粥！」

衛炳文暗暗搖頭，立馬吩咐家人端出饊子，並親自給他倒一杯果酒。「廚房還沒做好飯，您少吃點。」

「知道、知道。」大皇子毫不在意地揮揮手。「忙你的去吧，王妃和本王不是外人，不用你招呼。」

衛炳文心想：我也不想招呼你啊！可站在門兩側的侍衛，都是你弟弟太子的人，我不把你招呼好，明天就得回老家種田了！

「下官令人送去的食譜您收到了？」

「早收到了。」王妃見自家王爺只顧著吃喝，便替他回話。「太子早幾天叫王爺去東宮一趟，大哥，不出三日，京城就會多一座酒樓，賣你給的那些吃食。」

衛炳文早就料到了。大皇子和太子長得有五分像，其他地方卻一點也不像，大皇子一根腸子通到底，而太子的心眼即便所有皇子和皇女加在一起也沒他多。

當初皇后不顧年齡大，拚命要再生個孩子，便是希望生個七巧玲瓏心的皇子，護著她那心實到連對皇位虎視眈眈的二皇子都不好意思算計的兒子。

事實上，皇后如願了，也因生下七皇子後身體大不如前，撐到七皇子三歲就撒手人寰。那時太皇太后還在，便把七皇子帶到身邊教養，七皇子九歲被立為太子，十一歲時太皇太后離世。

太皇太后下葬當日，數十位官員因對太后不敬，被皇帝罰跪在冰天雪地裡，有人甚至從此落下每逢陰天下雨膝蓋就痛的毛病，而那次在皇帝面前多嘴的人，便是太子。

後來太子懲罰身邊不懂規矩的奴才，被御史臺參劾，說太子小小年紀心狠毒辣。皇帝剛把太子叫到跟前，大皇子也到了——

皇帝自然知道有人通風報信，便晾著大皇子。

大皇子卻忍不住，想到就問：「小弟犯了什麼錯？父皇。」

皇帝平日裡極其喜歡為人實在的大兒子，畢竟是他第一個孩子，便說：「他打死個奴才。」

「一個奴才而已。」大皇子睜大眼。「這點事值得您過問？小弟是太子，打殺個奴才是很大的事？」

皇帝一噎，自然不算，可是……「他是太子，國之儲君——」

「還不是有人在您面前告狀。」大皇子不耐煩聽他嘮叨，自小便是，是皇帝慣得，也是太子故意縱容，以至於這位主兒活得很肆意。「兒臣聽說，參小弟的御史就是上次因小弟而被您罰跪的大臣中一個人的親家。兒臣覺得他就是公報私仇，您居然連查都不查就罰小弟！」上前拉起太子。「小弟起來，你又沒錯！」

二十出頭的大皇子輕輕用力就把十來歲的小太子拽起來。

小太子抿著嘴，由著兄長和皇帝胡攪蠻纏。

皇帝氣個倒仰，又不能怪太子，大皇子敢在他面前這麼放肆，是他咎由自取。「誰告訴你的？」

「我大舅哥。」大皇子反手就把衛炳文賣了。

太子外家和太皇太后娘家都是武將，而衛家是文臣，當初皇帝和衛家結親，便是想給太子找個幫手，結果砸到自己的腳，皇帝氣得胃疼。

沒等皇帝開口，大皇子又說：「我大舅哥說，上次您罰的那些人都在背後說過兒臣壞話，小弟叫您罰他們根本沒有錯，他們不但對太皇太后不敬，還敢議論兒臣，兒臣覺得您罰得太輕了，若在我這兒——」

「你想怎樣？全殺了？」皇帝不知道後面還有這麼一齣，看太子的眼神瞬間變得很欣慰。

大皇子沒看出來，繼續說：「殺他們太輕了，怎麼也得讓他們再跪四個時辰！」

「滾滾滾！」四個時辰？甭說腿，人也廢了！

翌日，御史被皇帝削去官職，自此再也沒人敢惹太子，恐怕他趁著太皇太后忌日再來一齣，畢竟當年皇帝能順利登基，離不開太皇太后的鼎力支持。

衛炳文忙問：「太子還有什麼吩咐？」

「小弟說，你家再有什麼好吃的，直接把食譜送到酒樓裡。」大皇子開口。

衛炳文第二天就給兒子寫信，命他立馬把食譜送來。

衛若懷接到信後，先給京城的好友去一封信，問其京城最近有什麼新鮮事，估算著信件快到京城，衛若懷才給他父親回信。

給好友的信中，衛若懷更想問，他父親的腦袋是不是被驢踢了？算著時間，母親該發現鐲子少一個了，結果非但沒責問他，還讓他找三妞要食譜？

如此非比尋常，衛若懷只得小心翼翼旁敲側擊；而給他父親的回信衛若懷也很謹慎，只寫栗子糕、糖炒栗子和板栗燒雞三種做法，並送了四箱栗子託驛站送往京城。

衛炳文收到栗子，立刻把其中三箱送到御膳房、太子東宮和大皇子府中。衛若懷也收到好友的信了，說京中多出一座酒樓，酒樓上下共三層，自開業那日起，每天人滿為患，用日進斗金來形容也不為過；可怕的是，酒樓背後的主人居然是實心眼的大皇子，即衛若懷的姑父。

衛若懷很瞭解他，大皇子若有那份能耐，皇后三十多歲時也不會想著再生一個，皇帝也不會對大皇子放養，所以，酒樓真正的主人只有一個——太子。

翌日，衛若懷到三妞家中，直言：「有個親戚在我家吃過飯就打算在京城開家酒樓，他想向妳討幾個特別的食譜。」說到這裡，衛若懷很不好意思地抿抿嘴。「不會白要妳的食譜。」

「你家親戚？」杜三妞很詫異，不禁眨了眨眼睛。「哪位大人？」

衛若懷笑了笑。「什麼都瞞不過妳，我姑父。」

「姑父？」杜三妞重複一句，意識到對方是誰，猛地睜大眼。「大、大皇子？」見他點頭，又是一驚。「他開酒樓?!」說出口，忙往四周看了看，見周圍沒人。「大皇子很窮？他不是太子的哥哥嗎？」

「皇子俸祿挺多的，但只夠維持日常開銷。」衛若懷道：「我們家在京城也有很多土地和幾間鋪面，不過我家是把鋪面租出去，靠收租，不然憑我父親那點俸祿，果酒他也喝不起。」

「原來如此。」杜三妞恍然大悟。「我明天給你成嗎？」

「不急。」衛若懷道：「之前給我父親的食譜足夠酒樓賣到年底。」

今天是十月二十五，蔬菜、瓜果早已下市，京城已下過一場小雪，沒什麼蔬菜可吃，衛若懷怕三妞為難，故意這樣講。

杜三妞一心想和衛家交好，因和衛家關係密切，不但她家，連在縣裡的兩個姊夫都會受益，起碼衛老生活好著的時候，縣令乃至知府都不會故意找兩個姊夫麻煩，更甭說縣裡的地痞無賴了。

當天晚上，三妞就做了山藥餅和山藥糕送到衛家。

衛若懷吃到之後不再像之前那樣叫錢娘子跟她學，而是親自問三妞如何做這兩種糕點，做的時候需要注意什麼，糕點和什麼食物相剋等等。

杜三妞自是知無不言、言無不盡。

這個時節京城可以吃的蔬菜、瓜果不多，就蓮藕、花生、白菜、蘿蔔、荸薺、山藥幾樣而已，蓮藕和花生的吃法，杜三妞早已做過好多種，如今她只能把主意打到剛剛收上來的荸薺和山藥上面。

短短五天，杜三妞用荸薺和山藥分別做出十來種吃食，然而她卻不知，衛若懷越過他父親，直接寫信給大皇子，信中提到這些吃食是杜三妞和段家酒樓的廚子一起研究出來的。

大皇子收到信後，立馬去找太子。

太子早已猜到衛家送來的食譜不是出自衛家廚師，畢竟衛炳文兄弟吃胖是在衛老回到老家之後；可食譜的原主人是個小丫頭，太子倒是沒料到。

「小弟，我們把那個杜三妞召來京城？」大皇子想到就說。

太子眼中閃過一絲古怪。「別想，父皇若是知道孤為了口腹之慾拆散百姓的家庭，父皇會對孤很失望。」

大皇子心中一緊，忙說：「不能讓父皇失望，這話當我沒講！」

「嗯，我也沒聽見。」太子此話一出，大皇子使勁點點頭。「以後酒樓每四天推出一樣新菜。」

大皇子瞬間僵住。「為什麼？」

「細水長流。」太子道：「大哥，酒樓的事你別管，我會安排好。」

大皇子實心眼但不傻，他家小弟才十六歲，每天不但得跟在父皇身邊學習，還得應付那群沒事也能蹦躂幾下的兄弟，自然不想小弟還分心管酒樓的事，便大包大攬道：「你別管才對，酒樓交給我。」

「行啊！有不懂的地方再問我。」等他出去，太子照樣吩咐下去，小事由著大皇子，大事必須先來稟告他。

自從七年前七皇子被立為太子，皇帝怕大皇子被有心人帶歪，卻又不希望他太能幹，威脅太子的地位，即便清楚他對庶務不感興趣，還是把人往衛炳文身邊塞。

衛炳文希望妹夫出息點，便逮著機會教他如何處理事情。可大皇子逍遙自在多年了，哪是衛炳文一朝一夕能教好的？

偏偏衛炳文在正事上極為較真，一個問題反覆強調數十次也不嫌煩，生生逼得大皇子一狀告到皇帝跟前，說衛炳文故意刁難他。

皇帝裝作很為難的樣子。「那怎麼辦？你都成家了，總得立業吧？要不你每天學一點，慢慢來，朕告訴衛愛卿，不准為難你。」

「這個好！」大皇子根本不喜歡處理傷腦筋的事，得到他皇帝老爹這番話，七年過去，吏部的事他仍是只懂個皮毛。

衛炳文若是還不知道皇帝是故意為之，那他就真是個棒槌了。

太子手下的人一部分來自皇后，一部分來自太皇太后，很清楚如今的大皇子對主子沒有一點威脅，而大皇子又是皇后的親兒子，因此酒樓裡管事的人看見大皇子，當真把他當成主子尊敬，遇到點小事就向他請教。

大皇子很開心，因而對酒樓格外用心，沒事就出去逛逛，找找食材，然後寫信問大姪子他找到的那玩意兒該怎麼吃？這可忙壞杜三妞了。

杜三妞怕她爹娘擔心，便說：「姊夫的酒樓要擴建，我得多給他準備幾道新鮮吃食。」於是三天兩頭把她所知的菜做一遍，丁春花和杜發財也沒懷疑。

其實杜三妞直接寫食譜就可以，然而她怕哪天爹娘想起來問「那些東西妳都沒做過，怎麼知道可以吃」就麻煩了。

吃的花樣多，春節來臨之際，正在抽高的衛小哥因此胖了一圈。

衛若愉那小孩經常幫三妞試吃，吃得太胖，導致每天天剛濛濛亮就被衛若懷拉起來，和衛若懷一起跟著師傅學武。

「三妞姊，大哥可煩人啦！」臘月二十四是南方小年，衛老給兩個孫子放假到年初二，小孩叫上杜小麥就躲到三妞家裡。

杜三妞正在篩綠豆麵，聽到這話失笑搖頭。「小麥想學些強身健體的功夫都沒人教，你可別不知足了。」

村裡人沒膽請衛老給他們孩子當老師，倒是盯上衛家的武師傅。三妞不教村裡人做桂花酒的事還沒過去多久，衛老不想變成下一個「杜三妞」，於是在和杜發財聊天時，故意說武師傅是他兒子衛炳文高價請來的。

杜發財能藏住話，然而武師傅這事他不覺得有什麼好隱瞞，於是，村裡人想透過和衛家關係極好的杜發財把孩子送到衛家學武時，杜發財非常實誠，把之前在衛老處聽到的和盤托出。

衛老都說高價了，村民根本不敢想像那個價格得有多高，便打消了念頭，就怕武師傅向他們要拜師禮。

杜三妞不知這事，衛若愉也不知道，便問：「小麥，你想學武啊？」
杜小麥的爺爺和杜發財聊過，在家也和他奶奶說過，小孩連連搖頭。「不，奶奶說你家武師傅的拜師費可貴了。」
三妞一愣，想了想。「那不如讓若愉教你，就在我家，我們關上門，不讓武師傅看到？」
「這樣也行？」杜小麥瞪大眼。
衛若愉這段時間天天被他大哥訓，能不回家就不回家，正想著在三妞家裡沒事幹，一聽這話，立即捋起袖子。「來，我現在就教你。」
「小麥沒學過，若愉，得從頭開始啊！」杜三妞忙說。
衛若愉點點頭。「放心吧，三妞姊，我知道。」說著話就把門關上，想了想又不放心，乾脆關上門閂。
杜三妞簡直不知道該說他什麼好。
話說回來，杜三妞把荸薺和山藥的吃法送給衛若懷後，衛若懷替三妞向大皇子要了份謝禮，點名不要金銀，太俗。大皇子人實在，想到這段時間銀子像流水般往家裡進，乾脆去庫房裡翻出一塊上好的羊脂白玉石，叫皇宮裡的雕刻師給她雕一對手鐲。
杜三妞受之有愧啊！總覺得拿別人的東西為自個兒謀暴利，這幾天便一直在琢磨吃食。
怎奈大冬天裡吃食有限，她倒是想到暖鍋子，然而暖鍋子是銅製的，現如今她沒那麼多銅錢製作暖鍋子。不得已，杜三妞這幾天得空就往縣裡跑，瞧瞧有沒有什麼新食材。

食材沒找到，晌午在她大舅家吃飯時看到了青小豆，即綠豆。

綠豆的吃食，杜三妞只知道綠豆湯和綠豆粉絲。她做過很多次麵皮，綠豆粉絲倒是難不倒她，於是三妞把她大舅家的綠豆都買下來，足足有百斤，嚇得丁家兩兄弟去找杜大妮。

杜大妮喜歡拿針線活嚇唬三妞，丁家兄弟知道大妮能制住她，結果大妮沒找到，段守義來了；不但來了，還幫三妞付錢，後又讓跑堂送三妞回家！這下可把丁家兄弟氣得不輕，跺著腳大吼。「使勁慣，早晚得慣出個祖宗來。」

段守義心想，不用等以後，杜三妞現在就是他們家的活祖宗，還是會生錢的那種！可這話段守義不敢講，怕兩個舅舅逮著他胖揍一頓。

丁春花得知綠豆是段守義付的錢，第二天就倒十斤綠豆去磨粉。

她走後三妞跟她爹小聲嘀咕。「我娘這次真捨得！」

「那當然，又不是我們家花錢買的。」杜發財說完就跟上去，冬天早上凍，下午天黑得早，進了臘月，杜家村的男人們就不再出去做事了。

石磨磨出的粉太粗，杜三妞怕大皇子嫌棄，便用篩子篩出細粉，用來做綠豆粉絲。

不知內情的丁春花和杜發財幫忙，等杜小麥和衛若愉倆玩出一身汗，三妞也做出一碟子粉絲。「若愉，去喊你祖父和你大哥，今天在我們家吃豬肉燉粉絲。」

「好咧！」衛若愉披著他的小斗篷，和杜小麥兩個搖搖晃晃往家裡跑。

小年啊！自家雞魚肉蛋都備了，衛老很不好意思去別人家吃。

沒等他開口拒絕，衛若懷就道：「若愉，叫錢娘子割兩斤豬肉、剁半隻雞，你們先拿到三妞家裡去。」

「你還真不拿自個兒當外人。」衛老無語。

衛若懷聳聳肩。「早晚是一家人，您老可真矯情。」

衛老冷笑。「你是不矯情，當然，也許你根本不知道矯情是什麼。」

「那又不能吃，我不知道怎麼啦？」衛若懷抬腳往外走。

衛老真想朝他屁股上踢一腳，不要臉的玩意兒，揍死算了，省得天天氣他。

衛若懷猛地回過頭，衛老一臉警惕又心虛。「看我做甚？」

「問您去不去？不去我叫三妞少做些。」衛若懷上下打量他一番。

衛老簡直醉了。「三妞姓杜，還沒冠上你的姓！叫她少做點？說你胖還喘上了！」

衛若懷瞥他一眼，淡淡道：「我不和您吵，父親叫我來照顧您，不是來欺負您的。」說完，大步流星往外走。

衛老愣住，待反應過來，外面哪還有大孫子的身影？

杜三妞為了做粉絲，特意到縣裡打鐵鋪訂做三個鐵篩子，一個鐵篩子上面的孔比針眼稍稍大一點，一個有細麵條那麼大，一個像寬麵條。亓國製作刀具需要報備，杜三妞說她訂做的鐵篩子是用來做飯的，鐵匠見鐵篩子沒法傷人，便只是在帳本上記錄下來，倒也沒去縣衙報備，搞得人盡皆知。

衛若愉回家喊人時，三妞已做出一碟細粉絲，等衛若愉回來，她又做出一碟粗粉絲，衛老慢吞吞到時，她正從鍋裡撈粉絲。

「涼拌著吃嗎？」衛老好奇地問。

杜三妞搖頭。「煮著吃。」

十斤綠豆粉可以做出五斤粉絲，做好後攤開放到屋外晾著，就開始燉排骨。

豬肉價格上漲了一點，但骨棒卻沒漲價。每次去縣裡買豬肉，三妞總喜歡買大骨頭，屠夫認識三妞，他如今每天至少能賣掉兩頭豬，都是託杜三妞的福，因此每次杜三妞去買豬肉，豬肉錢照舊收，骨頭卻從不收錢。

杜三妞知道這一點，即便想多買點大腿骨，也只要兩根。排骨燉熟後，杜三妞開始做豬肉燉綠豆粉絲時，爐子上的大腿骨也煮出味了。這時三妞叫她娘看著燉粉絲的鍋，她拿出兩根酸黃瓜和一顆酸菜，洗乾淨後把黃瓜、酸菜切成粒備用。

豬肉燉粉絲盛出來後，三妞炒點花生，然後又就著油鍋炒兩勺茱萸果醬。粉絲和生菜一起倒骨頭湯內煮，盛出來之後在上面撒上花生、香菜、黃瓜和酸菜粒，最後淋上紅彤彤的茱萸油和醋，一碗紅裡透著黃、黃下臥著綠的酸辣粉絲出鍋。

衛老被酸菜味刺激得吞一口口水，叫衛若懷端碗、端菜。三碗酸辣粉絲端到堂屋裡，杜三妞又用最後那斤細粉絲做了四小碗酸辣粉絲，這次放的茱萸少，是給他們四個小的吃的。

杜小麥本來得回家吃飯，三妞做排骨時丁春花去了小麥家裡一趟，告訴小麥他爹，今天三妞做了新鮮的吃食，小麥不回來吃飯了。

杜小麥他爹猛地想到三妞以前要認小麥當乾兒子，便對丁春花說：「我家今天做了小雞，麻煩嬸子跟小麥說，吃一點就回來，我給他留兩隻大雞腿。」

丁春花哪知道自家閨女那麼會嚇唬人，到家給小麥一講，小孩可高興了！然而吃到有點辣、有點酸的粉絲，喝著骨頭熬出的湯，杜小麥摸著圓鼓鼓的肚子，眼睛一個勁兒地往桌子中央的排骨和豬肉粉絲上瞄。「三姑，我、我……妳去告訴我爹，說我太睏，吃著吃著睡著了，叫他給我留著雞腿，我睡醒再回家吃好不好？」

「咳……」杜三妞看著眨著大眼的小孩，差點被粉絲嗆死。「你家數你最小，今天吃不下，你爹也會給你留著。」

「不，妳不知道的。」杜小麥很苦惱。「我爹若是知道我吃撐了還惦記家裡的雞腿，一定會說我貪得無厭，然後自個兒吃掉。」

杜三妞好想說「既然知道，幹麼還吃這麼多」，話到嘴邊……嗯，她做的東西好吃，小麥捧場嘛！「行，反正我得再去地裡摘點生菜，午飯油水重，晚上吃清淡點，路過你家的時候替你說。」

杜小麥樂得咧嘴笑道：「三姑姑，我還能再吃一塊排骨嗎？」

「你已經吃三塊了。」丁春花指著他面前的骨頭。「湯喝完，到我屋裡睡覺去。」頓了頓。「你三姑說湯比肉補。」

杜小麥一聽這話，端起碗把最後兩口湯喝完，轉向衛若愉。

衛家二少一向只吃肉，今兒三妞給他盛了半碗粉絲、半碗生菜，小孩眉頭皺得都能夾死蚊子了，但為了以後還能來三妞家裡吃飯，他全程苦著臉吃下去，只有湯留下來。雖然酸辣粉絲的湯比粉絲好吃，可他就是不想喝。

杜三妞也覺得小孩太胖，只要衛若愉抬頭往排骨看，三妞立馬給他挾點茶樹菇和粉絲放他碗裡。小孩好想糊她一臉粉絲，然而兄長就在身邊，小孩很沒膽哪！此時一見杜小麥看他，衛若愉立刻放下碗說：「走吧，我們倆一塊兒去。」

衛若懷指著碗。「湯喝完。」

「我吃飽了。」衛若愉道：「吃飽還叫我吃，大哥，你是疼我還是故意刁難我？」

「嗯，既然吃飽，那想必你晚上也不餓了。」衛若懷知道小孩的食量，半碗湯絕對能喝完。杜小麥打算歇一會兒，回家吃雞腿，而他這個堂弟估計也打算睡醒了使勁地吃排骨。

衛若愉整個人不好了，鼓著腮幫子。「我要寫信告訴大伯，說你虐待我，不准我吃晚飯！」

「行啊！」衛若懷道：「別忘記順便告訴叔父一聲，你比小麥小一歲，但是比人家重十五斤。」

「你……你、你，我又沒秤過，你知道我多重？我自個兒都不清楚，你就這樣胡說八道，大哥，信不信我——」

衛若懷心中一凜，慌忙打斷他的話。「我信你多重沒用，年初三回京，你確定這麼短的時間能瘦到和叔父走時一樣？」

衛若愉一噎，端起碗兩、三口喝完，拉著杜小麥氣丕丕跑回衛家。

杜三妞第一次看到小孩如此生氣，不禁擔心地問：「沒事嗎？」

「沒事。」衛若懷道：「若愉知道我為他好。」頓了頓。「三妞，把粉絲的做法寫給我吧！」

「好啊！」杜三妞轉頭便說：「娘，等我寫好了，妳回頭給大姊夫送一份。」

丁春花說：「我有時間再送。」

杜大妮頭胎生個閨女時，丁春花很怕杜大妮像她，連生三個閨女，以前見三妞向段守義要錢，丁春花還覺得小閨女不懂事。

如今看到段家的酒樓擴建得比之前大，怕段守義有錢後生二心，不但覺得三妞向他要的錢少了，還偷偷跟杜發財說，不能給段家太多食譜。於是，丁春花就攬下給段守義送食譜的事。

杜三妞無所謂。「隨便妳。」和衛若懷去她房間裡，她說，衛若懷寫。

衛若懷發現三妞停下來，抬頭看到她猶豫不決的樣子，忙問：「怎麼了？有問題？」

「綠豆粉其實可以單獨賣，我……我覺得你姑父把這事交給京城百姓來做比較好。」三妞更想說，大皇子靠她給的食譜賺了不少錢了，就把這點小錢讓出去吧！

衛若懷點點頭。「做粉絲的確麻煩，不過，妳別擔心，大皇子出宮建府時皇上給了他一處莊子，莊上有四、五百口人，能做夠他酒樓裡用的粉絲。」

「這樣啊……」三妞道：「莊子上的人是大皇子的奴才？」

「不是。」衛若懷說：「平民百姓。稅不交給朝廷，交給大皇子，村長也不受朝廷管轄，聽大皇子的。」說到這裡，衛若懷突然意識到他和三妞之間的差別。

杜三妞很聰明，可她去過最遠的地方是建康府，平日裡接觸到的人不是百姓就是販夫走卒，衛若懷便打定主意日後每天給她講一些京城裡的事。

京城對杜三妞來說很遙遠，潛意識裡認為自己這輩子都不會去京城。然而人都有好奇心，何況回到古代的三妞？她對皇帝長什麼樣不感興趣，卻很喜歡聽京城裡的事，就當聽別人的故事，每當衛若懷和她說起京城裡的事，三妞都聽得很認真。

不過，她也沒忘記正事。丁春花臘月二十七去縣裡買過年的東西，依然沒有把粉絲的做法交給段守義，精明的三妞猜出不對，就去找她爹。杜發財有什麼事都不瞞三妞，當然，如果三妞不問，他也不會主動對孩子講。

杜三妞瞭解了丁春花的擔憂，便說：「等大姊生出兒子，我們再把粉絲的做法交給段家。」反正京城離這邊遠，消息傳來需要很長時間，等京城的粉絲傳到廣靈縣，估計她大姊兩個孩子都生出來了。

杜發財問：「那我們家的粉絲怎麼辦？」杜三妞又做了一些粉絲留著過年吃，而且杜三妞買綠豆是段守義付的錢，他來送節禮一定會問綠豆哪兒去。

杜三妞想了想，說：「做綠豆麵吧，反正姊夫也沒吃過涼皮。」

做麵皮太麻煩，段守義食量大，杜大妮的食量和丁春花差不多，他們以前過來時，三妞從未想過做麵皮，都是什麼簡單做什麼。

段守義約趙存良來送節禮那天，衛家哥兒倆啟程回京。馬車裡除了兩人的書本和衣物，全是饊子和烙饃。後面一輛馬車裡是粉絲和兩罈葡萄酒，至於兩名護院和他倆的小廝，坐在外面輪流駕車。

路上鄧乙閒著沒事，便靠在車廂上和他家公子聊天。「我們只帶兩罈葡萄酒，送給誰啊？」反正他不認為是送給京城的兩位老爺，否則兩位老爺不會到現在還不知道家裡有葡萄酒。

「送給大皇子。」這裡沒外人，衛若懷也沒瞞著。「如果能藉此見到太子，那就更好了。」

正在吃南瓜子的小孩猛地坐直。「你找太子幹什麼？」

衛若懷微微一笑，故意逗他。「請他為我和三妞賜婚啊！」

衛若愉臉色大變。「你、你敢?!三妞姊都不知道你心悅她！我跟你講，把三妞姊惹生氣了，我、我不認你這個大哥！」

「小若愉，能耐啊！」衛若懷揪住他的耳朵。「怎麼，想跟三妞姓杜啊？我警告你，趁早死了這個心！」

「別想岔開話題，你明知我不是這個意思！」衛若愉急急道：「我聽祖父說，三妞姊吃軟不吃硬，你貿然請太子賜婚，會……那個詞叫什麼來著，鄧乙？」

「適得其反。」鄧乙說。

衛若愉說：「對！大哥，可得想清楚啊！況且就算太子給你們賜婚，你們也得再五、六年才能成親，你越過大伯和大伯母，最後受罪的會是三妞姊。」

衛若懷想到父親寫給祖父的信中反覆提到，請祖父看住他，不准他再壞三妞的親事等等，不禁很想告訴堂弟，他假如用「賜婚」的手段把三妞娶回家，他母親得把三妞供起來。中間這些事說來話長，衛若懷懶得給堂弟解釋。「瞧你嚇得！我見太子是想告訴他，做粉絲的人叫杜三妞，三妞在他跟前露臉，日後你伯母也不敢對三妞太過分。」這個日後自然是指他母親知道真相。

「這樣啊！」衛若愉恍然大悟。「不對，哥，你連伯母都算計?!」

衛若懷皺眉。「怎麼能叫算計？充其量是善意的謊言。」

「嗯，你說是就是，反正我看清你了。」衛若愉戴上帽子，裹上斗篷，掀開車簾。「鄧乙，去車廂裡坐，我們倆換換。」

天冷，鄧乙和另一個護院捂得只露出眼睛，聲音沈沈道：「二少爺快進去，外面冷！」

「不行，再不出來透透氣，我會忍不住揍大哥！」衛若愉戴著三妞給他做的棉手套，使勁拍拍手，惡狠狠地瞪著衛若懷。

衛若懷伸手把小屁孩拉到身邊，笑道：「杜家和我們家的差距太大，若想你三妞姊在我們家過得舒心，我必得這樣做；而且三妞現在只想嫁給和杜家門當戶對的人，即便她很中意我，但凡你大伯或者大伯母表現出一絲厭惡，三妞都會選擇另嫁他人。何況三妞對我的喜歡，又不是女人喜歡男人那種。」

「你還知道啊？」衛若愉故作驚訝。

衛若懷咧嘴笑了笑。

衛若愉白他一眼，若眼神能殺人，衛若懷少說已死了千百次。

衛若懷捏捏堂弟的小胖臉。「肥水不落外人田，懂嗎？」

「不懂，我才五歲。」六歲生日已過兩個月的小孩轉頭望著車窗外。

一到京城，衛若懷說先去大皇子府邸拜訪，小孩沒點頭也沒拒絕。看見王妃揚起笑臉，給她拜個晚年。

王妃帶小姪子回內院，客廳留給王爺和她大姪子談事情。

衛若懷當真稱得上學以致用，只是衛老教的和他在書本上學到的內容暫時沒機會用到外人身上，全用在了自家人身上。

他叫鄧乙、兩個護院把葡萄酒和粉絲搬進來。「這些東西全是杜三妞做的，葡萄酒可以喝，不過釀好的時間太短，味道沒法和西域進貢的葡萄酒比。」

「這個杜三妞真厲害。」大皇子接過寫著粉絲、粉條吃法的冊子，粗略翻看一眼。「我叫小弟把杜三妞召來京城，小弟還不同意呢，若是被老二他們弄去可就麻煩大了。」

衛若懷心裡一咯噔，他居然忘記二皇子等人了！忙問：「他們知道杜三妞的存在？」

大皇子搖搖頭。「暫時不知道。」頓了頓，又說：「食譜從你家流出的事瞞不住，而且你家之前沒什麼食譜，是你父親回一趟老家才帶來的，我都能想到，何況二弟？」

衛若懷眉頭緊皺，有些失態地說：「杜三妞才十一歲，年齡這麼小。大皇子，您可得想想辦法，千萬不能叫二皇子的人找上三妞。」

「十一？」大皇子不禁瞪大眼。「這……這也太小了吧？」

衛若懷點頭。「她屬牛，我屬鼠，剛好比我小一歲。她爹娘是普通農夫，和二皇子硬碰猶如以卵擊石。對了，杜三妞的姊夫在廣靈縣開了個小酒樓，酒樓裡也賣這些東西，但是不賣綠豆粉絲。父親給我去信讓杜三妞琢磨些新鮮吃食，她就沒告訴她姊夫粉絲的做法。」

大皇子一聽這話，心中有些觸動。「我和小弟商量商量，你和若愉趕緊回家吧，這麼久沒見過父母了。」

衛若懷哥兒倆到家時，大皇子也到達東宮。太子在詹事府尚未回來，管事姑姑把大皇子請去書房，大皇子拿起筆把螞蟻上樹的做法抄下來，遞給伺候的宮女。「晌午做這個。」

「是，王爺。」東宮宮女、太監把大皇子當成半個主子，很是尊重他。

太子回來時，暖閣裡已擺上飯菜。太子見飯菜冒著絲絲熱氣，脫掉大氅，洗漱好就衝著左右服侍的宮女、太監們揮手。「下去吧，我和皇兄有事商議。」

「小弟怎知我找你有事？」大皇子給他倒了一杯葡萄酒。「若懷那小子送來的，據他講是杜三妞做的，嚐嚐味道如何。」

「明天十五，宮中有家宴，左右你得進宮，如果是小事，你今兒還會再跑一趟？」太子肯定地說。見餐桌中央有一碟沒見過的吃食，又問：「那是什麼？」

「青小豆做成的粉絲，和肉末、黃豆醬、骨頭湯一塊兒燉，還有個很有趣的名字，叫螞蟻上樹。」大皇子用公筷給他挾一點。「粉絲我派人送去膳房一份，沒告訴御廚這種吃法，只給他們講豬肉燉粉絲和酸辣粉絲的做法。若懷送來兩罈葡萄酒我留一罈，不給父皇？」

「不給，宮裡好酒多得他都喝不完了。」太子道：「大哥，說正事。」

「對哦，差點忘了。」大皇子把他的擔憂和從衛若懷那裡聽到的一字不差地說出來，才問太子該怎麼辦。

太子不關心杜三妞如何，但衛家和杜三妞家的關係，以及衛老就在杜家村，讓太子不得不好好想想。「等等，衛若懷為什麼告訴你他屬鼠，杜三妞屬牛？」

「話趕話說出來的吧！」大皇子想都沒想就說。

太子微微搖頭。「他可以說杜三妞比他小一歲，而且十一歲這話根本不用講，我們都知道衛若懷多大。」

「若懷比較關心杜三妞吧！」大皇子和衛家女成親時，衛若懷還是個奶娃娃，大皇子見到衛若懷就想到他家小弟小時候。他家小弟自從母后去世就不准他抱了，大皇子好一陣惆悵，因此到衛家一看見衛若懷就抱著不鬆手，對於自己看著長大的孩子，大皇子從未懷疑過什麼。

太子自幼失恃，雖有太皇太后護著，可太皇太后年齡大了，總有顧及不到的地方，久而久之養成太子習慣走一步、算三步，在外人面前說話做事總會多思考幾遍。

「也許吧！父皇假如問你酒樓的生意，你就隨便說說；二哥、三哥想分一杯羹，你就告訴父皇你沒錢用，請父皇撥給你一筆銀錢，或者讓他們出錢，反正不能便宜了他們。」

「為什麼不直接拒絕？」大皇子問。

太子道：「父皇希望我們兄弟和睦，我們就要和睦給他看。」說到這裡，太子冷笑一聲。「但是和睦可是要付出代價的。」

「我們不講了，小弟，吃飯。」大皇子已懂人事時太子才出生，皇后去世後，大皇子儼然把太子當成兒子疼，見他不開心，心中暗暗決定，以後遇到事就去煩父皇，父皇不幫他，他就向父皇要養家銀子。

然而他卻不知，他走後，太子派人去了廣靈縣。

# 第十四章

衛炳文怕兒子落下太多功課，雖然衛若懷極其自律，來的路上也在看書，可是小哥兒倆依然只在家待了五天就被衛炳文趕回老家。

今年杜家村比往年熱鬧些，因段家酒樓越來越出名，生意越來越好，需要的瓜果、蔬菜越來越多，村民的收入也比往年多一些。

正月是好日子，衛若懷走的這個月，杜三妞和她娘幫別人做了七次喜宴。由於杜三妞從不接離她家超過三十里的生意，一個月做喜宴七次也不算累。

村裡人摘點青菜或者撿點蘑菇往段家送，三妞沒跟著湊熱鬧。她也上山撿蘑菇，不過撿回來除了當天吃的，剩下的不是曬乾就是用來做蘑菇醬。

自從杜三妞知道京城的王爺用她的食譜開酒樓，做出了蘑菇醬也沒在段守義面前顯擺。

正月十六來送元宵節節禮，段守義問三妞。「最近沒做什麼好吃的？」

「排骨、魚不好吃？」杜三妞故作不知。「大姊夫想吃龍肝、鳳髓不成？」

「別胡說！」段守義嚇一跳。皇帝又稱真龍天子，吃龍肝？他還想多活幾年呢！「我是說，妳吃白菜豬肉沒吃膩嗎？」

「誰說我們一加餐就吃豬肉？」杜三妞一臉怪異。「我們都是吃魚蝦蟹，偶爾才買一斤五花肉燉菜。大姊夫，你別打聽了，我會的都教給你了，除非有新食材；再不濟你家加個早飯，賣豆漿、油條、包子、稀飯，或年糕、餃子等物。」

「不賣，麻煩還賺不了幾個錢。」段守義拒絕得很乾脆。「沒有菜，麵呢？」

杜三妞簡直無語了。「炒麵？」

「怎麼做？」段守義忙問。

於是，杜三妞準備好的饅頭只能收起來，晌午炒幾樣菜，做一鍋炒麵。

段守義回到家後，炒麵就變成酒樓的主食之一。

太子派來的人到廣靈縣第一天的第一頓，吃的便是炒麵。麵裡加肉絲、豆芽、春筍、豆乾和一點生菜，本該簡單的麵食看起來比菜還要豐富。來人在段家連吃三天，弄清楚段家酒樓賣的菜和口味後，才裝成本地人的樣子，擠到一群老頭、老太太身邊，引廣靈縣的百姓說段家酒樓的事。

段家發家是在段守義娶杜大妮之後，說起段家就繞不開杜大妮，說到杜大妮自然而然會說起幫人家做喜宴的杜三妞。

來人便是清楚這一點，一天就把杜三妞家的事打聽到六、七成；若要再詳細一點，只能到杜家村了，然而他剛進村就被村民盯上。

太子派來的人到杜家村時才正月二十一，衛若懷兄弟倆剛出京城。

來人乃東宮暗衛，五感十分敏銳，發現從他身邊經過的村民皆一臉警惕，很是納悶，瞅瞅身上的衣服，摸摸臉，衣服不邋遢、不華麗，臉上也沒寫「壞人」兩字，便向正在劈木頭的老頭走去。「大爺，杜三妞家怎麼走？」

「你找三妞幹麼？」老頭掂著手裡的斧頭，沒好氣道：「跟你們說過多少次，我們村的三妞還小，等她及笄再說！」

暗衛愣了愣。我又不娶杜三妞，等她及笄幹麼？猛地想到之前在縣裡探聽到的，恍然大悟，然而心中更加不解了，杜三妞嫁不嫁人和這些村民有什麼關係？「不是，我想找杜三妞幫我家做酒宴。」

「做飯？你不早說！」老頭放下斧頭。「找三妞做飯你可算找對人了！」不等人家再問，就把三妞會做的吃食和盤托出，末了還道：「別看現在青菜只有生菜能吃，黃瓜、茄子還沒種下地，只要你家有豆腐、豆芽、豆皮、山藥、蘿蔔、白菜，我們村的三妞就能給你做出十個碟子、八個碗！」

「這麼厲害？」暗衛故作驚訝。「以前聽別人說的時候，我還當他們誇大呢！大爺，三妞家怎麼走？」

老頭指向北方。「順著這條路走到四岔路口，路西邊有處門朝南的五進大院子，那就是她家，到門前就能看到。」

「謝謝大爺。」暗衛抬起腳，一步還沒邁出去，落在他身上的警惕眼神瞬間沒有了，消失了！這又是什麼情況？

杜家村的村民雖對三妞不教他們做桂花酒頗有微詞，然而又比誰都清楚杜三妞沒那個義務。事情過去四、五個月，其間村裡的人三天兩頭往段家送菜、送蘑菇、送乾貨，段守義從未刁難過他們，菜攤子上賣多少錢一斤，段守義就按那個價格收，時間一長，臉皮薄的村民開始不好意思，恢復以往離三妞很遠就同她打招呼的模式。

杜三妞去年這時候對她們什麼樣，如今還是什麼樣，彷彿中間幾個月的冷淡沒發生過，為此昨兒丁春花還特意問：「妳的脾氣什麼時候變得這麼好了？」

「我脾氣很差勁嗎？」杜三妞盯著她娘。

丁春花道：「不差？哪次妳大姊夫過來，妳不把他堵得說不出話？」

杜三妞呵呵一笑。「娘，妳沒聽說過嗎？打是情、罵是愛，不打不罵沒有愛。他們是死是活，搭理我、不搭理我，跟我沒有一文錢的關係，我生什麼氣啊？又不是吃飽了撐著。」

「合著妳整天同人家說說笑笑，根本沒把人家放在眼裡？」丁春花震驚道。

杜三妞聳聳肩。「我人不大，心更小，想把他們放在心裡也裝不下啊！」頓了頓，又說：「娘，可別難為我了。」

丁春花心梗。「我、我幾時為難過妳？」

「剛剛啊！」杜三妞理直氣壯。「妳不是嫌我冷心冷肺嗎？我啊！就是這樣。」

「……誰管妳怎麼樣。」丁春花深吸一口氣，暗暗告訴自己，這是她親閨女，親閨女！別管對外人怎麼樣，起碼心中有爹娘。

杜三妞見她娘並沒有因她的過激言論而失望，可高興了，一高興，今兒早上吃飯的時候就說：「爹、娘，我晌午做心太軟。」

丁春花踉蹌了一下，差點倒在桌子上。

杜發財不知內情，扶住丁春花。「她又不是吃人心，瞧妳緊張得。」

「我……她……她故意的！」丁春花指著杜三妞的額頭，小丫頭片子，她昨兒說一句就記到現在，真記仇！

杜三妞噗哧樂了。「心太軟其實是糯米紅棗，就是把紅棗核去掉，棗切開一點，裡面塞入糯米，在糖水裡煮。娘，想哪兒去了？」

「糯米紅棗就說糯米紅棗，非說什麼心太軟，還敢說不是故意的？」丁春花瞪她一眼。

杜發財放下碗。「我把牛牽出去，妳們慢慢吃。」說著就往外走，恐怕走慢一點被丁春花叫住幫腔。

暗衛到杜三妞家門口，便看到一個四十來歲的漢子正在掃地，不用想，一定是杜三妞的爹。來時他都打聽清楚了，杜家村裡大部分男人都會蓋房子，如今天氣冷，村裡的泥瓦匠們只能繼續閒著，於是，他開門見山點明來意。

杜發財聽他口音不像廣靈縣人，不答反問：「後生家住哪裡？」

「屬於建康府管轄，離廣靈縣不遠，四十多里路。」暗衛早就想好說辭。

杜發財一聽，連連擺手。「不行、不行，太遠了，三妞不去！」

「你在家裡，和你閨女一塊兒去啊！」暗衛直言道。

杜發財搖頭。「我是可以去，但是我家妞說了，不能開這個先例。後生，不好意思，叫你白跑一趟。」

「大叔，別急著拒絕啊！」暗衛道：「要不叫你閨女出來，你問問她？」

不用叫，三妞聽到門口的說話聲，丁春花就說：「我刷鍋洗碗，妳出去看看是誰找妳爹。」

杜發財是個老好人，比如好不容易閒一天，別人瞅準了喊他去幫忙，他連個「不」字都不會說，為此丁春花沒少嘮叨他「累得輕」。

杜三妞也知道她爹死要面子活受罪的毛病，便匆忙出去，一見是個陌生人，這才放心下來。

暗衛卻愣住了。「妳……妳是杜三妞？」

暗衛來之前太子交代過，摸清杜家和段家的情況，最好見杜三妞一面，這任務對暗衛來說是小意思；可他作夢也沒想到，鄉下妹子竟長得比當朝幾個公主還出挑！

「是我。」杜三妞早已習慣這種打量，見周圍別說馬，連根驢毛也沒有，疑惑道：「這位大哥怎麼來的？」

暗衛心中一激靈，好心細的丫頭！「租了匹馬，拴在村口，三妞姑娘有事？」

「沒。」三妞一聽這話，搖搖頭。「怕大哥是走著過來的，想讓我爹送你回去呢！」

暗衛也沒計較她話裡的真假。「不用了。」笑著說：「是我沒打聽清楚，我……」餘光瞥到東面的門開了一扇，忙說：「我還得去別處看看。」說完轉身就走。

衛老出來時，只看到個背影。「誰呀？」

「來找三妞做飯的人。」杜發財說。

衛老往南看了看。「三妞丫頭越來越出名了，這是這個月推掉的第幾個了？」

「衛叔怎麼知道我們推了？」杜發財十分好奇。

衛老道：「你們若是接了人家的生意，怎麼也得叫他進屋喝碗水。」

「對哦，我都沒請他進屋坐坐！」杜發財懊惱道：「人家從那麼遠的地方來，實在是太失禮了。」

「爹，人家的馬還在村口拴著呢！」三妞說。

衛老抬起眼皮。「他騎馬過來的？」

「有問題嗎？」三妞見他神色不對，心裡一慌。

衛老皺眉道：「我也不知道，不過，他既然以馬代步，說明他家不是鄉紳富戶，也是官家之人，有這個條件，去妳姊夫的酒樓裡借個廚子就得了，怎麼還找到妳這兒？」

「啊？衛叔誤會了。」杜發財道：「他的馬是租的。」

衛老說：「這就更不對了，馬除了私馬就是官馬，養得起馬的人可不捨得把馬租給別人；而馬市是由馬政管理，只准買賣不租賃，他從哪兒租的馬？」說著一頓，高喊：「來人，趕緊去村口看看！」

「是，老太爺！」衛老年齡大，無論去哪兒都有小廝遠遠跟著他，見他和三妞說話，便沒往跟前湊，因大門敞開著，小廝在門口站，把三人的對話聽得一清二楚。

小廝拔腿往外跑，到村口哪還有什麼陌生人？只在橋邊的地上看到幾個馬蹄印，忙回來稟告他主子。

衛老皺眉。「三妞最近沒得罪什麼人吧？不對，三妞天天在家，發財，去段家問問。」

杜發財想說，哪有那麼嚴重？可是一想到上次縣太爺的夫人因段家找上三妞，便一刻也不敢耽擱。

段家生意好得段守義和他爹恨不得一個人掰成兩個用，哪記得有沒有得罪什麼人？聽明杜發財的來意，段守義覺得那人是衝著三妞去的，不敢掉以輕心，整日裡讓幾個跑堂小二瞅著，一有不對立馬通知他。

正月過完，段守義依然沒發現什麼特殊客人，便開始和杜大妮念叨他岳父杞人憂天；誰知，二月初二，龍抬頭這天，衛若懷到家的第三天，迎賓酒樓迎來三位氣度不凡的客人。

段守義親自招呼，小二哥一會兒上茶、一會兒上小菜，結果三人除了誇段家的菜好吃就是吃，沒探聽到有用消息，段守義第二天便帶著妻女去杜家村。

此時，杜三妞正在衛家跟衛若懷學畫畫。

這事還得從前些天說起——

衛若懷在得知衛若愉偷教杜小麥武功時，從京城回來就帶來很多筆墨紙硯，到家便又借他的口要教三妞學畫。

杜三妞一直沒有自個兒再世投胎成為小孩的自覺，拿成年人的心態看待衛若懷，便沒意識到她跟衛若懷學東西有什麼不對，在衛若愉說「三妞姊，妳天天沒什麼事，閒著也是閒著」後，杜三妞想都沒想就點頭同意了，不過，她說自帶筆墨紙硯，衛若懷很是爽快地同意。

衛若愉不懂了。「大哥，你教三妞姊學畫畫，不是希望她欠你很多，最後只能以身相許嗎？」

「我是那麼卑鄙的人？」衛若懷白他一眼。「靠這種陰險手段得到的感情，我才不要。」

衛若愉一邊鄙視他哥，一邊又忍不住請他解惑。「你是怎麼想的，哥？」

「三妞如果有著和她外貌匹配的才華，還能看得上鄉下漢子？」衛若懷不等他回答，繼續說：「即便三妞不在意外在東西，但能接受妻子樣樣比自個兒強的男人可不多。」

「所以……」衛若愉心驚的同時暗暗佩服。「你要把她教成才女?!」

衛若懷抬抬下巴。「必須的，三妞現在十一歲，離她及笄還有四年，足夠了。」順便和三妞多相處，也好讓杜三妞習慣他在身邊。

「你都打算好了，為什麼還往太子面前湊？」衛若愉搞不懂。

衛若懷說：「日後我若和三妞成親，太子隨便送一份薄禮，京城還有誰敢看不起三妞？」

衛若愉震驚極了，不敢相信眼前的人是他哥。「你……你好可怕！」

「以後別跟我作對。」衛若懷捏捏堂弟的小胖臉。「哥就不會拿這些對付你。」

衛若愉嗤笑一聲。「少威脅我！我跟你講，大哥，我若不高興，三妞姊一定會知道為什麼，你說三妞姊如果知道你的真面目……」

衛若懷一噎。「最好祈禱三妞永遠向著你。」

衛若愉二話不說，轉身找三妞玩去。

段守義到杜家後，把店裡來了三個非比尋常的客人的事告訴杜發財，杜發財去找衛老，當時衛若懷也在旁邊，便帶上三妞，跟著祖父來到杜家。

衛老仔細詢問那三人的體貌特徵後，搖了搖頭，判斷不出他們的出身。「你確定他們不是廣靈縣人？」

段守義點頭。「小二上菜時無意中聽到他們說了幾句官話，很標準，沒有一點地方口音，我懷疑是從京城來的。」

「京城？」衛老疑惑。「京城的人來這窮鄉僻壤幹什麼？」

衛若懷臉色驟變，忙把大皇子的擔憂和盤托出。「對方可能是二皇子派的人，即便不是，也和京城那些皇子脫不了關係。」隨後又把大皇子的酒樓日進斗金的事詳細說出來。「那些皇子整日不幹正事，只想著怎麼拉攏朝中大臣，再多銀子也不夠揮霍。」

「這事怎麼不早說?!」衛老瞪他一眼。「聽出來是誰了嗎？」

衛若懷老老實實地搖了搖頭。「不知道，我認識的人和我差不多大，不可能是他們。祖父，是不是其他皇子？也不一定就是二皇子。」

衛老搖頭。「皇上的幾個兒子我都熟悉。」

「那……那到底是誰？」段守義一聽說牽扯到皇子，臉色驟然變得煞白。

衛若懷拍拍他的肩膀。「別慌，不是皇子本人就沒事，有我祖父在這兒，其他人不敢輕舉妄動；不過你最好看緊廚房，別叫人鑽空子。」

「對的，姊夫，但凡有一個人在你店裡吃出問題，你的店就不用開了。」杜三妞和此地做買賣的人接觸多了，才知道這時候的人很有契約精神，即便沒有文書，口頭約定的事也極少有人反悔。同理，商家在意自己的信譽，而客人對以次充好、濫竽充數的容忍度極低。

「這點我知道。」段守義已不是第一次遇到眼紅他家生意的對手，想了想，問：「衛老，如果遇到我不能得罪的人，能不能麻煩您老過去一趟？」

「守義！」杜發財開口。

衛老笑道：「有何不可？說起來，這事和我們也有關係，若不是我兩個兒子到皇子跟前顯擺，大皇子哪會開什麼酒樓。」

杜三妞笑了笑，衛老可以這樣講，他們卻不能順著他的話往下接。「老爺子，今兒在我們家吃吧？我姊夫帶來好多菜，有魚有蝦有肉。」

「謝謝三妞姊！」衛若愉率先開口。

杜三妞抬頭看了看太陽，估算著已經十一點。「幫我燒火。」

「好啊！」衛家二少上去拉住三妞的手，拽著她去廚房。

杜三妞路過她姊身邊時，摸摸外甥女的小臉。「巧巧吃什麼？姨姨給妳做。」

小丫頭一歲半，說話不甚索利，嘴巴動了動，半晌吐出兩字。「蛋羹。」

「好。」杜三妞蒸了兩碗雞蛋羹。

丁春花把魚蝦洗淨，肉切片的切片、切段的切段，又洗些蔥薑蒜放在案板上備用，就出去和衛老他們聊天。

農家人做飯實在，沒那麼多花樣，杜三妞做了三盆魚蝦肉，又做三盆生菜、山藥、白菜，和饅頭一塊兒放在大鍋裡溫著，見衛若愉站起來，道：「還差一道。」

「六道啦，太多了我們吃不完。」衛若愉和三妞認識久了，也學會不剩飯的好習慣。

杜三妞道：「不算菜，只能算是小點心。」說話間打了四個雞蛋，加藕粉和水，攪成糊狀，倒油鍋裡攤成雞蛋皮，隨後又打個雞蛋加藕粉攪成糊狀備用。

雞蛋皮切成三角塊，裹上蛋糊放到熱油鍋裡炸，炸膨脹後立即撈出來瀝油。等所有雞蛋皮炸好，杜三妞把鍋裡的油舀出來，鍋刷乾淨後，倒入水和蔗糖。糖熬出白泡，乃至淺黃色後，倒入炸好的雞蛋皮，快速翻勻，一道拔絲雞蛋便可上桌，這是杜三妞做過最麻煩的一道吃食。

丁春花雖然懷疑她閨女做的東西，但見衛若愉連吃兩塊，也沒說不舒服，便挾起一塊，一吃不禁皺起眉頭。「我的天，怎麼這麼甜？還這麼多油！」

「油炸的東西當然有油。」杜三妞掰一點饅頭夾著雞蛋皮。「這樣吃就不膩了。」

「妳會吃！」丁春花是受不了這個甜度的。「若愉，少吃點，吃菜！」

衛若愉比年前瘦了一些，他也不想每天被他大哥盯著，一聽這話，筷子伸向生菜、山藥。

飯後，段守義拿著拔絲雞蛋的做法，立即回家安排人看守廚房。

衛若懷卻拿著拔絲山藥、拔絲雞蛋給大皇子寫信。

大皇子收到信後，一刻也沒耽擱，前往東宮告訴太子。太子手下有不少人，其中一些還是皇帝派過去幫他理事的。

別看皇帝寵二皇子的母妃，在大事上卻拎得清，只要太子沒傻到逼宮，太子之位是固若金湯。於是，太子就特地派皇帝安在他身邊的兩個人前往廣靈縣察看。

兩人走之前偷偷去見了皇帝，皇帝得知有人眼紅大皇子的酒樓，還意圖把位於廣靈縣迎賓酒樓的廚子綁來和大皇子打對臺，頓時大怒。

皇帝是不會往別的兒子身上想的，在他看來，兒子們個個好，才不會幹出斷兄長財路的事；何況，無論哪個兒子出宮建府，他都給了一筆不菲的安家銀，所以令兩人即刻出發，務必徹查清楚。

其實太子並不知先前那三人有沒有找段家的廚子，只是依照這個來推測；而且太子清楚身邊那兩人一定會向皇帝稟告，所以交代他們時也沒把話說滿，只說「有可能」，派他們前去察看也是未雨綢繆。

事實上，三人的確找到段家的大廚子，許以重金，可惜迎賓酒樓的廚師清楚自個兒有幾斤幾兩，到京城沒有杜三妞在身邊，他要不了多久便會現出原形。酒樓裡推不出新花樣，因為親戚的關係，段守義不會說他無能，只會去煩杜三妞。

到京城人生地不熟，就算比在段家賺得多得多，他也得有那個命花才行。何況在廣靈縣，有衛家罩著，只要他和段家不作死，這輩子衣食無憂是妥妥的，所以無論三人怎麼勸說，段家的廚子就是不同意。

廣靈縣算是衛家地盤，衛家和太子同氣連枝，怕驚動太子，先前那三人儘管惱怒也不敢對段家廚子用強，以至於到八月分，段守義的迎賓酒樓也沒出什麼紕漏，反倒是一向安分的五皇子莫名其妙被皇帝訓斥一番，並禁足一個月。

衛炳文給兒子寫信的時候沒有提到這事，衛若懷不知道，便一心撲在三妞和學業上面。

衛老已經告訴衛若懷，兩年後下場試試。

杜三妞聽說衛若懷要教她彈琴，很不好意思。「會不會影響你看書？」

「死讀書沒用的。」衛若懷毫不在意道：「勞逸結合效率才高，再說了，只是參加童試，沒什麼難度。祖父的意思是，過幾年參加鄉試，等我二十歲再參加會試。」

「鄉試和會試為什麼不一次考？」杜三妞問。

衛若懷說：「父親的意思是等我再大點，一旦高中便能外放。」

「去外地做官？」在一旁充當隱形人的衛若愉猛地開口。

衛若懷微微頷首。「叔父和父親都在朝中，我如果不申請外放，皇上估計會把我扔到藏書閣裡看管書籍，直到太子登基，任用新臣。」

「原來如此。」杜三妞懂了。「你在外面歷練幾年，再幹出點政績，太子順利登基後，一定會調你回京，然後重用你？」

衛若懷微微一笑，沒有否認也沒有說，屆時他會爭取來廣靈縣。

杜三妞哪知道他這麼深的心思？儘管她娘不止一次告訴她少和同齡男性往來，然而她仗著自家和衛家門不當、戶不對，衛家人看不上她，三天兩頭向衛若懷請教畫畫技巧和對前世的她來說分外陌生的琴藝。

衛若懷樂見其成，教三妞東西時總不忘以講故事的口吻和她說一些禮儀，比如誰看見誰不需要跪拜，結果撲通跪在地上，淪為京城笑柄等等。

每當這時候，衛若愉總是走得遠遠的，恐怕自個兒忍不住揭穿他哥，京城才沒這麼多蠢貨，不就是怕日後三妞姊不懂規矩鬧出笑話嗎？

衛若懷不是一般地怕杜三妞出糗、受委屈。在他決定此生非她不娶時，便把日後兩人可能遇到的情況羅列出來，首當其衝的便是橫在他們之間的門第問題。

如今衛若懷敢保證，他爹娘不會反對衛家和杜家結親。外人的看法衛若懷不在意，可他必須為三妞考慮，於是就越過他爹，直接和大皇子聯繫，為的便是希望有朝一日，皇家能出來個人支持三妞。

大皇子的酒樓不但賺足銀子，還把安分老實的五皇子暴露在人前，憑這一點，衛若懷相信太子會把功勞記在三妞身上。

這些都解決後，衛若懷開始不動聲色地在杜三妞面前耍聰明。

衛若愉忍不住打擊太過得意的人。「等三妞姊及笄，不想嫁給你怎麼辦？」

衛若懷一想，倒是有這個可能。

杜三妞不討厭他，這點他可以肯定。其次他和三妞一塊兒長大，彼此熟悉，而衛家男人甭說妾室，連通房都沒有，衛若懷不信杜三妞將來會捨棄他，選擇嫁給個陌生男人。

但有道是不怕一萬，就怕萬一。衛若懷深思熟慮後，決定把三妞教得普通百姓都高攀不起，將來不需要三妞開口拒絕，那些男人便會望而卻步，越想越覺得完美，衛若懷便開始實施這計劃。

衛老看出來以後，連著幾個晚上從夢中嚇醒。十二歲的少年，心機深成這樣，還是不是人？是不是?!

衛若懷不知他祖父這樣看他，知道的話也不介意說：「人生大事，必須認真對待，考慮周全，始能萬無一失。」

八月下旬，衛若懷和衛若愉回京城一趟，回來時給三妞帶來一把琴，騙三妞說琴是王妃送給她的，表達對她提供食譜的謝意。

杜三妞前世不識五線譜，今生不通音律，看不出琴好壞，且前有羊脂玉手鐲，便覺得琴不如玉手鐲貴重，聽衛若懷這麼一講，也沒推辭，但收下之後問題來了，她還不會彈啊！

衛若愉站出來建議道：「祖父教我的時候，妳和我一塊兒學，我們也有個伴。」

琴棋書畫衛老皆懂，杜三妞想著衛老教兩個也是教，教三個也是教，便點頭同意；何況她有時候得出去給人家做喜宴，有時候得忙自家事，真的麻煩衛老的次數也沒多少。

即便這樣，杜三妞也知道能跟前太子太傅學東西，是她兩世修來的福氣，除了很珍惜學習的機會，便是想著怎麼感謝衛老。

衛家什麼都不缺，三妞唯有琢磨些吃食孝敬衛老。衛若懷看到別提多羨慕，為了給三妞買琴，他多年的零花用完不算，還向若愉借了一點，結果到頭來，她居然只記得祖父……衛若懷真想大聲告訴她真相，然而時機未到，衛若懷只能繼續潛伏。

豈知，丁春花對三妞彈琴一事有很大的意見，不止一次跟她說：「妳有那個閒時間，不如把妳的針線好好練練。」

「娘，我不喜歡。」杜三妞自從得到琴，每天忙完家務活就抱著琴在桃樹下練習，叮叮咚咚，從不成調，丁春花一聽就頭疼。

怎奈丁春花不捨得說重話，何況琴還是京城王妃送的。「妳主意正，我和妳爹管不了妳，但是妳得告訴我們，將來想嫁個什麼樣的人？」

「和我們家差不多的唄！」杜三妞脫口而出。

丁春花扶額。「妳的琴、筆和紙啊，以後得收起來，就算比我們家好很多，像妳大姊夫家，也沒有姑娘學這些東西。」

杜三妞眉頭微蹙。「又不用他們家的錢買筆墨紙硯，也不占用幹活的時間，憑什麼不能再碰這些東西？」

丁春花什麼也沒講，過兩天，九月二十三，和她一塊兒去縣裡看望二丫和大妮時，把三妞留下來照看懷孕兩個月的杜大妮，名曰家裡的晚稻快熟了，離不開人，又不放心大妮，就留三妞在段家陪杜大妮到胎穩。

段家如今在縣裡可以說是排得上號的富戶，這都是託了三妞的福，因此杜大妮的婆婆對三妞來住她家那是歡迎至極，不但請個人專門照顧杜大妮，還什麼活都不讓三妞做。

當三妞拿著從書店裡租來的畫本邊看邊教外甥女識字時，老太太總忍不住念叨。「巧巧丫頭會寫名字就好了，三妞啊！妳自個兒玩，別管她。」

杜三妞乍一聽這話，差點沒和她打起來，幸好她還記得對方是巧巧的親祖母，於是就和她大姊說，不能聽老太婆的。

杜大妮卻說：「我婆婆說得對，巧巧以後不考狀元，又不出來做事，學那麼多有什麼用？等她長大點，我會教她，不用妳操心。」

「大姊，讀書可以使人明理。」杜三妞提醒。

杜大妮瞪她一眼。「妳的意思是我不懂事嘍？」

杜三妞擺手又搖頭。「我沒這意思。」心想，明明是當閨女的，思想怎麼比她娘丁春花還落後？

本來打算住一個月的，結果杜大妮剛滿三月，三妞才住十來天就要回家了。

段守義的娘強留，三妞道：「我從沒和爹娘分開這麼久，想回家看看。」

段家人都曉得三妞在杜家是個寶，她一講，段守義也覺得是真的，當天下午便帶上一堆吃的、用的，把三妞送回去。

杜三妞到家就和她娘說她大姊迂腐，比酸秀才還古板，越活越回去。

丁春花下意識先往外看了看，見沒人從她家門口路過，這才瞪了她一眼。「怎麼說話呢？那是妳大姊！」還有一句丁春花沒說——被村學裡的夫子聽到可了不得！

「我又沒說錯。」三妞道：「娘不知道，有我這個免費師傅，大姊都不想巧巧跟我識字，我還沒說教巧巧畫畫，她又說我沒事找事做，真不知道她怎麼想的，閨女什麼都不懂，以後被別人賣了還幫人家數銀子，妳信不信？」

「我信，但是我知道沒人騙她。」丁春花說：「妳大姊怕她家再出個杜三妞。」

「杜三妞怎麼了？能賺錢、能養家，家務活一把抓，她真能養出個我來，那是他段家的福氣！」杜三妞炸毛了。

丁春花笑了笑。「要我給妳算算這半年來妳買筆墨紙硯花多少銀子嗎？妳大姊得繡多少幅繡品才能賺那麼多？」

杜三妞一噎，吭哧半晌。「……花的都是我自個兒賺的。」

「這話妳不用和我講，和妳未來的相公說去。」丁春花擺手，示意她可以跪安了。

杜三妞瞥她娘一眼，轉身去隔壁衛家。

十月初，涼風習習，衛家哥兒倆不再在樹下練武習字，而是搬回書房裡。衛老見三妞進來，便說：「歇會兒吧，天也不早了。」

平時是太陽快下山時才休息，今兒提前了兩刻鐘。

衛若愉放下毛筆就拉住三妞的胳膊。「妳怎麼突然回來啦？三妞姊，段家的人欺負妳了是不是？」

「沒有。」餘光看到衛老出去，杜三妞才說：「別提了，我以前知道大姊食古不化，沒想到連她閨女跟我識字都有意見；也不想想，段家越來越有錢，巧巧將來一定能嫁到和段家差不多的人家，有可能還是當家主母，堂堂一個主母字不識幾個，像話嗎？」

「不像話。」衛若愉同衛若懷遞個眼色，接下來該怎麼說？

衛大少輕咳一聲。「聽妳的意思，妳大姊以後會教小巧巧看帳本，只是不想她在這方面浪費太多精力，學好持家才最重要。」

「人情來往那些事，等她嫁到夫家，她婆婆自然會教她；再說了，一家有一家的規矩，她在娘家學的，搞不好還會和婆家的規矩相衝突呢！」杜三妞越想越生氣，無知、無知，她大姊太無知了！

衛若懷挑了挑眉。「妳說得對，但是這也不能怪妳大姊，她生活的地方決定她只會這樣想；在京城，那些大家閨秀不用操心生計，不用洗衣、做飯，每天有大把時間學別的東西，何況，巧巧乃商人之女，又不可能嫁到權貴之家，段家也不指望她參加選秀，魚躍龍門——」

「等等，選秀？」杜三妞瞪大眼。

衛若懷點頭。「是呀，三年一次，明年就是大選年，下次是妳十五歲的時候，再過三年妳十八歲的時候也可以報名參加，只要初選通過，就能去京城。」頓了頓，又說：「不過，商人之女沒資格參加選秀。」

「我們家巧巧才不參加！皇上都成了老頭子了，還選秀？」杜三妞嫌棄得直撇嘴。

「嗤！」衛若愉笑噴，見她看過來，解釋道：「三妞姊不會認為選秀就是伺候皇上吧？才不是呢！也可以進宮當女官，若幸運被指給未婚的皇子，起碼也是個庶妃，一生富貴無憂。」

「這樣啊……」杜三妞確實不知。

衛若懷道：「是的，上次選秀，皇上就沒留人，除了指給幾位皇子的秀女，和填補出宮的宮女，其餘秀女都遣回原籍。明年估計會給太子選妃，下次該是八皇子。五品以上官員之女必須參加選秀，如果不想女兒進宮，在其十六歲前訂親，官家也不會強迫的。」

「你姑母，現在的大皇子妃，也參加過選秀？」杜三妞見他這麼懂，忙問。

衛若懷點頭。「她參加選秀前，皇上找我祖父通過氣，選秀結束，賜婚的聖旨就到了，不過，由於得準備嫁妝，一年後才成親。」

「那也挺好的，反正和我沒關係。」三妞搞清楚自家外甥女這輩子沒機會進官宦之家，也明白她大姊為什麼不在意閨女的學識就夠了。「該做飯了，我回去啦！」剛出門，就被錢娘子攔住。

「有事？」三妞問。

錢娘子說：「等一下，三妞姑娘，我家小子捉了幾隻野雞，妳再玩一會兒，等我除好雞毛，妳拿回去。」

「小雞？野雞的年齡大嗎？」三妞想了想，問。

錢娘子說：「不大，感覺也就一年的雞。」

「那叫你家小子去摘些荷葉，我們做烤雞。」三妞想的是叫花雞。

誰知話音落下，衛若愉就說：「我去！」說完就往外跑。

嚇得三妞忙攔住他。「老實在家待著，沒有大人跟著不准去河邊！」

衛若愉嚇一跳，認識三妞一年多，從未見過她變臉。「我……我不下水。」

「那也不能去！」三伏天裡，村裡的小孩們背著大人跑去河裡玩水，殊不知水面上燙熱，水下冰涼，有個孩子受不了冷水，腳抽筋，被一群孩子合力拉上來的時候臉色煞白，晚一點就可能沒命了。當時三妞在不遠處乘涼，親眼看到那孩子魂不附體的樣子，她嚇得好幾天沒回過神。

衛若愉偷偷瞟一眼他哥：快幫幫忙啦！

衛若懷問道：「烤雞怎麼做？三妞。」

杜三妞先看小孩一眼。

衛若愉忙說：「我哪兒也不去，在家等吃！」

「去找些松樹枝。」村裡人做飯燒的柴除了稻稈、麥秸，便是樹枝，松樹枝這東西，三妞隱約記得她家柴火堆裡有。「你們家有嗎？」

「有的、有的，我叫人去找！然後呢？」錢娘子胡亂點頭，沒有也叫家裡的小子們上山找去。

杜三妞說：「洗點香菜、香葉，泡點蘑菇，再和一些麵。」

衛家僕人多，一刻鐘不到就把所有東西準備好，四隻野雞也洗得乾乾淨淨地放在盆裡，等著三妞過來。

杜三妞調了一碗由黃酒、醬油、糖、鹽和薑絲混合而成的醬汁，連同香菜、香菇和薑絲塞進雞肚子後，用竹籤封上，就聽到「嗤」一聲。

「笑什麼？」杜三妞疑惑不解。

衛若愉捂著小嘴巴，眼睛彎成月牙兒。「我看到這隻雞想到了大哥，嗤……實在沒能忍住，不是故意笑妳的，三妞姊。」

「你大哥怎麼啦？」三妞更加不懂了，但不妨礙她把雞放在洗乾淨的荷葉上面，用荷葉包好雞後，再裹上麵糊，乍一看就像個橢圓形的麵團。

衛若愉跑到三妞身邊，離他哥很遠才說：「肚子裡一堆亂七八糟的東西！」

「咳……」三妞想到很多，獨獨沒想到這個，見衛若懷變臉，本打算岔開話題的三妞接著道：「你是不是想說你哥腹中黑？」

「對對對，就是這個意思！」小孩怕衛若懷揍他，第一時間拉緊三妞的胳膊。「特壞、特壞，一肚子壞水。」

三妞抿嘴，忍住笑。「既然這樣，用芝麻包形容他更合適，而且啊，雞肚子裡面可不是壞水，而是可以改變雞肉味的好料。」

「黑芝麻包嗎？」小孩眨了眨眼，沒等三妞回答，就衝著錢娘子喊。「我明天要吃芝麻包，黑芝——」

衛若懷上前抱起小孩。「信不信我揍得你起不來，讓你看得見吃不著?!」

「祖父、祖父！救命啊！」小孩弄不清真假，衛若懷的巴掌還沒落下，他就扯開喉嚨叫。「三妞姊！三妞姊，快來啊……」

杜三妞瞥兄弟倆一眼，見衛若懷揚起巴掌卻輕輕落下，且打的是小孩肉多的地方——屁股，便在地上支起簡易灶，灶上面放的不是鍋，是鐵叉。最後把四隻雞插在鐵叉上，點著樹枝和松枝，用小火慢烤。

將近一個時辰後，月亮都出來了，麵從白到黃再到發黑，杜三妞才說：「可以了。」

丁春花一直不見三妞回來，做好飯就來衛家找她，見她做什麼烤雞，乾脆等著她做好，一家三口再回去吃飯。

衛家僕人拎著燈籠站在一旁，忙問：「然後呢？」

「去找個錘子，拿四個盤子。」杜三妞敲開十分結實的麵團後，一股雞肉香撲面而來。衛老咂舌。「衝著這個，再等一個時辰我也願意！」

衛若愉三兩步走過去。「三妞姊，接下來交給我，妳歇著。」小孩拎起錘子，啪啪幾下，地上多出一堆麵塊。

錢娘子趕緊把雞拿起來，不忘遞給丁春花一碟。「說好給你們的。」

丁春花也不客氣。「現在可以走了？也不知道妳怎麼這麼會吃。」

杜三妞一凜，忙道：「其實我是無意間看到的，忘記哪個話本上寫的，說有個叫花子偷了人家的雞，把雞殺死之後，偷懶省事，乾脆挖掉肚子裡的髒物，也不去毛，直接裹上泥放在火堆烤，這樣不但快，做的時候香味不會飄溢出去，做好之後敲開泥就吃，等被偷雞的人發現時，他早就吃完了。」

「所以妳就試做？」丁春花瞠目結舌。

杜三妞說：「反正野雞是從山上打來的，又不用錢買；再說，做不熟就放鍋裡燉，做熟了以後我們又多一道吃食，兩不耽誤啊！」

「好一個兩不耽誤！」衛老撫掌大笑。「有些事妳只想不做，永遠不知道能不能成，去做了，即便不成功，心裡也沒什麼遺憾，對不對？」眼睛瞟向衛若懷。

衛若懷信誓旦旦說：「我相信蒼天不負有心人！」

「錢娘子，再炒幾道菜！」衛老沒打擊到大孫子，很不高興。

杜三妞不知內情。

丁春花想了一下，便說：「燒個湯吧！把我家的饅頭和菜端來這兒，不然等錢娘子做好，這些雞也該涼了。」

衛家爺孫的晚飯清淡，最多一道葷菜，因此衛老把另外兩隻雞賞給僕人，端著雞和兩個孫子去飯廳等著杜家三口。

江南的冬天來得晚，如今京城已下雪，廣靈縣卻沒有一絲冷意，蔬菜、瓜果依然長得茂盛。丁春花下午摘了一個嫩南瓜，切一半曬乾，另一半去皮切塊，和蒜末一塊兒炒，如果沒有衛家的雞肉，杜家晚上的菜便是一盆南瓜。

對於每頓至少兩菜一湯的衛老來說，杜家的糙米粥、南瓜、饅頭堪稱簡陋；但衛老在鄉間生活久了，知道晚上只吃這樣也很正常，對此接受得很坦然，甚至還拿出葡萄酒，給三個孩子倒一點，名曰慶祝三妞又做了樣新菜。

三妞隔著衛若愉，小聲問衛若懷。「什麼時候給大皇子寫信？我把具體做法給你。」

「年後再說。」衛若懷道：「大皇子酒樓裡的廚子是幾個御廚的兒子，拿到妳給的食譜加上後來自己琢磨的，聽我朋友說，他們不但做過全豬宴、全雞宴，還做過山藥宴、白菜宴和豆腐豆皮宴。半年不給他們食譜，對酒樓的生意也沒什麼影響。」

「他們真厲害！」三妞佩服，這才是真正的廚師，哪像段家廚子，只能說是個會做飯的人。

衛若懷微微頷首。

衛若愉很有意見，故意大聲說：「大哥，我倆換換，你和三妞姊好好聊！」三個大人猛地停下筷子，齊齊看過來。

「聊什麼？」丁春花開口。

衛若懷眉心一跳。「問三妞平時都看什麼話本打發時間，我借來看看，說不定也能找到幾樣新鮮吃食。」

「你連黃酒和醬油都分不清，別把自己毒死就好了！」衛老沒好氣道：「你以為人人都是三妞呢！」

「衛叔，可別這樣誇她。」丁春花替三妞臉紅。「這丫頭下次再瞎琢磨東西，我若是攔住她，她一定拿您的話堵我。」

衛老笑道：「三妞丫頭聰明，你們不該拘著她。不是我說，腦袋越用越靈活，將來三妞成親，憑著她琢磨的吃食，一輩子也能衣食無憂。」頓了頓，說：「三妞，下次再琢磨出什麼費時間、費工夫的東西，別往外送了。」

「我也沒往外送啊！」杜三妞知道衛老是為她好，笑了笑。「大姊夫給我銀子，京城裡的人給我鐲子，我聽說一個鐲子都得好幾百兩呢，何況是一對。」

衛老捋著鬍鬚道：「不過是他們賺的九牛一毛。」

杜三妞道：「不給他們，這些食譜在我手裡也是廢紙一堆。」亓國民風開放，但是遠遠沒到女子可以出外拋頭露面做生意的程度。杜三妞前世孤單一人，今生有爹有娘，按照她自個兒所想，陪她爹娘過一輩子就行。

丁春花和杜發財希望她嫁個好人家，杜三妞也不想看到爹娘被流言所擾，便從未想過自己開酒樓。再說了，強權社會，士農工商，商排在最末，生意做大引人側目，又沒個依靠，被欺負得有沒有命活著還難說。

杜三妞想得清楚，因此當大姊剛和段家結親，就決定把食譜賣給段守義，其他的管理經驗、銷售模式啊，三妞一個字都沒講，即便這樣仍然引來縣令夫人的注意，幸好有衛家。

雖然不想承認，當初若不是衛若懷跟著去縣太爺家……三妞現在想起來，依然心悸。

至於幫別人做喜宴，杜三妞答應過爹娘，她十四歲就不再出去了，丁春花這才由著她折騰，否則自己現在只能在夢裡做她想做的事。

衛老聽到三妞的話，呵呵笑道：「聰明的小丫頭。」

丁春花點頭。「可不是？拿琢磨出來的食譜賣，虧她好意思！」

「娘，那是我想出來的，不賣總不能白送吧？」三妞其實更想說，衛老誇她聰明不是這意思，但話到嘴邊，意識到解釋起來很麻煩，便改口。「我做菜的時候浪費的菜，就算不用錢買，洗菜、挑水不累人啊？」

「累人，三妞收的是辛苦錢。」衛若懷眼皮一跳，明白下一步該怎麼做了。

什麼都不知道的杜三妞連連點頭。「聽到沒？下次再向姊夫要錢，可不准攔著我，迎賓酒樓的老闆姓段，可不是大姊一個人的，不准心疼。」

丁春花張了張嘴想反駁，意識到段守義的爹娘年富力強，迎賓酒樓還是他們兩口子當家；何況段守義還有個弟弟，即便往後由長子繼承家業，分到他手裡的最多不過六成，甭管迎賓酒樓現在每天有多少銀子入帳。

杜三妞見她娘語塞，見好就收。「娘，我們回去吧！雞骨頭別丟，曬乾敲碎餵雞，雞便不會下軟皮蛋。」

「咳……」衛若愉喉嚨差點被雞骨頭噎到，很無語地說：「妳怎麼連這點都懂，三妞姊？」

杜三妞笑道：「不是我懂，是我們老百姓都懂，不懂的只有你們城裡人。」

「這話真彆扭。」活該被他哥算計！「別我們，妳還在我們家呢！」

「開玩笑啦！」杜三妞很想揉揉小孩的腦袋，怕衛二少爺生氣，便改捏他的小臉。「准許你明天早上和我一起去摘荷葉、採菱角。」

「當真?!」小孩猛地抓住她的胳膊。

三妞點頭。「早點睡啊！」

她走後，衛二少就嚷嚷著丫鬟鋪床，伺候他洗澡。

# 第十五章

寅時剛過，衛二少就爬起來，被年紀大覺少的衛老堵個正著。「看書去。」

「祖父……」衛若愉可憐兮兮地看著他，杜三妞離開多日，沒人敢帶矜貴的小少爺瘋玩，衛若愉這段時間可悶壞啦！

衛老不為所動。「三妞還沒起來，你若是不想背書，叫錢明陪你一起繞著村子跑兩圈。」

衛若愉睡得早，精神好，果斷地選擇動起來，出一身汗，回到家洗個澡後，換上短打便去三妞家報到。

杜三妞剛從床上爬起來，見他過來，非常親熱地說：「來幫我燒火。」

「做什麼吃？」小孩有些餓。

小米養脾，肯定是小米粥。杜三妞在廚房裡轉一圈，青菜沒了，只剩兩節鮮藕，她姊夫給的。「做個雞蛋糕，炒個藕片。」

「不用這麼麻煩啦！」衛若愉道：「我也喜歡吃水煮雞蛋。」

「是我想吃啊！」杜三妞忍著笑。「若愉不想一次燒兩個鍋嗎？」

衛若愉連連搖頭。

於是杜三妞淘米切藕，在煮米粥和丁春花炒藕片的時候，三妞打了五個雞蛋，將蛋清和蛋黃分離後，使勁把蛋清打發。

條件所限，沒有打蛋器，等杜三妞往打發的蛋清裡加麵粉、蛋黃和油的時候，丁春花都把炒藕片的鍋刷乾淨了。

「還沒好？」

「還早呢！」杜三妞十多年沒做過雞蛋糕，總感覺忘了什麼，無意中往外一瞅，見她爹正在剁草餵牛，忙拿盆出去。「爹，幫我擠點牛奶唄！」

去年開春，三妞家只有一頭母牛，後來她和她娘賺到錢，今年夏天又添了一頭牛留著耕地，原來那頭牛專門留著生小牛賣錢。

黃牛奶少，杜發財很寶貝他的牛，三妞要牛奶簡直像要他的血。「沒了！」

「我自個兒擠牛奶。」杜三妞以前只知牛而不知奶，來到亓國十來年，她早已清楚牛產小牛後半個月奶都不多，但其後兩個月奶足夠一頭小牛吃的。她家的牛八月分生的，沒有奶才怪。

說話間三妞走近牛棚，嚇得杜發財扔下砍刀，驚叫道：「我來、我來！妳真是我親閨女嗎？天不怕、地不怕的，擠牛奶是姑娘家幹的活嗎？離遠點，我擠好送到廚房裡！」

「多點啊！」杜三妞還得繼續攪蛋糊。

丁春花見她進來，瞪她一眼。「我去河邊洗衣服，做好飯喊我。」

杜三妞接道：「給妳留著。」

洗衣本是三妞的活兒，因杜大妮和杜二丫十一歲來癸水，杜三妞眼瞅著快十二歲了，癸水遲遲不來，丁春花就不敢讓她碰寒涼的東西，何況已是深秋，天氣也涼了。

杜三妞再一次感受到來自母親的疼愛，心下十分感動。不顧她爹的怒視，她把牛奶倒進雞蛋裡，在熱鍋裡刷一層豬油後，把攪拌好的蛋糕液分兩次倒入鍋內，每次烤一刻鐘。

夾雜著雞蛋、牛奶和豬油香的蛋糕引得小若愉又一次忍不住吞口水。

杜三妞把兩塊蛋糕切成四塊，給她娘留一塊，給她爹送一塊，剩下的她和若愉分。

小孩接過去放在鼻尖嗅嗅後，開口道：「三妞姊，我不在妳家喝粥啦！」

捧著蛋糕跑回家，掰一半給他祖父，剩下巴掌大的蛋糕又給衛若懷一半，小孩才往嘴裡塞。「祖父，好吃吧？」

「嗯，吩咐錢娘子做。」衛老說自己牙口好，其實滿口牙已掉一半了。

三妞打蛋清時用的時間長，蛋糕發得好，衛老吃的蛋糕比白麵饅頭還軟，喜得一向故作矜持的老人說：「以後我們家每天早上都吃這個！」

「不行啊！」衛若愉說：「做起來可麻煩了，三妞姊攪雞蛋攪得手疼。」

「那算了。」衛老說：「三、五天吃一次，就這麼決定了。」頓了頓，問：「咦，你不是要跟三妞去摘荷葉嗎？」

衛若愉一拍腦門。「差點忘了！錢明、錢明，趕緊把粥端來，我得吃完去找三妞姊！大哥，你去嗎？」說著話還衝他擠眉弄眼。

「不去！」衛若懷真想給他一巴掌，明知離他下場考試的時間滿打滿算只剩一年半，課業緊張，還故意撩撥他。

衛若愉嘿嘿笑道：「我和三妞姊玩去啦，回頭給你留一個菱角！」話音落下，人已躲到衛老身後。

衛若懷哭笑不得。

杜家村的村民極有意思，無論看到三妞做什麼都往跟前湊，聽說她採荷葉做荷葉包雞，紛紛過去幫忙；但沒等三妞說出道謝的話，這些人把採的荷葉全給了衛若愉，生生把三妞氣樂了。

衛若愉很不好意思。「一天吃一隻，到明年這時候也用不完啊！」

「那就做荷葉粥。」三妞低聲對他說：「荷葉丟在鍋裡煮出荷葉水後，把荷葉撈起，留下的水用來煮米，就是荷葉粥，聽說荷葉有清瀉解熱之功效，我們不告訴他們。」

「對！」衛若愉點頭。「居然覺得妳家不捨得吃雞。」杜家捨不得，不是還有他家？當他家人是死的啊？

杜三妞笑了，頓時覺得自己有些孩子氣。

荷葉摘得快，但菱角麻煩。菱角生長於淺水區、沼澤處，杜家村的村民沒人知道河灘上的菱角哪兒來的，反正三十年前，每年深秋，沿河居住的村民都會拿著木盆採菱角，摘回來之後一邊吃、一邊把多餘的菱角做成菱角粉，可以保存久一些。

自從各村的生活越來越好後，採菱角的人也越來越少了，實在是因為採菱角太辛苦，人坐在木盆裡，採菱角時得半趴著，從水底撈出來直接丟到盆裡。

杜三妞第一次跟她娘一塊兒去採菱角，就想罵寫〈採紅菱〉那首歌的人。不熟練的人採菱角，稍稍分神盆便會翻覆，繼而栽進泥水裡，甭說菱角摘下後放在盆裡時會把衣服、鞋子沾濕，手上、身上也全是泥，這時候誰還管身邊的人是誰？只想採完後回家梳洗！

衛若愉也以為採菱角好玩，然而等三妞和她娘分別坐到盆裡開始採藏在水底的菱角時，不禁急急道：「三妞姊，採夠晌午吃的就好了，妳快回來吧！」

三妞戴著她自製的兔皮手套，幹活不索利卻不會傷到手。「好。」心想摘一點衣服會弄髒，摘半盆也是髒，於是和她娘兩人各摘半盆，回去時還是別人幫丁春花抬回去的。

衛若愉也不嫌三妞身上髒，拉著她的胳膊。「明天叫錢明去。」

杜三妞失笑，想說「那是你家的人」，餘光瞥到小孩滿臉心疼，便道：「有付出才有收穫，而且自己摘的菱角吃著香。」

「欺負我不懂啊！」小孩不跟她廢話，回到家就告訴他哥，三妞採菱角有多辛苦！

翌日，衛家大少帶著兩男兩女直奔村東頭四喜家，叫四喜的嫂子教他下人採菱角。

自從衛老來到杜家村，雖從未幫村裡人謀福利，但因為有他在，縣太爺也不敢欺負杜家村的人。時間短村民沒感覺，將近兩年，出去做事的村民卻很清楚衛老來之前和來之後外人對他們的態度。

四喜的幾個嫂子感覺尤為明顯，有次在縣裡遇到個不給錢想吃滷肉的無賴，屠夫幫她們把那人抓去縣衙，縣令走個過堂就把人關了半個月，不知內情的人還以為她們是縣令家的親戚，殊不知四喜家往上數四代都是平頭百姓。

二寡婦一聽，道：「教什麼啊？衛小哥要多少菱角，讓我家幾個媳婦去摘。」

「幾個嫂子得做豬頭肉。」衛若懷道：「哪能耽誤妳們做事？把他們教會，我們想吃隨時可以去摘。」

「菱角都老了。」二寡婦也就客套一句，便順勢說：「這幾天不摘，過些日子可沒法吃了。」

衛若懷若有所思道：「嗯，那我們多採點。」把杜家村河段上九成的菱角全摘回去！

第二天，衛家的僕人無論男女全都在洗菱角、磨菱角粉。

本打算再摘些菱角的杜三妞看到隔壁熱火朝天的景象，頓時傻眼了。

「你們摘這麼多菱角幹麼？」杜三妞非常好奇。

衛若懷十分坦然地道：「送給我父親和叔父，再給姑母和姨母、舅舅、外祖父一點，還有若愉的外祖父和姨母、舅舅。」一頓，皺眉道：「我總覺得這些還不太夠。」

杜三妞往四周看一眼，目之所及處全是菱角，頓時眼花。「過幾天挖藕，不夠就用藕粉代替吧！」弱弱地道。

衛若懷嘆氣。「菱角看起來不少，誰知搗碎卻沒多少，只能再買了。」

杜三妞暗暗翻個白眼。還想怎樣？菱角都快被你採絕種了！不過這話也就想想罷了。「其實勾芡、做涼皮啊，用綠豆粉最好。」

「這樣啊……那明天叫人去買綠豆。」衛若懷非常認真地點頭。

杜三妞滿腦門黑線，她想聽的不是這些！「這裡也有人種葛根，葛根你大概不知道，東漢時期有個人寫的書裡面記載了葛根的功效，具體內容我不太記得，只記得一句『北人參、南葛根』，可以像藕粉一樣沖泡著喝，而且葛根粉和藕粉比菱角粉更適合送人。」所以，放過菱角吧，她明年還想吃呢！

「謝謝三妞。」衛若懷滿心感動，就是不說「早知道我就不摘菱角」的話。「我回頭在送去京城的節禮中加一份藕粉和葛根粉，外祖父他們收到想必會非常高興。」

杜三妞不禁扶額，頓時覺得心好累。「衛小哥，像你今天這種採法，如果沒人種，連著兩年河灘上的菱角就要絕收了。」

「不會啊！」衛若懷道：「三妞，妳放心，他們採菱角的時候我一直在旁邊看著，他們漏掉不少。」事實上，四人採菱角時，衛若懷反覆強調。「留點苗種夠村裡人明年打牙祭就好了。」

當時一個丫鬟問：「如果三妞姑娘要做菱角粉，沒有菱角可怎麼辦？」衛家大少想都沒想就回道：「我買給她。」話音落下，四人不約而同地「嗤」一聲——陰險！

如今再聽他這樣忽悠杜三妞，衛家老老小小、男男女女都忍不住同情三妞，上輩子到底做了多少缺德事，今生才會被他們家這位主兒纏上啊！

衛若懷把話說到這分上，杜三妞哪能揪著不放？何況她又不能下水察看水底下是否還有菱角，於是，她回家繼續做她未完成的菱角糕。

杜三妞前天採菱角回來，累得腰痠手疼，午飯都是丁春花做的。昨天把菱角洗乾淨，和她娘兩人又把菱角搗碎，等濾出菱角粉，娘兒倆已累得往椅子上一癱，午飯湊合著吃點，晚飯直接喝麵疙瘩湯。

杜發財見院子裡曬了不少菱角粉，非但沒嫌棄晚飯，還說：「菱角放三、五天不會壞，這麼著急幹麼啊？」

「趁著天氣好，一次收拾出來省事。」丁春花這麼說，杜三妞自然沒意見，然而她不過上午歇半天，一出門隔壁就變天了。

杜三妞有氣無力地回到家，同她娘嘀咕。「衛小哥把全村的野菱角全摘回他家去，居然沒人出來說他做事不地道。娘，衛老給村裡銀子了？」

「衛老不知道。」丁春花邊補麻袋邊說：「妳早上吃過飯在屋裡睡覺，我去隔壁挑水的時候見井旁邊放著兩大盆菱角，還以為誰送的，沒等我問，衛老就說他大孫子昨兒跟犯病似的，一早就帶人去採菱角。」頓了頓，又說：「至於村裡那些多事的人，不知多想攀上衛家，可惜衛老對誰都一樣，菱角不是他們種下的，他們若是早知道衛小哥想要菱角，說不定會自己摘好送過去。」

杜三妞猛地想到前天上午摘荷葉時，村裡某些人的德行。「娘，幫我燒火。」調好加了大米粉、糖、油和枸杞的菱角糊後，三妞就把菱角糊倒入抹了豬油的碟子裡，做了整整四碟子，放到鍋裡蒸。

丁春花沒吃過菱角糕，見此放下手中的活。「妳幹麼？」

杜三妞去衛家時看過一眼日頭，好像已經快十一點的樣子。「做飯啊！」鍋裡蒸著菱角糕，三妞去摘兩條茄子，回來把三個麵皮裂開的饅頭切成片，放到蛋液中浸泡片刻，再放到油鍋裡炸。將炸至金黃的饅頭片盛出來，杜三妞就著油鍋做油燜茄子，最後用開水泡了兩碗紫菜蝦米湯。

丁春花見她閨女一個月只給段家三、四個食譜，誤以為閨女想不出新吃食，嚐到菱角糕和香酥脆的饅頭片，又開始擔心照著這個吃法，她早晚得比衛若愉還胖。

事實上，不是杜三妞不想把食譜賣給她姊夫，而是衛若懷說，京城王爺沒有的食譜儘量別拿出來給段家；如果杜三妞上輩子聽到這句話，一定對衛若懷嗤之以鼻，當他是誰呢！

怎奈她今生所在的是君要臣死，臣不得不死的封建社會。杜三妞不想給她和段家招惹麻煩，便聽衛若懷的話。早兩天聽衛若懷說叫花雞的做法年後再給京城，三妞背著爹娘偷偷找過衛若懷一次，問為什麼，衛若懷的回答是──

「給大皇子一個妳才盡的假象。」頓了頓，接著說：「妳現在十一歲，京城的皇子除了稀罕妳的食譜，不會想些別的；可是若是妳一直提供大皇子食譜，到十六歲可以參加選秀的年齡時，妳覺得京城的皇子會放過妳？」

杜三妞當場臉色煞白，下意識攥住衛若懷的胳膊，不安地道：「我不想去京城。」

「有我，別怕。」衛若懷寫的「拿下杜三妞」計劃書裡詳細記著每一步，自然不會漏掉眼紅杜三妞才能的人。「以後做什麼新鮮吃食，把做法寫給我，我瞧哪個最簡單就給大皇子哪個，妳給段家的食譜照著我的來，如果妳信我。」

杜三妞沒有理由懷疑衛若懷會害她；再說了，她一個平頭百姓，除了吃食又沒衛若懷值得惦記的東西。換句話說，衛若懷真想留著食譜，當初便可由著衛炳文將食譜送給大皇子，可以選擇不告訴她。

「好，我聽你的。」杜三妞答應下來。

飯後，三妞端著三塊菱角糕和饅頭片去衛家。衛家還沒吃飯，錢娘子正在做飯，衛老看到她碗裡的東西，捏一塊菱角糕和饅頭片後指著書房。「那兩小子在屋裡。」

衛若愉跪在椅子上，趴在桌子上看他哥寫寫畫畫，聽到腳步聲轉頭一看來人就往下跳，嚇得三妞慌忙扶住。

「東西不會跑。」

「我也不會摔倒。」衛若愉踮著腳尖往碗裡瞅。「別看我胖，胖也是個俐落的胖子。三妞姊，這個是雞蛋糕嗎？」

「不是，是饅頭片，吃的時候手在下面接著，別掉一地渣。」三妞看到衛若懷放下筆，遂說：「衛小哥，你的筆借我一下，我把做法寫給你。」

衛若懷微微頷首，邊吃饅頭片邊看她寫，見饅頭片的做法是裹上雞蛋液在油鍋裡炸，出鍋後灑上一點細鹽。「對，就這樣，以後多琢磨些特別簡單的吃食，留著我拿去交差。」

「嗤……大皇子知道你這麼多心眼嗎？」杜三妞好笑道。

衛若懷說：「他不會懷疑我，太子倒是有可能，但太子日理萬機，沒時間過問大皇子酒樓裡賣米飯還是賣饅頭。」

「你心裡有底便好。」食譜雖說是衛家傳出去的，但剛發生沒多久衛若懷就想好怎麼給她善後，三妞的心腸再冷也忍不住感動，自然不希望衛家因她被太子斥責。

她卻不知道，年後衛若懷回到京城時，並沒有把叫花雞的做法給大皇子，只告訴他滷雞的做法，還說是杜家村做滷肉的人家琢磨出來的。

春節時四喜的大嫂劉氏往三妞家送滷好的豬頭和豬下水，同丁春花聊她們的生意時說：「現在加了兩個豬頭和兩副下水還是不夠賣，想請兩個人專門洗豬頭、洗豬下水，我婆婆不准，還說我們想多賣些就自個兒洗，一想想每天得多提兩缸水，或者在河邊蹲半天，我的肩膀就疼。」

杜三妞瞅她一眼，見她的精神的確沒去年好，不禁皺眉。「怎麼不買些雞鴨，做滷雞、滷鴨啊？」

誰知劉氏聽到這話連連搖頭。「別提了，去年我弟妹就這樣說，我們雞鴨各做一道，到縣裡問的人不少，卻沒人買，最後還是縣太爺家的廚娘買去，我們只收個本錢。」

「正常，豬下水才幾文錢，雞鴨那麼貴，誰都不捨得吃。」丁春花說完，見閨女白她一眼，頓時想拎過來給她一巴掌。「不要看，看我也不殺雞給妳吃，想吃叫妳大姊夫給妳買。」

杜三妞撇嘴。「雞圈裡的小雞都是我養大的，妳不給殺，待會兒叫我爹殺，就殺那隻四、五年的老草雞，燉湯喝！」

「妳敢?!」丁春花陡然拔高聲音。

劉氏嚇得一哆嗦，忙拉住她。「您別生氣，三姑奶奶還小，我家幾個孩子比她還貪嘴呢！三姑奶奶，我家有草雞，趕明兒到年三十我殺一隻，妳去我家喝雞湯。」

「不喝。」杜三妞說：「我就那麼一說，瞧我娘急得，人不如雞，我今兒算是知道了。」不等她娘開口，立刻躲到在一旁看笑話的杜發財身後。「爹，我說得對吧？」

杜發財好笑。「又氣妳娘，再過幾個月妳就滿十二了。」

「離我十六還早呢！」杜三妞拉著她爹的胳膊，看著她娘。「好啦，不吃妳的雞。」對劉氏說：「今兒二十六，離三十還有幾天，妳若信我，今天下午就做五、六隻小公雞，明天去縣裡賣的時候把雞腿、雞頭、雞爪、雞翅切下來分別賣，雞胸切塊論斤賣。」

「分別？論斤？」劉氏雙眼一亮，猛拍大腿。「我們怎麼就沒想到？人家不捨得買整隻雞，但一隻雞腿或者兩隻雞翅，甭說縣裡人，村裡人也捨得買回去給孩子吃呀！三姑奶奶，您……您這腦袋可怎麼長的啊！」

「她腦袋裡全是吃的。」丁春花沒好氣道：「聽說妳閨女去年就能繡出荷包了，我記得那丫頭還沒滿七歲；我家這個，這麼大的人繡蝴蝶像毛毛蟲，叫她繡荷花，衛家的若愉給她畫荷花樣，她也能繡成梅花，我想破腦袋也想不出荷花和梅花有什麼關係。」

「都是花。」杜三妞脫口而出。

丁春花怒道：「妳給我閉嘴！」

劉氏噗哧笑道：「三姑奶奶長得好，聰明又會做飯，不會做繡活就不會，我家那小子整日裡嘀咕什麼人無完人，老天爺嫉妒聰明的人，有缺點挺好的。」

杜三妞很意外，如果她沒記錯，劉氏並不識字，當初嫁到杜家村，二寡婦沒少嫌劉氏娘家窮得揪不開鍋。「三國時有個周郎，年紀輕輕就死了，就是因為人太完美，老天爺嫉妒他。」說著眼中閃過一絲壞笑。「娘一定不知道周郎是誰，就是小喬的相公。」

丁春花心想，她還真不知道，看到閨女臉上的壞笑，罵道：「死丫頭，我省吃儉用送妳去學堂，就為了妳今兒取笑我是不是？」說著話就要揍她。

杜發財下意識把閨女拉到身後，丁春花氣得跺腳。

劉氏哭笑不得，一家三口怎麼比他們一大家子還熱鬧？「三太奶奶，是您先說三姑奶奶，還不許人家回話啊？」

「娘，聽到沒？」杜三妞還嫌她娘氣得輕。「以後別再逼著我學這個、學那個，從明天開始存等我成親後買衣服和鞋的錢吧！」

劉氏禁不住「咳」一聲，笑道：「三姑奶奶，妳不但得存自己的，還得存以後給孩子買衣服、買鞋的錢。」

「妳到底站在誰那邊？」杜三妞佯裝生氣。

劉氏笑了笑。「我說的也是實話。」

杜三妞氣呼呼道：「看我下次還教不教妳做滷菜。」

「三姑奶奶從不記仇，我是知道的。」劉氏信誓旦旦說：「明天一早就會忘記今兒的事，我才不擔心呢！」

丁春花好笑。「以前三棍子打不出一個屁，出去賣兩年豬肉，了不得了啊！下次我們村和別的村吵架，就派妳去，一個抵五百隻鴨子！」

「啊？」劉氏這次沒法接話了。「什麼意思？」

杜發財笑道：「這丫頭說她娘能嘮叨，呱呱呱個不停，吵得人腦門疼，就像五百隻鴨子同時叫。」說話間，把他藏在身後的人又拉出來。

杜三妞一臉無辜。

劉氏失笑搖頭。

劉氏回到家把三妞的話對兩個弟媳婦說一遍，兩人便從家裡各抓兩隻小公雞送到劉氏那兒，加上劉氏殺的兩隻，一塊兒滷好拿去縣裡賣。

錢娘子帶著幾個小子去縣裡買過節用的菜，見劉氏賣滷雞，就買了四隻雞腿。

衛若懷吃過之後直接問三妞，是不是她的主意？

杜三妞很詫異。「你怎麼知道是我？」

「劉氏昨天去妳家了。」衛若懷說：「滷雞的做法和滷肉一樣？」

杜三妞不禁感嘆衛若懷心細如髮。「差不多，問這個幹麼？你家也做？」

「做兩隻，回去的路上吃。」衛若懷和若愉一年回去兩次，分別是正月和八月分，有時候村裡人還會託衛若懷捎一些稀罕物件，唯獨三妞從未叫他幫忙帶東西，搞得衛若懷想送給她什麼只能以大皇子或者王妃的名義。

衛若懷和衛若愉到達京城時，杜家村發生了件震驚全村的事。杜家村東南邊，住在姜婆子東邊一戶人家送閨女去選秀，這在近二十年沒出過秀女的杜家村掀起了軒然大波。衛老被叫去勸說，三妞也被村長拉過去。

杜三妞很不明白。「我過去有什麼用？」

村長打量她一番。「妳去比衛老還有用。」心想：那姑娘看見妳就該不好意思去報名了。

丁春花怕陳家人鬧起來波及到她閨女，放下活跟上去，到姜婆子門口見東邊全是人，便問姜婆子。「陳家兩口子怎麼想的？家裡又不是吃不上。」

秀女被選中後，縣裡會給秀女的家人二兩銀子，不少家境困難的人會替閨女報名，反正不需要報名費，一旦選中不但能解燃眉之急，入宮後還有月錢可拿。

聽起來很誘人，然而朝廷規定宮女二十五歲後方可離宮，那時候出來，除非在宮裡當上女官，手中有人脈，否則普通宮女可不好嫁人；所以家境過得去的人家不捨得把閨女送去京城，當然，指望飛上枝頭變鳳凰就另說了。

姜婆子搖頭。「哪是陳家兩口子的主意，是陳萱自個兒鬧著要報名，她爹娘攔住不讓去！」

杜三妞來的路上聽村長說完事情經過後，眉頭緊鎖。她認識陳萱，但不熟，陳萱比她大三歲，今年十五。雖然朝廷規定的選秀年齡是十六到二十歲，但由於選秀時間長，地方上便有個潛規則，只要年滿十五歲的女子皆可報名，畢竟等到了京城，即便還沒十六歲，也差不了多少，陳萱這個年齡去報名剛好合適。

杜三妞第一次聽到陳萱的名字時別提多羨慕了，真好聽，哪像她，杜婕、杜婕，不知道得有多少災難等著她。

等她去村學上學，聽夫子解釋萱草即是黃花菜，陳萱之所以叫這個名，是因為她娘摘黃花菜的時候生下她，一度搞得杜三妞見到陳萱就想笑，對陳萱的印象也格外深，雖然兩人私下裡沒來往。

這會兒見她披頭散髮站在院子裡，臉上還有巴掌印，三妞戳戳村長的胳膊，輕聲說：「我在外面等著。」隨即退到門外。

俗話說清官難斷家務事，村長也不想理陳家事，怎奈陳萱的奶奶找上他，村長聽說和選秀有關，從家裡出來就直接去找衛老了。

兩人走進去後，村長說：「萱丫頭，衛老來了，請他跟妳說說選秀的事。」

陳萱臉上的怒氣一收，轉向衛老。「我知道你也是來勸我不要參選的，這樣的話不用說了，我已經決定，你就說說宮裡的情況吧！」

衛老在心底嗤笑，好大的臉，真把自個兒當成人物了。「我沒想勸妳。」周圍寂靜，陳萱本人也禁不住失態。衛老淡淡地瞥她一眼，續道：「我和妳非親非故，妳想做什麼，我老頭子可管不著；但是既然村長開口了，我就講講我知道的，像妳這種沒家世、沒才藝的姑娘入宮後，只能當粗使宮女。什麼叫粗使？打水、掃地，什麼活累幹什麼，當然，也有機會見到皇上，可是皇上年齡大，即便寵幸宮女也不會再升她位分。」

「我才不想見到皇上！」陳萱張口反駁。

衛老心中一動。「想進東宮？」終於仔細看了看陳萱。「以妳這副相貌，根本進不去。」眼角餘光看到周圍人臉色驟變。「太子並非重慾之人，卻很喜歡養眼的東西，身邊伺候的宮女、太監，相貌都是一等一的好；而且東宮不養無用之人，妳說說妳有什麼才能讓太子破格選妳？」

陳萱心梗。「我……我女紅好。」

「太子的衣服皆由少府所製，不需要宮女做。」衛老道：「還有沒有？如果沒有，妳即便能進宮也是粗使宮女的命，好好想想吧！」

陳萱面色陰沈，哪還有剛剛只要爹娘同意，她就能飛上枝頭變鳳凰的囂張勁？動了動嘴巴，一時不知該說什麼。

反觀衛老，把實際情況告訴陳萱後就打算回去了。

陳萱一見他抬腳，頓時急了。「是不是只有長得像杜三妞那樣才有機會當皇妃？」

「什麼?!」衛老一個趔趄。

村長打個激靈，反應過來，忙扶著衛老，轉向陳萱。「現在說妳的事，扯上三妞幹麼？人家三妞可沒報名參選。」

「那是因為杜三妞的年齡沒到，再過三年，你以為她不會參加選秀？」陳萱又變得一副信誓旦旦的樣子。

衛老好氣又好笑。「妳想被貴人看中，就認為所有姑娘家都和妳一樣嗎？簡直可笑！我就告訴妳，杜三妞不會參選。」

「嗤，別以為我不知道！」陳萱說：「她爹娘對外說什麼及笄再給她訂親，其實還不是為了等她十五歲後好去給她報名？而且她家和你家關係好，你又是太子的老師，隨便寫封信，杜三妞就能被選到東宮；她又那麼聰明，不能成為太子妃，側妃卻跑不了！」

「妳還真看得起我。」杜三妞在門口聽了一會兒，才慢悠悠地走進來。「可妳別忘了，三年後我也沒滿十五歲。」

陳萱眼中閃過一絲慌亂。

杜三妞看得清楚。「妳不會想請衛老幫妳給太子寫封信吧？」眾人難以置信地看向陳萱，誰知卻見她臉色煞白。「我說中了？」三妞震驚不已，她怎麼會有這種想法？在今天之前，衛老估計都不知道杜家村有陳萱這號人啊！「可惜妳爹娘比妳看得清，連妳爹娘這關都過不去，妳也沒想到吧？」

「妳、妳閉嘴！」陳萱急切道：「我才沒想過，真以為誰都跟妳一樣?!」

杜三妞輕笑。「妳是和我不一樣，我想招個上門女婿，妳卻想著怎麼給別人做小。其實啊，真想成為人上人，我告訴妳，打扮漂亮點，多去縣太爺家門口逛逛，或者去建康府的知府家，據我所知，他們都有適齡未婚的兒子，正室沒妳的分，小妾絕對可以，省得到皇宮見不著皇上，進不去東宮。」

「妳……」陳萱渾身顫抖。

杜三妞卻不會給她留面子，嗤笑一聲，涼涼道：「覺得我惡毒，說話難聽？其實我也不想，可妳除了皮膚白點、眼睛大點，又沒什麼優點。就說身高吧，我十二歲就快有妳高了，妳鼻子不如妳姊挺，嘴巴比妳娘大，我是不知道誰給妳的信心，進宮就能被貴人看中，妳醜貴人就該眼瞎嗎？」頓了頓，又說：「就算他們吃膩山珍海味，偶爾想嚐嚐清粥小菜，那也只是想想，真給他們一碗糙米飯，我保證他們吃一口就會吐。」

「嗤……」不知誰笑了一聲，其他人也跟著笑出聲。

杜三妞白陳萱一眼後，轉身就走。

衛老搖搖頭，村長嘆一口氣，走到姜婆子家門口還能聽到陳萱嚎啕大哭的聲音。

丁春花點點閨女的額頭。「就妳話多。」

「是她先惹我的。」杜三妞說：「我不反駁，大家還以為我想報名呢！」

衛老微微頷首。「可不是，三妞娘，三妞今天這麼一說，陳萱估計也斷了被皇子看上的心了，雖然被三妞打擊得挺可憐的。」

「就怕她真像三妞說的那樣，跑去縣裡堵縣太爺家的公子。」丁春花憂心忡忡，總有不好的預感。

杜三妞皺眉。「不會吧？」

「難說。」丁春花道：「陳萱若是拎得清，也不會想參加選秀。兩個哥哥早就成親，她姊也訂親了，家裡不愁吃穿，會做飯、會繡花，相貌過得去，這樣的姑娘可不愁嫁，這話她娘估計沒少說，她卻還一門心思想報名，不是昏頭是什麼？」

「管她呢，別惹我，我就裝看不見。」杜三妞毫不在意。

回到家後，三妞就鑽進廚房裡做午飯，然而被陳萱膈應這一齣，杜三妞已經沒什麼胃口了。

怎奈她爹娘得吃飯，洗了青菜、冬菇和春筍，後兩樣切條放在鍋裡和薑絲一塊兒炒，隨後把正月十五時剩下的高湯倒進去煮。

丁春花燒火的時候，杜三妞攪了一菜盆濃稠的麵糊，用鍋鏟把麵糊一條條鏟入鍋內，細短的麵糊遇到沸騰的高湯瞬間凝固，遠看像一隻大蝦，最後加上生菜和蔥花，麥蝦麵就做好了。

杜發財心想，這不是麵疙瘩嗎？但吃到嘴裡，他以為的麵疙瘩卻很有嚼勁，不亞於麵條，用筷子挾的時候也不像麵疙瘩般一坨一坨的。「妞啊！妳覺得我和妳娘去縣裡支個攤子賣麵條怎麼樣？」

「不怎麼樣。」杜三妞想都沒想就脫口而出。

杜發財道：「妳做這個，也做過涼麵、炒麵、油潑麵、炸醬麵，還有綠豆麵，我覺得能成。」

「你和我大姊夫說說去。」杜三妞似笑非笑地看他一眼。

杜發財一噎，段守義那廝寧願出錢養他，也不想看到他去縣裡賣麵條。「我……我又搶不走他的生意。」

杜三妞說：「我也沒講什麼，娘，對不對？」

「飯也堵不住你們爺兒倆的嘴！」丁春花瞪他倆一眼。「以後少往村東頭去，在家閒得慌，就去隔壁向衛小哥家借些書來看。」

「嗤！娘，瞧妳嚇得，我和她們玩也不會犯糊塗。」杜三妞的幾個小姊妹要麼幫家裡幹活，要麼帶弟弟、妹妹，再不濟也得跟著家中長輩學針線活，才沒工夫和她一塊兒出去瘋。

「反正不許去。」丁春花心想，一次、兩次不在意，若有人存心天天在耳邊說，會不會犯糊塗誰都不能保證。

衛若懷從京城回來後的五天，每天杜三妞都來他家，也沒見丁春花過來找人，很是納悶。「和妳娘吵架了？」

杜三妞忍著笑說：「我娘突然發現你家最安全。」

「什麼意思？」衛若懷哥兒倆一臉茫然。

衛老正翻看琴譜，漫不經心地把陳家發生的事給兩個孫子說一遍。

衛若愉的小眼睛頓時瞪得老大，連忙問：「她最後有沒有去報名？」

「沒有。」衛老道：「大概被三妞嘲諷醒了。村長說她娘到處託人找媒婆給她說親，打算及笄就把她嫁出去。」

「活該！」衛若愉一頓。「不過，誰要是娶她也夠倒楣的。」

杜三妞失笑搖頭。「所以，你以後成親，可得打聽清楚對方的秉性。」

誰知小孩臉一紅。三妞挑眉，不會吧，屁大點的孩子真有喜歡的人了？就見衛家二少含羞帶怯地看她一眼，杜三妞渾身激靈。

「人家最想娶的是三妞姊啦！」小孩話音落下，又叫了一聲。

杜三妞抬頭一瞅，衛若懷正慢吞吞收回巴掌。

杜三妞哭笑不得。「打他幹麼？若愉跟我開玩笑。」

「他不小了。」衛若懷說：「男女七歲不同席便是指這麼大年齡的人要懂得避嫌，若愉七歲了，嘴上還沒個把門的。」說完，又瞪他一眼。

「六歲半。」衛若愉揉著腦袋，撇撇嘴。「我以後考不中進士就怪你！」

衛若懷嗤笑。「三妞比你大五歲怪不怪我？」

小孩一噎，歪著頭不屑地睨了衛若懷一眼。別以為他不知道為什麼挨揍！轉頭對三妞說：「我們去那邊，不和他一塊兒。」指著對面的書桌。

杜三妞搖搖頭，收起琴。「天不早了，我得回去了。」

「你們也歇會兒吧！」衛老大手一揮。

衛若愉立刻拉著三妞的胳膊，對衛若懷揮手。「不要跟來，我們不歡迎你！」

衛若懷嗤笑一聲，同他倆走到門外，但是沒往三妞家去。關係再好的兩人，也沒有時刻黏在一起的道理，何況丁春花難得對杜三妞來他家學琴、學畫沒意見，衛若懷可不想刺激她。

二月初，山邊的傍晚有些冷。衛若懷在門口站一會兒便發現，回家拿件斗篷披上後，沿著大路緩緩走著，活動活動筋骨。

此時無論外出做什麼的都歸家了。孩子在路邊嬉鬧，男人三三兩兩或蹲、或站在門口聊天，女人洗菜、摘菜，見到衛若懷遠遠地就打招呼。「衛小哥吃了嗎？」

「正在做。」衛若懷已習慣太陽下山吃飯，天黑就回房休息。人家這麼熱情，衛若懷便順口問：「做什麼吃？」

「薺菜餃子。」聲音從衛若懷另一邊傳來。「錢娘子也挖了一些薺菜，你家估計也是吃薺菜餃子。」

衛若懷愣了愣，一時沒想起來薺菜長什麼樣，笑道：「那敢情好，好久沒吃過了。」

恐怕回頭在三妞面前鬧笑話，衛若懷回家後就去廚房看看薺菜到底什麼模樣。

錢娘子以為他特別喜歡，便開口道：「村裡那些女人實在太厲害，我和她們一起挖薺菜，我才挖半籃她們就挖了一籃子，如果不是陳萱給我一些，只能等明天再挖些才夠包餃子了。」

「陳萱？」衛若懷是第二次聽說此人。「看來腦袋清醒的時候做事還像樣。」

「可不是嗎？」錢娘子一臉唏噓。「如果沒親眼看到那『誰敢攔著我去縣裡報名，我就跟誰拚命』的架勢，真不敢相信是同一個人。」

衛若懷不關心陳萱是好是壞。「我去看看三妞家做什麼吃的。」

「去吧！」錢娘子的兒子跟在衛若愉身邊打雜，只要三妞不在跟前，衛若愉逮著機會就懟他哥，時間久了，衛家人都知道大少爺看上杜三妞，老爺、夫人和老太爺好像樂見其成，因此衛家人如今對待杜三妞客氣裡夾雜著尊敬，只有三妞沒發現他們的轉變。

衛若懷到時，杜三妞正在攪雞蛋，衛若愉燒火，丁春花從廚房裡往外端東西。衛若懷伸頭一看，說：「你們這麼快就做好飯了？」

「煮粥、熱饅頭、炒生菜，一會兒的工夫。」杜發財洗洗手問：「衛小哥在我們家吃嗎？」

「錢娘子正在包薺菜餃子，想看看你們若是沒做，給你們送點來。」衛若懷頓了頓。「炒雞蛋？」

杜三妞微微搖頭，又攪了一會兒蛋液，見熱油鍋裡冒青煙便說：「若愉，你出去，離遠點。」

衛若愉知道她要炸雞蛋，拉著兄長站到門口，就聽見「嘩啦」一聲。他踮起腳尖，看到杜三妞拿著漏勺從滾燙的油鍋裡撈出一塊金黃色、像蜘蛛網一樣蓬鬆的東西，放在白淨的盤子上，又往上面撒了一些碾碎的細鹽，不禁睜大眼。「這是雞蛋？」

攪至泛白的雞蛋液遇到熱油，瞬間膨脹，炸的時間短，裡面軟趴趴的，炸的時間長，吃到嘴裡會泛苦。別看一眨眼的工夫，三妞不知浪費了多少雞蛋才炸成今日這樣，從裡到外黃得發亮。

「對。」杜三妞點點頭，拿了五雙筷子，端著盤子放在石桌上，招呼四人。「趁熱吃，涼了特難吃。」

衛若愉迫不及待挾一塊，太用力，啪嗒一下，雞蛋掉在石桌上，小孩下意識用手按一下，一下子碎成渣渣。「好酥！」崇拜地看著三妞。「妳怎麼可以這麼厲害？」

「你倆差五歲。」衛若懷沒頭沒尾地接一句。

杜發財和丁春花齊齊看過來。「什麼意思？」

「因為他下一句會說要娶三妞。」衛若懷瞥他一眼。「嬸子不知道，他第一次見三妞，是在兩年前他五歲那時候，自那以後只要在你們家吃到好吃的，回到家就一定會和祖父說一遍，我們聽得耳朵都快長繭了。」

「嗤，若愉這麼喜歡三妞啊！」在兩人眼中，衛若愉是個奶娃娃，非但沒多想，還打趣道：「叫錢娘子多練幾回，她比三妞做得還好吃，你要不要娶她啊？」

小孩渾身一僵，一臉怕怕。「嬸子，別想嚇唬我，我不是被嚇大的。」

「行行行！」丁春花笑道：「看到她炸的雞蛋又香又脆又酥，你不知道她第一次炸時，怕油濺到身上，把雞蛋倒進鍋裡後就跑出來，等她拿著漏勺撈的時候，鍋裡的雞蛋全變成黑色的了。對了，這是第幾次做？」

炸好的雞蛋裡油特別多，初夏到初秋都不適合吃，冬天冷得快，三妞懶得做，也就深秋和初春時節想起來做一次。「八次，你倆有口福，這次做得最好。」

也因為浪費了不少雞蛋，丁春花對閨女會吃一事從未懷疑過。

想當初三妞說吃餃子，丁春花不知怎麼做，就說一句「妳來弄」，結果杜三妞自信滿滿地去和麵，麵太軟就加一點麵粉，加了又太硬，她就再添一些水。丁春花奇怪她和點麵怎麼用那麼長時間，到廚房裡一看，竟做了滿滿一盆！三妞鼻子、臉上全是麵粉，見她娘進來，還埋怨道：「這麵不好，黏不到一塊兒去。」

最後餃子是吃了，同時也多出一鍋死麵饃。

那次杜三妞沒演戲。她前世很會吃，但很少動手做，一來工作忙，二來餃子、饅頭到處都有賣，用不著自己做；再說了，她只有一個人，稍稍做多一點都會剩下。

「是我有福氣。」衛若愉道：「大哥不來找我，他吃不上。」

衛若懷心下好笑，面上連連點頭。「是是是，你有福。福娃，雞蛋吃完了，可以回家了吧？」

杜三妞掰塊饅頭給他。「吃這個墊墊肚子，否則膩得你待會兒吃不下餃子。」

「謝謝三妞姊。」衛若愉拿了一半饅頭又掰給他哥一半，動作自然到不能再自然。

哥兒倆出去後，丁春花說：「若愉是個好孩子。」

「可不是，別管平日裡衛小哥經常訓他，有什麼吃的都不忘衛小哥。」杜三妞說著話，不禁感慨。「還是衛老教得好。」

衛老注重孩子的品性，而不是一味讓他們死讀書、讀死書。在衛老看來，懂得再多卻不懂待人處世，也沒什麼用，所以，每隔一段時間，衛老就會帶哥兒倆出去逛逛。不出建康府，就在四周，有時候爬山、有時候看海，有時候去鬧市、有時候去廟裡，不拘地點，哪兒沒去過就去哪兒。

「那當然，衛叔可是太子的老師。」杜發財開口。

丁春花轉頭對三妞說：「我明兒去縣裡看看妳二姊，她家小子幾天前生病，妳去不去？」

「不去。」杜二丫沒和她婆婆分家，杜三妞去看她，二丫的婆婆就拉著三妞要給她說親，杜三妞想起來就頭疼。「她若是問起我，妳說我……說我在家練繡活。」

丁春花嗤一聲。「我說妳在家睡覺都比說妳做繡活可信。」

「反正我不去。」杜三妞的態度非常堅決。

丁春花沒逼她，但有些話還是忍不住想說：「妞啊！妳到底中意什麼樣的？有什麼要求給娘說說，我也好給妳留意。現在不訂親，先打聽打聽對方為人，否則等妳及笄，想在短時間內找到合適的人也不可能。」

「對，妳娘這話說得對。」杜發財捨不得小閨女嫁太遠，然而想在十里八鄉找個配得上他閨女的後生真有點困難。

陳萱的話也讓杜三妞意識到，離她訂親最少剩四年，最多六年。她兩個姊姊十八歲成親，在杜家村已是大齡姑娘，爹娘就算想多留她幾年，也不會留她到二十歲。

「家裡情況不能比我們家差。」杜三妞說：「他爹娘也不能太會過日子，否則——」

「否則妳嫁過去，花妳的錢買吃的、用的，也得天天吵架。」丁春花說：「這一點妳儘管放心，娘知道。然後呢？」

杜三妞說：「不能比大姊夫和二姊夫矮和醜。」

「這……這可不容易。」段守義像他娘，長得濃眉大眼，身高比杜發財高半個頭；趙存良不高，但五官也端正。

杜三妞的眼珠一轉。「還有四、五年，不急。」

丁春花和杜發財一想，也對。

第二天到趙家時，把三妞的要求和杜二丫一說，杜二丫噗哧笑了。「那丫頭故意的，妳怎麼還當真了？」

丁春花愣住。「不是吧？」

「她連對方是黑是白、識不識字、會不會手藝都沒講，不是應付妳和我爹還能有什麼？」杜二丫道：「下午回去問清楚，讓她把妳問的條件說出來，那丫頭的親事我包了！」

下午，丁春花將信將疑，抱著問問看的態度，追著杜三妞一頓盤問。

杜三妞沒認真考慮過，見丁春花目光灼灼地盯著她，她一時語塞。

丁春花別提有多失望了，指著她的額。「妳可長點心吧！將來好人家被別人挑完，妳……」本想說「妳等著當老姑娘」，話到喉嚨，意識到閨女巴不得守著他們老倆口過一輩子，遂改口道：「我隨便找個人把妳嫁掉！」

杜三妞知道她娘故意嚇她。「行啊！我成親後過得不順心，就天天回來鬧妳和我爹！」

「妳……」丁春花氣得皺眉。「別以為和妳開玩笑！」

「我也沒和妳開玩笑。」杜三妞深刻體會到「被偏愛」的有恃無恐。「妳不高興我回來，我爹一定希望我天天住娘家。」

丁春花抬手朝她背上打了一巴掌。「割韭菜去！」

二月初可食的菜不多，最多的是薺菜、芥菜和香菜，杜家三口已經吃膩了；韭菜不過巴掌高，但杜三妞割掉也不覺得可惜，種它就是為了吃掉它。

誰知她回來的時候，到村口就見錢娘子手裡也拿了一把韭菜，據她所知，衛家四天前剛做過一次韭菜餅。「你們家的韭菜怎麼長這麼快？」

「三妞姑娘？」錢娘子聽到聲音停下來。「哪是我們家的！我去地裡摘蔥，打算做小蔥炒雞蛋，碰見春蘭，那丫頭給了我一把韭菜。」

「春蘭？」見錢娘子點頭，杜三妞倍感疑惑。春蘭比她大兩歲，是杜家村為數不多幾個姓杜，且和杜三妞家沒任何關係的人之一。在她印象中，杜春蘭此人很小氣吝嗇，別人向她借一根棉線，她能親自找到人家家裡要回來，在這青菜青黃不接的時候送錢娘子韭菜？開什麼玩笑！

錢娘子察言觀色的功夫了得，忙問：「有什麼不對？」

「非常不對。」杜三妞把她所知的杜春蘭對錢娘子一說。

錢娘子試探道：「難道杜春蘭家裡有事求老太爺幫忙？」

「我不知道。」三妞願意把猜測說出來還是看在衛家三位主子的面子。「妳去問衛老，吃人家嘴軟，拿人家手短，以後別亂收東西。」

錢娘子當然聽未來少夫人的話，到家後一字不落地講給主子聽。

衛老納悶道：「難道那丫頭也想過幾年參加選秀，請我寫推薦信？」

衛若懷搖頭。「我覺得不是。若愉，去問問三妞，陳萱的為人。」

「關陳萱什麼事？」衛老疑惑不解。

錢娘子看了看兩個主子，弱弱地說：「昨兒陳萱給了老奴一把薺菜。」

衛老面露驚訝。

錢娘子頭皮一緊。「三妞家種的茄子、南瓜、黃瓜也給我們，老奴就沒多想。今兒也是碰到三妞說杜春蘭摳門，老奴才覺得不對。」

「妳呀妳！我們家又不是買不起菜，地裡也種了不少，少吃一頓青菜又沒事。」衛老說著話，站起來道：「若愉，去吧！」

# 第十六章

杜三妞對陳萱不瞭解。杜春蘭此人太小氣，村裡很多人都曉得，所以三妞才知道；然而此時衛若愉滿眼希冀地望著她，讓杜三妞頭大。「在家等著，我去問問。」說完就去找小姊妹打聽。

她和杜小魚關係好，見到杜小魚就直接把陳萱做的事說出來，末了問：「她想幹麼？」見杜小魚面色古怪，杜三妞朝她胳膊上掐一下。「說話，看我幹麼？」

「都怪妳啊！」杜小魚說：「妳天天忙著大事，這些天沒和我們一起行動，我從我堂姊那兒聽說，因為妳的提醒，陳萱、陳萱……」

「陳萱怎麼了？」杜三妞忙問。

杜小魚嚥了口口水，艱澀地道：「她可能看上衛小哥啦！」

「什麼?!」杜三妞大驚失色。「人家、人家衛小哥還是個孩子，她腦袋被驢踢了？」

「孩子?!」杜小魚尖叫道。杜三妞三不五時往衛家跑，她們以為三妞存著嫁給衛若懷的心思，雖然想勸她侯門深似海，可三妞主意正，便不敢勸說，可看三妞現在這樣的反應，她們顯然是誤會三妞了，杜小魚心虛又羞愧。「村裡像衛小哥這麼大的後生都開始物色媳婦了，等著過兩年訂下來，再過個一、兩年順順利利娶進門。」

「可……可是他才十三啊！」杜三妞皺眉道：「陳萱比他大兩歲！」

「我娘比我爹大三歲。」杜小魚說：「那又怎樣？女大三，抱金磚，何況只大兩歲而已？再說了，陳萱估計也曉得衛小哥不會娶她，給衛小哥做小，年齡大小有什麼關係？」

「……妳說得好對。」杜三妞無言以對。可是想到天天在自個兒面前晃悠的半大小子被人惦記，總覺得哪裡怪怪的。「別告訴我杜春蘭也是那麼想的。」見杜小魚不明白，忙把杜春蘭做的事說出來。

杜小魚瞠目結舌。「她……她怎麼不撒泡尿照照自己？黑得像炭，濃眉大眼長得比衛小哥還像男人，居然、居然……」實在說不下去，點著三妞的額頭。「看看妳做的好事！」

「我就那麼隨口一說，哪能想到她們居然當真，還一門心思想當衛小哥的小妾啊！」杜三妞想到有人，還不止一個人想給衛若懷生孩子，總覺得很奇妙。

杜小魚嘆氣。「我也沒想到，別擔心，衛小哥看慣了妳，看不上她們的。」

「我、我……」杜三妞下意識想反駁，話到嘴邊卻道：「我是比她們順眼點。」

「妳個不要臉的！」杜小魚捏住讓她羨慕又嫉妒的臉。「老實交代，真不喜歡衛小哥？不講實話，以後聽到什麼好玩的事都不告訴妳！」

杜三妞吞口口水，面對雙手扠腰、虎視眈眈盯著她的小魚兒。「我是挺喜歡衛小哥的，還有若愉，但是……但是此喜歡不是彼喜歡啊！我從未想過衛小哥已經到了可以訂親的年齡。」

「早兩年就有人要給妳說親了，妳沒想過？」杜小魚顯然不信。「妳告訴我，我不告訴別人。」

杜三妞扶額，嘆氣。「真沒有。」

在今天之前，杜三妞一直以老阿姨的眼光看衛家哥兒倆，若不是杜小魚這麼一說，她心裡依然把衛家哥兒倆當成晚輩，沒意識到她比衛若懷還小一歲。

「其實妳可以想的。」杜小魚說話時像探子一樣，往四周看了看，見別人離她倆很遠，壓低聲音說：「妳聰明漂亮，認識字、會做飯，鬼點子又多，保不齊衛家人腦袋犯迷糊就同意了。」越說杜小魚越覺得有這個可能。「衛老也挺喜歡妳的。」她居然把衛家老太爺給忘了。

杜三妞無語，什麼叫腦袋犯迷糊了？別說她沒想過，她就算想過……不對、不對，這事連假設也不能有。「衛家門檻高，我可高攀不起。」

「我知道啊！」杜小魚說：「試試又沒什麼，妳經常去衛家，偷偷地試試，以衛小哥的人品，他就算拒絕妳也不會到處說，妳也不會少一塊肉。」

「要去妳去。」杜三妞好後悔來找她。

杜小魚笑咪咪道：「自然是我去，我去給妳說媒！」

杜三妞噎住，轉身就走。

「別急啊！像我剛才說的，衛小哥看妳這張臉看習慣了，妳看衛小哥也看習慣了，還能看得上別的後生？」感覺到三妞渾身一顫，杜小魚眼中精光一閃，鄭重其事地說：「我現在問妳個嚴肅的問題，妳能保證嫁進和妳家條件差不多的人家裡，就能過得順心如意？」

「未來的事誰知道？」杜三妞回過神。「就算我眼瞎找個渣，和離也容易。」

杜小魚踉蹌了一下，咬牙切齒道：「沒訂親就想著和離？妳乾脆別嫁了！」

「我想啊！可是我娘不同意。」杜三妞脫口而出。

「還敢想?!」杜小魚是小麥的堂姊，仗著比三妞大一歲，根本不拿她當長輩。「我告訴妳，這事想都別想！至於衛家，我幫妳試試。」

「別亂來，衛家真不行！」杜三妞慌忙攥住她的胳膊，怕一鬆手她就跑到衛家。

杜小魚朝她手背打了一巴掌。「鬆開，又不是現在去！別以為就妳聰明，我知道怎麼試他；再說，我也不是為妳。」

杜三妞心裡一咯噔，剛想問為了誰？杜小魚就接著說了。

「妳和衛小哥若成了，以我們倆的關係，我也會跟著水漲船高。」

杜三妞眼前一黑。「妳、妳敢去，我以後再也不找妳玩了！」

「又不以妳的名義。」杜小魚道：「我想好了，問衛小哥在不在乎妻子的出身，他若是反問我，問急了我就把陳萱說出來。」衛三妞挑了挑眉。「聰明吧？」

「我得回家做飯了。」杜三妞不想再跟她說話。

杜小魚看著她的背影眨了眨眼，總感覺她有些落荒而逃，但聯想到三妞的個性，又覺得不可能，於是歸結為她眼花了。

事實並非如此。

杜三妞不知如何應付她。攔著？顯然杜小魚不打算聽；不攔她？好像又有點支持她的意味，於是只能三十六計，走為上策。

「問清楚了？」

杜三妞抬起頭對上衛若愉亮亮的眼睛，一想到剛才杜小魚出的餿主意，莫名不想讓他知道有人看上衛若懷。「春蘭和陳萱大概……可能……好像看上你家的人脈了。」

「所以？」小孩不懂。

杜三妞說：「跟你們打好關係後，請你祖父給她們介紹好男人。」

「嗄？」衛若愉想過千萬種可能，獨獨沒想到這一點。「還沒死心？」

「不是，你祖父認識的人多，甭管縣太爺還是知府都敬重他。」杜三妞說著話微愣，莫名覺得知道真相了。「我之前在陳萱家裡說過，當縣太爺公子的小妾也比參加選秀好。」

衛若愉似懂非懂，想著祖父和兄長還等著他回話，便道：「謝謝三妞姊。」跑兩步又回來端著碗。「我吃完再送來。」

杜三妞定睛一看，原來是臘肉炒韭菜蓋澆飯，大概見她一直沒回來，她娘給衛若愉盛的。菜明明是她做的，杜三妞卻沒胃口，總感覺有什麼事要發生，飯吃一半又去找杜小魚，拿出長輩的樣子命令她不准往衛若懷跟前湊。

雖然杜小魚連連點頭，杜三妞仍不放心，但一時也沒有更好的辦法。

衛若懷得知陳萱兩人存著請祖父幫忙說親的心思後，便拋開不管了。連著兩天沒看見杜三妞，衛若懷像往常一樣晃悠到三妞家裡，還沒進門就說：「我以為妳去縣裡了呢！」

「你來幹麼？」杜三妞脫口而出，見衛若懷一臉疑惑，意識到自己太緊張，忙說：「不，我的意思是，你找我有事？」

衛若懷暗暗回想之前幾天有沒有惹三妞不快？一面不動聲色地說：「一直不見妳過來，我們擔心妳是不是生病了。」

「沒、沒有。」杜三妞搖了搖頭。「我的手指有些疼，想歇兩天卻忘記告訴你們。」該死的杜小魚，都是她胡說八道，沒有事也被她整出事。

衛若懷從未見過三妞這般失態、慌張，好像故意想隱瞞什麼似的。「沒事就好，好好休息，我回去了。」說完就走，卻沒回家，而是去找上山撿柴的錢娘子，叫她找丁春花打聽打聽，看杜家出什麼事了。

無須衛若懷多言，錢娘子便知他意在杜三妞。

和丁春花閒聊時，錢娘子裝作不經意地問：「怎麼不見三妞出來玩？又跟繡活較勁呢？」

「她能這麼想，想吃什麼我給她買什麼！」丁春花說起閨女的針線活就暴躁。

錢娘子絲毫不受影響，笑問：「她在家幹麼？我們家二少爺以為三妞有事，想找她玩都不好意思呢，恐怕耽誤她的正事。」

「她一天到晚能有什麼正事？」丁春花也很納悶。「這幾天也不知怎麼了，前天切菜差點切到手，早上炒菜鹽放多了，我問她是不是病了，她說沒有，不如叫若愉幫我問問？」

錢娘子苦笑。我們知道哪用得著問妳啊！「行，我回去就和二少爺說。」一副「全交給我」的樣子。

錢娘子到家後就把丁春花說的話一字不差地講給衛若懷聽，還不忘請最會賣乖討喜的衛若愉出面。

事關衛若懷，杜三妞信口胡謅道：「沒大事，就是心裡煩躁，大概天氣突然變熱的緣故吧，做什麼事都提不起勁，過幾天就好了。」

衛若愉見她整個人蔫蔫的，倒是相信她的話，看見衛若懷就說：「最近別去煩我三妞姊，她想靜靜。」

衛若懷又不能捉住杜三妞問「誰欺負妳了？誰惹妳不開心？快告訴我，我教訓他」，只能等她慢慢調適過來，然而等待的過程簡直是煎熬。

有時候快忍耐不住，衛若懷便安慰自己，以後步入仕途，無力的事多不勝數，權當提前歷練，習慣就好。

誰知還沒等他習慣，杜小魚便找上了他。

衛若懷每天傍晚雷打不動地沿著河岸走兩圈，起初村裡人背後調侃大少爺閒得無聊，後來得知他經常在書桌前坐半天，早上練騎射，下午琴棋書一樣不落，對比自家孩子除了背書還是背書，不禁羞愧又佩服，以至於後來見到衛若懷更加熱絡。

除了三妞一家，杜家村的村民對衛若懷來說只是熟悉的陌生人，無論村民客氣還是熱情，衛若懷的態度始終如一，別人笑呵呵招呼他，他就和人家多聊兩句。這天傍晚出去散步，衛若懷走到河邊時聽見杜小魚問他。

「吃了嗎？衛小哥。」

衛若懷笑道：「還沒有，家裡正在做。」見其拎著一籃薺菜，順口說：「做薺菜餃子？」

「薺菜炒雞蛋。」杜小魚本想多說兩句，誰知衛若懷「嗯」一聲，說一句「挺好吃的」，抬腳就走了。杜小魚急了，胡亂說：「聽說陳萱又往你家送東西？」

衛若懷眉心一跳。「聽誰說的？沒有的事。」非但如此，錢娘子還找了個機會還給陳萱半籃薺菜，給杜春蘭一把韭菜。

杜小魚一愣，尷尬地笑了笑。「那……那可能是我聽錯了，她不會還沒死心，想請衛老幫她寫信吧？」

衛若懷眉頭微皺，這姑娘年齡不大，怎如此八婆？但想到她和三妞好像很要好，便耐著性子回答。「初選報名已經結束，她後悔也來不及。」

杜小魚一副恍然大悟的樣子。「那她就是想嫁到縣太爺家，想請你祖父出面幫忙牽線吧！」其實更想說陳萱看上衛若懷，但怕把衛大少氣走，繼而把人得罪狠了，因此杜小魚的嘴巴動了動，硬是不敢實話實說。

衛若懷已從杜三妞那兒得知陳萱的目的，淡淡道：「大概吧！」

「你覺得縣太爺家的少爺能看上她嗎？」杜小魚好奇地問。

衛若懷非常乾脆地說：「不可能。」

「我想也是。」杜小魚接道：「像你們這樣的大少爺，將來都得娶大家閨秀，即便納妾也得是識文斷字的人，對吧？」

衛若懷真想立刻走人，去告訴杜三妞，以後離這個杜小魚遠點，不會講話還沒眼色！

「也許吧！」冷冷地拋出三個字，轉身離開。

誰知杜小魚繼續沒眼色地快步跟上去，關切道：「你呢？衛小哥，你將來也會娶個不熟悉的大家閨秀嗎？」

衛若懷停下腳步，蓋因杜三妞經常去找她玩，衛若懷怕她亂講，故而十分嚴肅地說：

「我將來的妻子一定是我中意的。」

杜小魚當真驚訝，好大的口氣。「可你們京城人不是最講究父母之命，媒妁之言嗎？」

「我是在京城出生長大，但我也是杜家村的人。」衛若懷面色不豫，什麼叫「你們京城人」？「小魚姑娘，我父母親看中的不是門當戶對，而是我過得順不順心。」頓了頓，又說：「家和萬事興，想來妳也不能夠理解。」

杜小魚一噎，她又不是笨蛋！吞下亟待出口的咒罵，深吸一口氣。「那就是說，你將來娶個什麼樣的人都有可能嘍？」眼底精光一閃，話鋒突轉。「你覺得我們家三妞怎麼樣？」

「嗄？」衛小哥腦中一根弦倏地斷開，努力不讓自己失態。「三妞叫妳問我的？」

杜小魚神色僵住，想到三妞知道後得多麼生氣，忙說：「不是、不是，和她沒關係！我只是好奇，陳萱那樣的都好意思往縣太爺家裡鑽，三妞那麼漂亮又能幹，有沒有資格當縣太爺的兒媳婦？」

沒資格！衛若懷好想大聲告訴她，話到嘴邊，只冷淡地說：「我的看法不重要，重要的是三妞怎麼想，據我所知，三妞對縣太爺家的少爺沒興趣。」

你知道得好多！杜小魚心裡翻個白眼。「衛小哥，假如你是縣太爺家的少爺，會娶三妞嗎？」

衛若懷面無表情地睨了她一眼，杜小魚心臟一縮，頭皮發麻，聽到冷得凍人的聲音——「妳什麼意思？」

「我覺得你和三妞挺合適的。」杜小魚一說出來就朝嘴巴上拍一巴掌。「哎！衛小哥，你別走！等等，你去哪兒啊？你不能去找三妞，三妞——」

「閉嘴！」衛若懷猛地停下來。

杜小魚「咚」一下撞在他後背上，衛若懷踉蹌了一下，嚇得杜小魚往後一跳，彷彿衛若懷是毒蛇猛獸。「對、對不起……」

「我不需要妳對不起。」衛若懷冷冷地看著她。「只要妳老實交代，誰叫妳問的？還知道些什麼？否則我不介意找三妞問清楚。」

「別……」杜小魚是真怕了他，早知道衛家大少爺這麼難纏，說什麼也不多嘴；然而事到如今，她只能老老實實地說：「和別人沒關係，是陳萱和杜春蘭兩個臭不要臉的，也不看看自個兒幾斤幾兩，就敢妄想……妄想縣令家的人。如果她倆都能成，三妞和你也不是沒可能，不是嗎？」越說聲音越低。

衛若懷哭笑不得，心想：妳早說啊！「明年二月分我得參加童試，沒時間考慮這些，希望這是最後一次。」

「哎，我知道。」童試總共有三場，分別在當年二月、四月和八月分，第三場是院試，第一名被稱為案首，三場都過的學子便是俗稱的秀才。杜小麥暫時的人生目標是秀才，所以杜小魚還算瞭解。「你那麼厲害，童試對你來說沒難度啦，這事可以想想，明年三妞就十三歲啦！」

「妳還真是三妞的好朋友。」衛若懷說完，再次抬腳走人。

杜小魚抱著籃子跟上去。「你到底喜不喜歡三妞？想不想娶她？」

「我和三妞的事跟妳沒關係！」衛若懷轉頭瞪她一眼。

杜小魚渾身一僵，待反應過來，衛若懷已進村。所以，到底什麼意思？

不管怎樣，衛大少對她問的問題不反感，這一點杜小魚倒是可以確定，那麼，她就當衛若懷喜歡吧！

杜三妞端著豆腐回來，見衛若懷在她家門口站著，心中一突，驚覺她反應太過，暗罵一聲胡說八道的杜小魚後，閒步走過去。「衛小哥怎麼不進去？」

「若愉說妳想清靜清靜，怕打擾妳。」衛若懷為她著想地說。

杜三妞莫名心虛，這話是她忽悠衛若愉的，這人怎麼還當真了？「進來坐吧！」

「好。」衛若懷慢慢地磨蹭到三妞身邊，兩人才一塊兒進去。「做小蔥拌豆腐嗎？」

「不是，做麻辣豆腐。」三妞說：「家裡還有些茱萸果醬，再不吃就放壞了。」頓了頓，問：「準備得怎麼樣？離明年考試剩不到一年了。」還有句她沒說，好好看書，別被些亂七八糟的事影響，否則，她就攤上大事了。

衛若懷道：「別擔心，我準備好了。」

「那就準備充分些。」

杜三妞苦於不好直接問「杜小魚有沒有找過你」；衛若懷怕打草驚蛇，一時兩人便沈默下來。好在已經到了廚房，杜三妞吁一口氣，下逐客令。「我得做飯了。」

「嗯，祖父喜歡吃味道重點的東西，我看看妳怎麼做，回去告訴錢娘子。」衛若懷一臉坦蕩。

放在以往，杜三妞不會多想，但被杜小魚一番「建議」搞得心神不寧的人此時不禁抬起頭，卻只看到對方的下巴，想看到對方的表情，杜三妞驚覺她竟得抬起頭，衛大少何時變這麼高了？想當初衛若懷只比她高了一巴掌！

衛若懷見她的表情變來變去，猜測道：「錢娘子會做麻辣豆腐？」

「不會。」杜三妞暗暗告誡自個兒，別自作多情，衛若懷什麼樣的才女、美女沒見過？才不會為了多和她單獨待會兒而故意這樣講；何況，衛老的確喜歡重油重鹽的食物。

衛若懷暗嘆，好險。不禁慶幸他把杜三妞教錢娘子做的點心、菜和湯全部記了下來。

「我幫妳燒火？」

「不用啦。」杜三妞掃衛若懷一眼，見其坦坦蕩蕩，眼底一片赤誠。「我去買豆腐的時候，你家煙囪就不再冒煙，想來已做好飯。」

衛若懷接道：「那我回家吃飯去了。」說完就往外走，沒半分留戀。

杜三妞拍拍腦袋，瞎想什麼呢！

翌日，碰見衛若懷，杜三妞不再躲躲閃閃，三句話沒說完就找藉口走掉，這次和衛若懷聊了好一會兒，直到丁春花喊她，三妞才回去。

轉身離開的人沒發現，衛若懷盯著她背影的目光很是複雜。

衛老見大孫子只吃了一個包子、半碗白米粥，下意識看了看太陽，不是從南邊出來的，也不是從西邊。「三妞的煩躁、精神不濟還會傳染？怪厲害呢！」

「祖父。」衛若懷一副「別鬧」的表情。「三妞差點發現我喜歡她。」

「差點？居然還沒意識到？」衛老驚叫。「那姑娘看著精明，怎麼這麼遲鈍？都幾年了？難道我們看錯她，小三妞只有小聰明？」

「你知道我不是這意思。」衛若懷嘆氣。「祖父，萬一她發現了，我該怎麼做？請媒婆去她家提親，會不會被三妞的爹娘轟出來啊？」

衛若愉說：「不會的，不看僧面看佛面，有我陪著你，三妞姊捨不得打你。」

「給我閉嘴！」被三妞的反常嚇得小心臟顫抖的衛若懷真想給他一掃帚。「祖父，您倒是說話啊！我怎麼做才不會被她一口回絕？」

衛老還真不知道。「感情的事講求你情我願，趕在她發現你喜歡她之前，讓她喜歡上你吧！」

「……還不如直接去她家提親。」話雖這樣講，從此以後，衛若懷在杜三妞面前更加小心了。

三妞怕口無遮攔的杜小魚又說些亂七八糟的話亂她心神，便有意避著杜小魚。

杜小魚看出來了也不著急，桃花盛開的時候，村裡人又開始泡桃花酒，杜三妞不得不出來摘桃花，杜小魚逮著她，似笑非笑地問：「怎麼不繼續躲了？」

「不懂妳講什麼。」杜三妞目不斜視，手上一頓，又繼續忙活。

杜小魚說：「村裡這兩年嫁出去的女人在她們婆家也開始做桃花酒、杏花酒了，等桃子、杏子熟了，做果酒的人只會更多，幸虧妳當時留著桂花酒，沒教出去。」

杜三妞見她說正事便道：「本來就不難，會釀酒的人稍稍一琢磨就懂；不過，迎賓酒樓優先收村裡的酒，別擔心。」還有句話三妞沒說——她早就料到會這樣，便早早把做果酒的法子送給大皇子。

京城有皇子賣果酒，敢跟他搶生意的人也不多，即便有釀酒大戶會做果酒，那又如何？交通、通訊皆不發達的年代，也就在當地小打小鬧，一個月賣的果酒估計還不如京城一天賣得多。

事實上，也確實如此。大皇子實在不知變通，怎奈他親弟有顆七巧玲瓏心，得知京城貴女、貴婦們喜歡果酒，當年秋天便大量生產。此時大皇子有個專門釀酒的莊子，釀酒師傅都是從宮中找來的人，單單技藝就比地方的釀酒師高；何況有太子在背後支持，那個村莊如今儼然成了遠近聞名的果酒村。

了。」

杜小魚不過是想確定段家的態度，聽三妞這麼一說，又開始說：「我前些天找衛小哥

杜三妞手一抖，桃花紛紛落在地上。「……衛小哥承認他喜歡妳？」

杜小魚翻個白眼。「別想岔開話題，我也不騙妳，他雖然說童試在即，不能分心，但是衛小哥並沒說你倆不可能，還說他將來的妻子一定得是他喜歡的，無論身分高低貴賤，他爹娘都支持。」

「妳確定真找過他？瞎編的吧？」杜三妞壓下心底的慌亂，眉頭緊鎖，很是懷疑。「他爹可是三品大員。」

「那又怎樣？」杜小魚舉起手。「用我的桃花酒發誓，如果有假，我做的桃花酒是酸的。」

「這也不能代表什麼。」杜三妞想了想。「他將來得回京城，妳說得對，我不可能跟著他去京城。」

「怎麼不可能啦？」杜小魚說：「擔心妳爹娘？把妳爹娘帶去唄！衛老現在身體好，等過幾年他年紀大了，衛小哥和若愉得回京城做官，衛老照樣得去京城養老。他和妳爹娘一起，妳還怕有人敢欺負妳爹娘啊？」

杜三妞見她說得跟真的一樣，哭笑不得。「沒影兒的事，妳想得太遠了。」

「妳可以讓它有影啊！」杜小魚說：「衛小哥長得好、家世好，家裡也沒亂七八糟的小

妾、通房，三妞，肥水不落外人田啊！妳嫁給衛小哥，以後沒人敢欺負杜家村的人。」

「所以，犧牲我一個，幸福全村人？」杜三妞驚呆了，簡直想為她的邏輯鼓掌。

誰知杜小魚竟使勁點頭。「妳成了三品大員的兒媳婦，信不信，村裡某些人會哭著、喊著給妳爹娘養老？」

「行了，別說了！」再讓她說下去，三妞敢保證，她一定會忍不住吃窩邊草！

杜小魚見杜三妞不高興，倏然閉嘴。

自此之後，杜小魚每每見到杜三妞總問她和衛若懷進展到哪一步，偏偏衛若懷在三妞面前規矩得不能再規矩，任憑杜三妞說得口乾舌燥、口沫橫飛，說衛若懷對她無意，杜小魚就是不信。

杜三妞頭疼不已，威脅道：「再說和妳絕交！」

杜小魚就開始掰著手指數衛若懷的優點，說到最後總不忘說：「妳真不喜歡他？那我上了啊？」可惜她不如三妞漂亮、鬼靈精，衛若懷看不上她。

每當這時，杜三妞就會被噎得說不出話。衛若懷放在杜三妞前世是頂級官二代，打著燈籠沒處找的高富帥。憑良心說，杜三妞不捨得，何況她也不討厭衛若懷；然而一想到衛若懷和她獨處時無比坦蕩，堪稱君子中的君子，杜三妞就忍不住鄙視自己和杜小魚。

好在離杜三妞十四歲的生日滿打滿算不足一年半，過完生日她就得遵守和她娘的約定，不再出去做喜宴。為了儘早將她娘、伯娘鍛鍊出來，杜三妞不再像之前那般做幾次喜宴就歇一段時間，而是來者不拒，忙起來也忘記糾結吃不吃窩邊草的事了。

不知不覺又到了春節，今年衛若懷和衛若愉哥兒倆沒回京城，杜三妞記起，二月二，衛若懷得參加童試第一場考試——縣試。

童試雖有戶籍要求，一來衛老是杜家村人，二來日後衛若懷高中，也算半個廣靈縣人，所以縣裡便主動替衛若懷開方便之門。

除衛若懷以外，杜家村還有兩位在縣裡上學的少年也參加童試，這個時候衛老也沒再多想，把兩個少年都叫到跟前，每天給三人上課。

考試地點在縣裡，連考五場，總共考三天時間，考生須在考場裡住兩夜。杜三妞知道亓國開國者是個穿越人士，對於這個年代有科舉考試便不感到大驚小怪。

考試期間，每位考生都有單間。筆墨紙硯由縣裡提供，吃飯有專人送過來，燭火也有縣裡提供，所有考生都一樣；出恭只須和監考老師或者巡查的衙役說一聲，不懂規矩隨意走動者，自然會被取消考試資格。

杜三妞忍不住偷偷問衛若愉。「有沒有人替考？」

「有啊！」衛若愉道：「不過在考試期間，拿廣靈縣來說，凡在當地的秀才皆要去縣衙報到，一旦發現不是本人，又說不出不來的原因，便會被剝奪參考資格，且三代以內不准參加考試。」

「這麼嚴格？」杜三妞嚇得一哆嗦。「你大哥準備得怎麼樣？」

「我也不曉得。」衛若愉道：「他嫌我小屁孩，什麼都不懂，妳去問問唄，我也想知道。」

杜三妞尷尬地笑了笑，心想：我不好意思啊！

然而沒等杜三妞去找衛若懷，衛若懷卻先來找三妞。「後天去縣裡，妳可不可以幫我做些能放三天的吃食？」

「飯菜不是由縣裡提供？准你帶東西進去？」杜三妞詫異。

衛若懷點點頭。「一般人帶東西進去會被檢查的衙役沒收，但是我不會。」掩飾不住得意。

杜三妞莫名想到她前世參加高考，別人都有家長陪著，只有她一人孤零零。「做些肉夾饃或者烙饃吧，錢娘子也會。」

「不行。」衛若懷說：「檢查的衙役雖說不會沒收我帶的東西，也會檢查仔細，萬一他們把肉倒掉怎麼辦？再說烙饃，估計會被他們掰開檢查。」

「照你這麼說，千層餅也不行啊！」醬什麼的更不可能，杜三妞不由自主地仔細回想。

「對了，我知道一個，但是我沒做過，去你家試試。」做不成功，她娘也不會嘮叨她浪費糧食。

衛若懷微微一笑。「好啊！」隨後跟著杜三妞去廚房。

杜三妞要做的是油旋兒。麵稍餳片刻，分成大小均勻的麵團。錢娘子把麵團擀成薄皮，她切了些蔥花拌入凝結成塊的豬油裡面，在麵皮上抹一層油，之後把麵皮捲起來，這樣來回四次，最後一次邊捲邊抻，如此至麵皮特別薄的時候盤成圓形，壓扁。

隨後用衛家後來置辦的鏊子烤，烤至金黃，手指按著螺旋面中間位置，便可看到本來只有一點紋路的餅一圈一圈的，就像彈簧。

十個麵團雖只有最後一個才做成功，也把衛家上下激動得不輕。麵皮薄，對著太陽照能透著光，錢娘子也不擔心他們家大少爺帶的餅會被衙役掰開揉碎。

本來對大少爺看上杜三妞頗有微詞的僕人，都被她這一手鎮住了。「妳可真厲害！」杜三妞所到之處，收下一對又一對的星星眼，搞得她都不好意思在衛家多待。

衛老卻喊住她。「三妞，後天我們一塊兒去縣裡。」

沒等三妞拒絕，衛若愉接著說：「給大哥加油，三妞姊，去吧？」頓了頓。「等大哥進去，我們去妳姊夫家吃好的！」

衛若懷的臉色變得異常難看。

杜三妞嗤笑道：「你和你哥有仇吧？」他在裡面埋頭考試，你在外面大魚大肉？果然是親兄弟！

小孩抬抬下巴。「妳說對了，我倆有仇！」不等別人問，便主動說：「欠我的錢還不還？」

「欠錢？這個仇不小。」杜三妞笑盈盈轉向衛若懷，怎麼會欠他的錢？

衛若懷赧然。「有次回京看到個好東西想買，錢沒帶夠，向他借的。」不提衛若懷還不會生氣。「拿走我的硯臺還不夠？你那點銀子，連硯臺的一個角都買不到！」

「誰給硯臺算還帳？」小孩道：「那是利息！利息！」

「……你個黑心腸的，印子錢也不用這麼多利息！」硯臺是衛若懷十歲時他外祖父送的禮物，外形像小老虎。那時衛若愉還小，把它當成玩具，衛若懷不可能給他玩，他就一直惦記著，去年向衛若懷要硯臺抵帳，衛若懷知道他真心喜歡，便送給他。

誰知小孩今兒來這麼一手。「還不還錢？」

「還給你！」衛若懷朝他臉上捏一把，叫鄧乙去他房裡拿四兩銀子給衛若愉。錢到手裡，小孩就問：「夠在妳姊夫酒樓裡吃一頓嗎，三妞姊？」

杜三妞笑道：「夠了、夠了！」

二月初二龍抬頭，杜家村所有村民都早早起來，由村長帶頭，除了出去做事的男人和老人、小孩，沒要緊事的村民都隨著村長一起去縣裡送三名少年參加考試。

杜三妞瞠目結舌，抓住杜小魚的胳膊。「有必要嗎？」好嚇人啊！

「村裡十年前出了個舉人，自那以後再也沒出過秀才，這次有衛老支持，他們倆有可能考中，誰不想在未來的秀才老爺面前留下好印象？」杜小魚打量她一眼。「妳是不是替衛若懷緊張？」

杜三妞立馬甩開她。「我有什麼好緊張？」

「別害羞，我不笑妳。」杜小魚一副過來人的樣子。「換成我未來相公參加童試，我也會緊張。」

「滾！」杜三妞白她一眼，三兩步跑到她大伯娘身邊。看了看被眾人簇擁在中間的三人，不由自主地想到她前世參加高考時的情景，對比三人要考三次，她前世真是太幸運。

百人送行只是開始，等三妞看見衛若懷的行李被衙役打開將裡面的東西都倒在桌子上，人則去旁邊的小房間裡，忙問：「那又是幹麼？」

「脫光衣服檢查啊！」衛若愉道：「有人把講義寫在胸前，有人寫在裡衣。」話音剛落，衙役揪了個成年人出來，緊接著，另一名衙役把那人的行李往地上一扔。

三妞心臟一縮。「被查到了？」

「是的。」衛老道：「以前還能背考題碰運氣，這幾年考題靈活多變，他瞧著已有二十三、四，還沒考中，估計這輩子都不可能再考上了。」

杜三妞問：「出題的人是誰？」

「我也不清楚。」衛老道：「考試結束才會把他們放出來，每年的人都不一樣，以防題目洩漏，開考前兩天試題才會送達各縣，就這樣，每年還是會出現題目洩漏的事。」

「上面會徹查到底嗎？」杜三妞好奇。

衛老道：「皇上英明，自會嚴查，這些年比先帝在的那時候好多了。」怕三妞誤會，又解釋道：「那時候邊關霍亂不斷，先帝分身乏術，難免會有所疏忽。」見衛若懷順利進去，衙役收到衛若懷遞給他們的油旋兒，喜孜孜地吃著。「我們去迎賓酒樓吧！」

「大伯娘，妳去嗎？」杜三妞高聲喊遠處的人。

李月季答。「我們去買些東西，然後直接回家。」

村裡另外應試的兩位少年和衛若懷一起，沒怎麼遭罪。兩人的父母、親戚見此，便和其他人商量買些東西，等考試結束好好給他們補補。

錢娘子聽到，便問：「老太爺，老奴該買些什麼？」

「買……」杜三妞剛想說鮑魚啊！做個鮑魚燉雞湯，話到嘴邊意識到她今生還沒見過鮑魚，舌頭一伸。「甲魚吧！」

衛家人齊齊看過來，三妞不禁後退一步，強裝鎮定。「甲魚補勞傷，淨血液，還有很高的藥用價值，我……我說錯了嗎？還是衛小哥不吃？」

「沒，若懷吃。」衛老道：「錢娘子，聽三妞的，我只是沒想到，妳連這種偏冷的東西也懂。」

「因為可以吃啊！」杜三妞脫口而出。

衛老失笑搖頭。

杜三妞暗鬆一口氣，頭一次慶幸她投胎到農家，如果是在高門大戶，在人精當中，恐怕只能裝傻再裝傻。

錢娘子走後，衛老和衛若愉、杜三妞去迎賓酒樓。

今天送考的人不少，還沒到飯點，迎賓酒樓就快坐滿了。段守義見他們過來，直接帶三人去包間，進門就問：「妞，妳自個兒去廚房做菜，還是叫廚子做？」

「我是客，你說呢？」杜三妞說話時站起來。「衛老、若愉，我去看看有什麼好吃的。」

衛老微微頷首。

杜三妞跟著段守義走出去，正在等餐的客人不約而同地看過來，自認為用很低的聲音說：「那姑娘是誰？真漂亮！」

「小段老闆的妻妹，漂亮吧！」

杜三妞腳步一頓，臉發熱，快速鑽進廚房，卻擋不住別人對她的好奇。

「漂亮！和小段老闆的妻子一點兒也不像。」

「歹竹出好筍唄！」說話之人大概和段家比較熟悉。「十歲，那姑娘十歲時，縣裡的媒婆排著隊要去杜家說親呢！」

「訂親了啊？」眾人好生失望。

說話之人搖頭。「杜家被說親的人煩得沒辦法，對外放話說衛老給杜姑娘介紹了一個，大家夥兒都歇歇吧！衛老，他可是太子的老師呢！自那以後，再也沒人敢踩杜家的門檻了。去年小段老闆才說了，他丈人是不得已才搬出衛老嚇唬人的，其實姑娘沒訂親。」衝廚房的方向呶呶嘴。「不過，瞧杜姑娘剛才走路那爽利勁，普通人家可娶不起。」

「不普通的呢？杜家有什麼要求？」

「聽小段老闆的意思，不能是商戶，家裡不能比杜家窮，不能比小段老闆醜和矮——」

問話之人忙打斷他。「你且等等，當我沒問。」

廣靈縣的男人普遍不高，單單身高一條就過濾掉一大半人了。

但有人卻很想知道還有什麼其他要求。「杜姑娘身量高䠷，想找個頭高的很正常，還有呢？」

「就這些，具體看人品和他父母的為人。」此言一出，本來大堂裡有一半人感興趣，結果剩不到一成。

廚子見杜三妞進來，下意識讓出位置。

杜三妞哭笑不得，往四周看一眼。「螃蟹、蛤蜊、大蝦各來一份，隨便他怎麼做；再來個雞湯，炒兩樣青菜，暫時就這些吧！」

「你們只有三個人。」段守義不怕她吃，但怕她浪費，特別是海產，在冬天很貴的。

杜三妞點點頭。「嗯，我們有三個人，五道菜沒法分，再加一道吧！」

段守義嘴角抽搐。「容我提醒妳盤子有多大。」指著不遠處直徑一尺的白瓷盤子。

「我和若愉正長身體。」杜三妞心想，不就二十多公分嗎？「半大小子、吃死老子，大姊夫。」

「得得得，我說不過妳！還要什麼？」段守義無語。

大廚子道：「排骨要嗎？屠夫剛送來的，清蒸還是紅燒，三妞姑娘？」

杜三妞想了想，正想說不用，餘光瞥到角落裡有一罈腐乳。「這東西是你們做的？」

「不是，我叔叔送來的。」段守義雖然沒精力經營早餐，也沒便宜外人，而是教兩個叔叔做。廣靈縣人喝白米粥喜歡放腐乳，自從段家老二和老三賣早餐，段守義家的腐乳就沒缺過。

杜三妞「嗯」一聲。「做腐乳排骨吧！」

小廚子立馬遞給杜三妞一件乾淨的圍裙，杜三妞不禁扶額。

「腐乳倒油鍋裡炒，然後加水，放排骨燉，最後收汁，這麼簡單還需要我做？」說著話，揮開圍裙，拍拍大廚子的肩膀。「看好你哦！」

衛若愉嫌吃海鮮麻煩，聽三妞說有排骨，眼巴巴望著門口，見小二哥端著紅彤彤的排骨進來，小孩立即拿起筷子挾起，送入口。「嗤！」

小二哥回頭一看，桌子上多出一塊排骨，心裡一咯噔。「沒熟嗎？」

「不是、不是。」衛若愉慌忙吞了一口米飯。「太鹹啦！」臉皺成包子。

杜三妞挾一塊，咬一小口。「我的老天哪，你們的腐乳是鹹的？然後又放鹽，是不是？」

小二哥哪知道。「我、我去廚房問問！三妞姑娘，那這道菜呢？」

杜三妞道：「今兒是我，以後換成別的客人，你應該非常強硬地說，『不好意思，客官，我叫廚房重新做，您若是不想吃這道了，看看別的菜』，但報出的菜名一定得比有問題的菜貴，知道嗎？」

「東家……」小二哥惴惴不安地問：「會同意嗎？」

「我待會兒和姊夫說，他聽我的。」杜三妞道。

小二哥說：「小的記下了。」直到多年後跑堂小二升為迎賓酒樓的管事，依然清楚地記得今天這一幕。

衛老暗暗點頭。

八月分，三次考試順利結束，衛家接到衙差喜報，衛若懷不出眾人所料，獲得本次院試第一名——案首。

翌日，衛老招來衛若懷。「八月二十是三妞的生日，你去買一對手鐲，這是銀子，當著她爹娘的面送給三妞。」

「祖父何意？」衛若懷不安道。

衛老道：「你過去就知道了。」

「好吧！」衛若懷心中已有猜測，可是讓他面對杜三妞一家三口，心中多少有點忐忑，幸好還有幾天緩衝期。

農曆八月二十，杜家村各家各戶的黃豆剛收進家裡，不日就得耕地，好種冬小麥，杜發財便沒出去幹活。早飯後，和丁春花在院裡曬豆子，三妞忙著挑揀桂花做桂花酒。

衛若懷到時，三人齊齊抬起頭。

「衛小哥怎麼不在家休息？」丁春花率先開口。「找三妞有事嗎？」

「嬸子怎麼知道我找她？」衛若懷攥著荷包的手緊了緊。

丁春花笑道：「你過來十次有八次找她。」

杜三妞的眼皮不自在地跳兩下，三人都沒注意到，特別是衛若懷，第一次覺得他之前挺有種的。

「我、我聽說今天是三妞的生日。」

「她生日？」丁春花一愣。

杜發財掰著手指一算。「可不是，我都給忘了！妞，今兒想吃什麼？爹去縣裡給妳買！」

不用說，杜三妞也忘了，見她爹說著話就要去換衣服，忙喊道：「不用啦，爹，又不是十五歲，昨天二姊夫拿來的魚和蝦還在水裡呢！」

杜發財往廚房裡瞄一眼。「也是。」坐回去繼續挑揀豆子裡的爛豆粒，不忘照顧衛若懷。「謝謝你，衛小哥，特意過來提醒我們，快坐吧！」指著旁邊的石凳。

衛若懷臉色一僵，好生無語，他從哪點看出自己是來提醒他們的？「不是，我前天去縣裡買了一對鐲子，覺得特別適合三妞。」

亓國人偏愛白玉，廣靈縣雖說不大，架不住地處江南富裕之地，老百姓有錢，玉器店也有好東西。衛若懷說話間，從荷包裡倒出兩個細細的白玉鐲，和王妃送給三妞的沒得比，但也很值錢。

丁春花一看，急急道：「不行，太貴重了！」

有些話，縱然衛若懷的臉皮比城牆厚也不好意思說，可是他一見被拒絕，就脫口道：「送給三妞，再貴重的東西都不貴！」

「什麼?!」杜家三口異口同聲。

衛若懷下意識後退一步，面色發窘。「你、你們沒聽錯，我就是那個意思。」話說出來，暗吁一口氣。

杜發財猛地起身。「等等，衛小哥，你的意思是哪個意思？不是我想的那意思吧？」

衛若懷下意識看三妞一眼，見她目瞪口呆，桂花從指縫間掉落都不自知，怯怯地點頭。

「……是你們以為的意思。」不待三人開口，就急切地說：「祖父給我錢叫我買的！」

「我衛叔？」杜發財指著自個兒，驚叫道：「怎麼可能?!」

衛若懷輕咳一聲。「其實，我母親也喜歡三妞。」

「你母親？」杜三妞再也無法淡定了，走到他面前，仰起頭。「看清楚，我是誰？」

衛若懷想笑，抿抿嘴。「我看得很清楚，我母親以前送妳的鐲子是太皇太后賞給她的，其實是一對的，一個給妳，一個給若恒的妻子。」

「什麼鐲子？」丁春花轉向她閨女。「還是太皇太后賞的？我的老天爺，我怎麼不知道？」

杜三妞嚇一跳。「那事待會兒再說。」此刻終於明白，衛大夫人每天戴的首飾都和衣服極配，明明那麼講究的一個人，為何送給她一個老舊的鐲子，關鍵是這樣的鐲子年輕小媳婦戴不出去，更遑論她一個未訂親的小姑娘。

衛若懷彷彿嫌刺激不夠多，胡謅道：「還記得我送給妳的簪子嗎？是若兮幫忙參謀的，她也有兩支差不多的。」事實上，那一年京城小姑娘戴的簪子樣式都差不多。

「我……見過。」簪子是衛若懷在京城買的，杜三妞當初見到衛若兮戴，也沒多想，認為京城有許多款式差不多的簪子。

「你倆先停一下。」杜發財開口。

丁春花附和。「容我們先把事情理一理，若懷你中意我們家三妞？衛老不反對，給錢叫你給我們家妞買禮物，你爹娘也支持，對嗎？」

「祖父說，他寫信問過我父親和母親，他們沒意見。」衛若懷一本正經地說：「我母親原本打算在京城給我挑個小門小戶的妻子，祖父和他們說不用費勁挑了，身邊就有個合適的。」不忘看三妞一眼。

杜三妞聽到他的話愣了愣，反應過來後不知該苦笑還是該感動。「你的意思是，因為我家小門小戶，所以衛老才叫你過來？」

「是的。」衛若懷下意識點頭，之後一細想，忙說：「不是、不是，是我……」面對虎視眈眈的三人，衛若懷低下頭，滿臉通紅。

杜發財和丁春花相視一眼，齊齊看杜三妞，無聲地問：什麼時候的事？

杜三妞很無辜。我也想知道好不好？這麼一想，突然瞪大眼，難以置信地說：「不會吧？」

「什麼不會？」丁春花心中一凜，聲色俱厲地問：「到底還瞞我和妳爹多少事?!」

杜三妞縮了縮肩膀，一想她沒做錯什麼，又立馬挺直腰桿。「衛小哥送我的鐲子，我覺得沒必要說才瞞著你們。」

丁春花道：「這事揭過，反正是衛大夫人送妳的東西，我就問妳剛剛說什麼『不會吧』。」

打死也不能說可能是杜小魚在衛若懷面前胡說八道，衛若懷今天才拿著禮物過來吧？隨著她年齡越來越大，杜三妞不是沒想過她未來男人長什麼樣，然而每次一想，眉眼間都透著溫柔的衛若懷就會不期然地浮現在腦海裡，一度搞得杜三妞不敢正眼看衛若懷，就怕對他的好感上升到喜歡。

衛若懷也想知道，見三妞沒第一時間拒絕他，打鐵趁熱，將禮物塞到她手裡，不給杜家老倆口說話的機會。「我明天就去請媒婆！」說完轉身就走。

丁春花張了張嘴，話還沒出口，人已跑出去。

杜三妞見此不妙，往屋裡鑽。

丁春花伸手抓住她及腰長髮。「站住！說，到底怎麼回事？」

杜三妞渾身僵住，緩緩轉過身，艱澀道：「我也是今天才知道他喜歡我啊！」

「『不會吧』到底是什麼意思？」丁春花再次問出口。

杜三妞扶額。「娘，妳現在不是應該擔心衛若懷明天真找個媒婆過來說親，妳和我爹該怎麼應付嗎？」

「要嫁人的是妳，不是我和妳爹，我們管那麼多幹麼？」丁春花目光灼灼。「不說是吧？我去問衛小哥！」

「娘……」杜三妞無力。「去年冬天陳萱訂親的時候又鬧了一場，你們還記得嗎？」

「當然記得，那丫頭居然不想訂親，想叫衛老介紹她和縣令的公子認識，也不瞧瞧自個兒什麼樣！但是這和妳有什麼關係？」丁春花盯著她，不容她蒙混過去。

杜三妞撇撇嘴。「小魚說衛老要介紹也會先幫我介紹，我不搭理她，她一直說個不停，不知怎麼還扯到衛小哥身上，又說我倆挺合適……還告訴我，她問過衛小哥，衛家不介意我們是平頭百姓。」頓了頓。「我一直沒當真，誰能想到會這樣？爹、娘，我覺得衛小哥今天會過來，就是小魚兒在他面前胡說八道。」

丁春花盯著她看了又看，想不出別的理由，暫時接受杜三妞的說法。「妳主意正，我和妳爹聽妳的，將來陪妳過一輩子的人是他，不是我們。」

「那他若是表裡不一呢？我吃的米還沒你們吃的鹽多。」杜三妞知道她娘心裡有氣，故意這樣講。

丁春花嗤笑。「妳居然還好意思懷疑人家？表裡不一不是正好配妳？」

「娘……」杜三妞苦笑。

杜發財拉一下妻子的胳膊。「先別叨叨。三妞，妳若不喜歡若懷，我現在就去找衛叔，雖說我們兩家差太多，好在他也是我和妳娘看著長大的，村裡不是沒有別的姑娘喜歡衛小哥，但除了妳，我就沒見過他和人家多說兩句話。」

「我……我對他不是特別喜歡，也不討厭。」杜三妞有些底氣不足。

丁春花瞪她一眼。

杜發財先她一步開口。「感情可以慢慢培養，妳只管說到底怎麼想的，我和妳娘沒意見。」

「我如果答應他，將來衛若懷回京城，你和我娘怎麼辦？」在爹娘和男人之間，杜三妞只會選前者。

丁春花聞言，心裡好受不少。「衛家那麼多僕人，用得著妳擔心沒人照顧我們？」

「娘，還能不能好好聊天？」杜三妞嘆氣。

「誰叫妳瞞著我和妳爹收人家東西！」丁春花白她一眼。

杜三妞只能受著，沈默了好一會兒，才慢吞吞開口。「衛若懷是沒得挑，可是我想到以後和他去京城……」

「這一點妳不用擔心。」杜發財說：「他敢欺負妳，妳就回來，我和妳娘養妳。」亓國有不少和離再嫁的例子，杜家村也出現過，嫁得比之前還好，所以杜發財一點也不擔心閨女將來沒人要。

杜三妞看了看她爹，又瞅了瞅她娘，試探道：「那……我們就等著明天來人？」

杜發財微微頷首。

丁春花點了點她的腦袋。「不是特別喜歡？怎麼好意思說！」轉身去打掃屋子。

# 第十七章

杜家村的人乍一聽到衛小哥喜歡杜家三妞，很是震驚，但看到三妞那張越來越豔麗的臉，又覺得不意外。

衛若懷怕夜長夢多，過定禮的時間直接訂在九月初四，聘禮是衛老親自置辦的。這一天衛家爺孫三人去杜家的時候，衛老很開心，衛若懷已樂傻，只有衛若愉，見到三妞時沈著張臉。

丁春花拿出特意去建康府買的糖。「若愉，來吃這個。」

「不吃。」小孩拉著杜三妞的手，嘟著嘴。「為什麼要嫁給他啊？」

「咳……」杜三妞見他滿臉不快，想過多種可能，獨獨沒想到小孩是吃醋了。「我做了特別好吃的桂花鴨，你吃嗎？」

「別以為這樣我就會原諒他！」衛若愉說著話，狠狠瞪兄長一眼。

衛若懷失笑搖頭，這小孩自從知道他請媒婆過來後，就沒給過他好臉色。「以後我的東西就是你的東西，你的還是你的；但是，你三妞姊除外。」

衛若愉心中一喜，聽到最後一句，癟癟嘴。「不稀罕！」

「我們去吃好吃的。」不由分說地拉著他去廚房，到廚房門口小孩倏然停下來，杜三妞差點笑出聲，小傢伙怎麼這麼逗？「我還做了脆皮豆腐，你真不吃？」

衛若愉當然想吃！最近十來天，衛老說要避嫌，拘著衛若愉不准他去杜家，以致小孩心中的怨氣越來越多。兩樣吃食就想收買他，他三妞姊還是一如既往的天真，活該被大哥得逞！

「不是小蔥煎豆腐。」杜三妞說：「豆腐裡有雞蛋，今天是我第一次做，若愉幫我嚐嚐味道可好，如果不好吃，我今天會很沒面子。」

衛老三天前告訴杜發財，過定禮時會請縣令過來，中午在杜家用飯。

杜發財當時驚得話都說不索利。「只是小定兒，不、不必麻煩縣令大人。」

「訂婚哪能算小事？」衛老一錘定音。

結果忙壞了杜三妞。

杜家三口都曉得老人家把縣令請來是給他們做面子，自然不會不知好歹。當天下午，杜發財拿著三妞列的菜單去找段守義，叫他買食材。

段守義乍一聽說衛家嫡長孫看上三妞，朝自己胳膊上使勁掐一下，痛得齜牙咧嘴的，依然覺得是作夢。

第二天，段守義依然忍不住念叨怪事年年有，他小姨子身上特別多。不過，念叨歸念叨，段守義還是放下所有事，去訂牛肉、訂海產等等食材，然後今天一早天濛濛亮就送過來了。

早飯後，杜發財殺了公雞和鴨，杜三妞著手做她平時聽見就頭疼的桂花鴨。鴨子在砂鍋裡燉著，她把雞胸肉切下來備用，剩下的剁成塊做小雞燉蘑菇。

李月季和段荷花也過來幫忙，她們會做小雞燉蘑菇、油燜大蝦、蟹炒年糕和清蒸魚，於是三妞炒了兩樣青菜後，就開始做脆皮豆腐。

雞蛋和澱粉加水、調料攪拌成漿，切成方塊的豆腐裹上漿在油鍋裡炸。

縣令和杜村長一塊兒來時，廚房裡正在炸豆腐。

縣太爺聞著香味，低聲問村長。「今兒迎賓酒樓的大廚掌勺？」

「不是，是三妞。」

村長此話一出，縣令踉蹌了一下。「衛、衛少爺的未婚妻？」

村長一看縣太爺變臉，猛地意識到過了今天，三妞的身分就不同了，忙說：「三妞那丫頭喜歡做飯，衛小哥考試時吃的餅，就是三妞為衛小哥琢磨出來的。」

「這麼厲害？」縣令聽手下那班衙役聊過，他第二天就去迎賓酒樓，吃了又酥又脆又香的油旋兒，他一直認為是段家的廚子做的。

杜村長與有榮焉道：「三妞啊，聰明！大人，待會兒開飯您就知道了。」

「嗯，那本官等著。」縣令說著話，背著手走向堂屋，路過廚房時沒忍住，轉頭瞟一眼，登時難以置信地瞪大眼。

童試開考之前衛老沒離開過杜家村，京城衛家也沒派人送信，而縣令是最先接觸到試卷的人之一，他很確定沒人向衛老透露過題目，衛若懷獲得第一名全靠自己的本事。來杜家村之前縣令大人十分想不通，如此聰慧、前途無量的少年，怎會看上個農女？然而只這麼一眼，活了大半輩子的縣令也忍不住羨慕起衛公子的運氣。

「大人？」村長輕輕碰他一下。「您餓了？」

縣令打了個激靈，慌忙收回視線。「沒，我、我只是好奇鍋裡燉的是什麼。」

「我叫三妞早點開飯。」村長沒等他開口就鑽進廚房。

杜三妞撈出豆腐，把剩下的雞蛋漿倒入鍋裡，炒得黏糊，然後淋到炸至金黃的豆腐上，一碟脆皮豆腐便好了。

男人食量大，無論哪道菜，杜三妞做的分量都特別足，從中給衛若愉撥出半碗也看不出少，於是杜三妞又給他挾了幾塊雞肉、排骨和海鮮、河鮮。「夠嗎？我再給你盛半碗飯？」

「我不要吃飯。」衛若愉進來就看到拌著雞蛋液、饅頭屑的里脊。「我要那個。」

杜三妞順著他的手，看到等著下油鍋的牛柳和雞柳，失笑道：「好。」之所以有牛柳還需要雞柳，是因為吃飯的人多，三妞怕牛柳不夠吃，便做了一碟雞柳充數，放在她家人面前，縣令和衛老面前自然是牛柳。

炸好之後，杜三妞叫她堂兄端雞柳上桌，而牛柳則放到衛若愉面前。「給你。」

小孩看到尖尖一碟牛柳，臉色微紅。「我、我吃不了這麼多啦！」說著話，挾兩筷子。

「這些就夠了。」

杜三妞眼裡堆滿笑，二話不說又給他挾了些牛柳，隨後才叫人把牛柳端出去。小孩見他的盤子裝得滿滿當當，頓時開心許多。

飯後衛老送走縣令，回來後發現衛若愉心情不錯，捏住小孩的臉。「這樣才對嘛！」

「你什麼都不知道。」小孩拍掉他的手，擠到杜三妞身邊。「三妞姊，我大哥考不上狀元，妳就別嫁給他！」

「可是我比較喜歡探花啊！」杜三妞故作為難，其實是怕給衛若懷壓力。

上個月二十一號，媒婆走後，衛若懷兩天送她一支簪花，三天送一套襦裙，雖然在這其間沒出現過，都是叫錢娘子送過來的，可他一點兒也沒消停。

縱然杜三妞遲鈍，也感覺得到衛若懷不是一般地喜歡她，她前世戀愛經驗雖然少，也曉得衛若懷很在意她的看法。

「為什麼？三妞姊，狀元比探花好。」衛若愉不懂。

衛老也想知道她又會編出什麼樣的理由，他至今依然清楚地記得，初到杜家村時聽到的那番話。

杜三妞抬頭轉向衛老，沒等他開口就問：「我記得您當年是進士？」

衛老道：「不單單我，若愉的父親也是進士，只有——」

「只有他父親是探花。」杜三妞看向衛若懷。

丁春花瞪她一眼。「那是妳未來的公爹，怎麼說話呢！」

「娘……」杜三妞無語，她才十三歲，若在上輩子才剛剛讀初一。「我和若懷還……還沒成親呢！」

「早晚的事。」衛老笑盈盈道：「妳跟著若懷喊父親便可。」

可憐的衛大人和衛大夫人此時還不知道自己已經多了一個兒媳婦。

杜三妞也是無語，便裝作很害羞的樣子低下頭。

衛若愉見縫插針，故作無知，道：「三妞姊若是不喜歡，喊大伯和伯母也行。」剛說出來，感覺到頭皮一疼，想都沒想抬手就是一巴掌，聽到「哎喲」一聲才轉過頭，怒道：「活該！」

「誰叫你亂說。」衛若懷的手背以肉眼可見的速度變紅。「小混蛋，你用足了吃奶的勁啊？」

小孩抬了抬下巴。「是，你打我啊！」

衛若懷的手指動了動，餘光瞥到杜三妞看向這裡。「我比你大，不跟你一般見識。」

「虛偽！」衛若愉不屑地白他一眼，繼而繼續問三妞為什麼。

杜三妞只是想到一句話。「一門三進士，父子雙探花，多好啊！」

眾人愣了一下，反應過來，衛老撫掌大笑。「的確很好，若懷可要好好努力啊！」

「還早呢！」衛若懷聽到丁春花說「公爹」，才意識到自己忘了什麼。

回到家衛若懷就往京城送信，同時送去兩罈桂花酒和兩罈前年釀的葡萄酒，酒自然是杜三妞提供的。

衛炳文收到信的第一反應是要把酒給砸了。

可沒等他動手，衛炳武便說：「大哥不要給我，我不嫌棄。」

衛炳文僵住。「……你的意思是我嫌棄？哪隻眼看到我嫌棄了？夫人，收起來，一滴也不給他。」

「喝杜三妞的酒，就得承認她是你兒媳婦嘍。」衛大夫人提醒他。

衛炳文氣丕丕地「哼」一聲。「我不承認有用？父親叫若懷在那邊參加秋闈，會試開始的時候再回來，中間有六年，那小子什麼時候生娃，我們也不知道！」

「不會的。」衛大夫人苦笑。「若懷信上也說院試名次一出來，父親就叫他找媒婆去杜三妞家說親，緊接著就是訂親，我們都不在跟前，中間這麼短時間也夠難為他了。」

「我倒沒看出來哪裡難！」寫信認錯還不忘耍心機，真是他的好兒子！

衛大夫人搖了搖頭。「若懷心想事成是開心，但這件事歸根究柢還是父親定案的，他老人家決定的事哪容得我們置喙？我們該慶幸若懷喜歡那個杜三妞。」

「大嫂說得對。」衛炳武接道：「若懷的婚事輪不到我們作主，如果沒有杜三妞，父親給若懷訂下一個他不喜歡、但很適合我們家的姑娘，以我大姪子的德行，我絕對相信他能把日子過得像一潭死水，這樣你就高興了，大哥？」

「我說什麼了？」衛炳文瞪他們一眼。「瞧瞧你們多少話！」說完轉身就走，走出門又折回來。「酒搬到我書房裡！」

衛大夫人哭笑不得，等他走遠，才帶著丫鬟、婆子出去，給她那未來的兒媳婦置辦衣物。

隨著禮物送抵杜家村，同來的還有個四十來歲的女人。

衛若懷見到來人差點驚掉下巴。「姨母？您……什麼風把您吹來了？」

「叫杜三妞的風。」宋夫人笑盈盈地往周圍看了看。「你媳婦兒呢？叫出來我看看。」

衛若愉突然蹦出來。「我去叫！」不等她開口，拔腿就往隔壁跑。

宋夫人九月十八日從京城出發，路上遇上兩場大雨，一路走走停停，直到十月初四，也就是今天下午才到杜家村。

宋夫人進村時是申時二刻，這個時間村裡的男人出去做事還沒回來，小孩尚未放學，女人們不是在地裡鋤草便是在家幹活，以致只有寥寥幾人看到宋夫人的馬車。見其往衛家去，潛意識認為京城衛家又派人給衛老送東西，此種情況，過往三年也出現過幾次，村民便沒多想。

十月，對廣靈縣百姓來講是真正意義上收穫的季節，山裡的堅果落了，橘子紅了，葡萄熟了，晚稻也終於可以收割，雖說現在時間還沒到，也不遠了。

衛若愉到隔壁時，杜三妞正在剪葡萄，見他走近，隨手丟給他一串。「今天怎麼這麼早？」

「家裡來客人了。」衛若愉扯了個葡萄塞嘴裡。「好甜啊！對了，三妞姊，別剪了，換身衣服隨我去見客人。」

「我？」食指指向自己。「來的是你家親戚不成？」

「不是我的，是大哥的姨母。」啪嗒一聲，一串葡萄掉進雞窩裡。衛二少嚇一跳，忙道：「別慌，三妞姊，不是親的。」

杜三妞的臉色不是很好。「表姨？」

「宋夫人是大伯母的庶姊。」衛若愉見她滿臉疑惑。「大哥的外祖母在以前成親兩年沒生出小孩，他們家老太太就給他外祖父納了個貴妾，結果那女人生了個女孩兒；又過四年，他外祖母才生了個兒子，接著又生了兩個女兒，長女就是我大伯母，聽明白了吧？她不敢給妳臉色看。」

「不……不明白。」杜三妞搖了搖頭。

衛若愉不禁皺眉。「怎麼就不明白呢？我都說得很清楚啦，她是我大伯母的庶姊。」

「所以，和你大伯母的親姊有什麼不同？」杜三妞想了一下，問：「或者說，她們關係好嗎？」

衛若愉皺眉道：「關係不好她也不敢為難妳啊！」

「你的意思是，她怕你大伯母？」杜三妞聽出了一點。

衛若愉理所當然地點頭。「自然，她又沒兄弟，在婆家受氣還指望大哥的舅舅替她出頭呢！當初若不是大哥的外祖母仁義，她也別想嫁得那麼好。」

「所以，她相公是做什麼的？」杜三妞暫時丟開她沒搞明白的事。

衛若愉說：「在少府做事，少府就是皇家的內府，宋夫人負責教宮女和低品級的宮妃禮儀。我覺得她過來，一定是來教妳規矩的。」

「若愉猴兒，你知道得太多了！」

笑呵呵的聲音從門外傳進來，杜三妞手裡的剪刀「啪」一下掉在地上，驚得圍著她的幾隻雞紛紛逃散。

杜三妞低頭撿起來，直起腰便看到身著白色高腰襦裙，外罩土黃色褙子，臉若銀盤，眼裡堆滿了笑意的中年婦人不疾不徐地向她走來。待人走近，杜三妞便發現對方的鼻子、嘴巴和她未來婆婆一模一樣，大概是因為愛笑的緣故，眼角魚尾紋很深，看起來倒像是比她婆婆大了十多歲。「您、您好。」

宋夫人一愣，看了看杜三妞一眼，莞爾一笑。「妳也好。」頓了頓，笑問：「準備站在雞圈裡和我聊天？」

「啊？不是！」杜三妞忙走出來，低頭一看鞋上有雞屎，臉色微紅。「若愉，陪宋夫人去堂屋，我換雙鞋，堂屋裡有茶。」說完就朝房間裡跑。

宋夫人看著她的背影，眉頭微皺，嘴上說：「我算是明白京城那麼多大家閨秀，為什麼你都不喜歡。男人啊，無論年齡、大小都一個德行。」

「姨母……」衛若懷不自在地揉揉鼻頭。「我承認一開始看上三妞是因為她的臉，但後來是因為她的才華。」

「才華？我還沒發現，走路慌裡慌張、沒有一點穩重勁倒是看出來了。」宋夫人說著話，瞥衛若愉一眼，小孩反射性地挺胸站直，宋夫人哼一聲，到堂屋裡往四周打量，見屋裡收拾得乾乾淨淨的，大方桌上有砂壺和四個倒放的杯子，朝衛若愉睨了一眼。「還不快倒茶？」

「是，宋夫人，請喝茶。」平日裡毛毛躁躁的少年像變了個人，放下砂壺時沒發出一丁點兒響聲，這在以往根本不可能。「飄在上面的是桂花，水裡還放了蜂蜜。」

「嗯，我現在信了，她很會吃。」

宋夫人話音一落下，杜三妞便出現在門口，一時進來也不是，想躲走麼，人家已發現她了。

宋夫人抬起頭，不禁睜大眼。剛才便知道這丫頭顏色好，如今換上粉色襦裙，越襯得皮膚白裡透紅，烏溜溜的長辮子也綁成垂掛髻，髻兩側各戴著一支碎花簪，安安靜靜地站在那兒彷彿仕女圖裡走出來的美人兒……饒是在宮裡見慣了各色美人，也忍不住和顏悅色道：

「進來啊！」

「是，姨母。」杜三妞收起大剌剌的一面，規規矩矩走到宋夫人身邊聽候指示。

衛若懷不禁挑眉，好會裝。

宋夫人心中的驚訝並不比衛若懷少，她本打算教杜三妞規矩的時候好好刁難她一番，讓她清楚地認識到杜家和衛家的差距，此刻卻猶豫了。因為杜三妞美則美，但不媚，非但如此，眉眼間那一抹英氣無時無刻不在提醒宋夫人，這樣的女子吃軟不吃硬。

宋夫人裝作親熱地拉著杜三妞的手，邊往外走邊說：「妳婆婆託我給妳帶來不少好東西，都在門口的馬車上，放到哪兒啊？」

杜三妞渾身一僵。

宋夫人拍拍她的手。「別緊張。」

衛家哥兒倆不約而同地一撇嘴，她哪是緊張？估計是激動！

事實上，杜三妞一不緊張，二不激動，而是意外衛大夫人居然真像衛若懷說的，對她很滿意。見門外真有一輛馬車，裡面放的多是衣服、鞋子，頓時不知該說什麼，喃喃道：「我……其實用不了這麼多。」

「用得著、用得著。」宋夫人說：「妳是我們家若懷的妻子，首先要學會如何打扮。」才怪，最應該學的是規矩！

衛若愉不知內情，想到便說：「宋夫人，三妞姊不能再打扮了，妳可不知道，她和大哥訂親那日，縣太爺過來吃飯，總是看我三妞姊。我覺得，若不是他怕祖父，真敢把我三妞姊搶走！」

「還有這種事?!」宋夫人大驚。

衛若懷不禁扶額。「別聽他胡說，姨母，無論誰多看三妞一眼，他都當人家想和他搶三妞。」

「才不是呢！」衛若愉信誓旦旦地說：「我沒說錯！宋夫人，不信的話我們明天去縣裡，妳就會發現很多人都想和我哥搶三妞姊！」

宋夫人心想，長成這樣，若在京城，早被家族送進宮裡伺候貴人了，別人多看幾眼不是很正常嗎？便說：「你該叫嫂子。」

「我叫習慣了，改不掉。」衛若愉才不想叫嫂子，聽起來好生分。「宋夫人，妳不累嗎？」

宋夫人好想翻個白眼，她從見到杜三妞起就一直保持著微笑，這小子怎麼還防她像防賊一樣？而且她從頭到尾都沒說過她來是為了教杜三妞學規矩的。

這話還用明說？她在京城就是幹那個的！衛若愉把人「趕走」後，就開始和杜三妞描述宋夫人的嚴厲。

杜三妞不由自主地想到《還珠格格》裡的容嬤嬤，不禁打了個寒顫。

衛若愉倏然住口。「三妞姊，別怕，我保護妳。」

「不怕。」杜三妞選擇衛若懷時就已經想好日後會遇到的事，家人的態度是其一，如今見未來婆婆當真接受她，其他問題在杜三妞看來都不是事。

再說了，她剛和衛若懷訂親，衛大夫人就請來宮廷女官教她規矩，如此重視她，杜三妞也不會不識好歹地跟宋夫人對著幹；然而若是能少受些罪，杜三妞倒是樂意去做些什麼。

「若愉，去問問村裡人，今天誰家捉魚了，要大魚。」

「要魚幹麼？」丁春花進來。「門口怎麼有輛馬車？找我們做飯的？妳有沒有說最近不接活兒？」

杜三妞道：「不是。」隨即把宋夫人過來的事同她娘說一遍。

丁春花激動地說：「衛大夫人太有心了！娘還擔心妳日後到京城什麼都不懂。對了，宋夫人今兒在我們家吃飯嗎？」

「我們都在你們家吃飯。」衛若愉作主。「我去叫錢娘子過來給妳們搭手，順便把家裡的菜拿來。三妞姊，妳現在可以做飯了，等宋夫人歇好，剛好吃飯。」

宋夫人聽衛大夫人講過，杜三妞機靈、聰明，然而她怎麼也沒想到一來就給她整這麼大一齣，滿滿當當一桌子，油炸白菜、花生米、油燜茄子、紅燒肉、板栗燒雞……「咦，這個是什麼？」

「松鼠魚！」衛若愉搶先道：「酸酸甜甜的，可好吃了！宋夫人，我三妞姊做三條魚才做成功，妳可得多吃點！我就著松鼠魚吃飯，能吃兩大碗！」

宋夫人道：「小若愉，我沒問你。什麼菜都不吃，你也能吃兩大碗白米飯。」宋夫人和家人去過大皇子開的酒樓，那裡沒有賣桂花魚，想來是杜三妞剛研究出來的，心情又好上許多。

杜三妞見她眼底堆滿笑，心頭一鬆，果然，沒有什麼是一頓飯搞不定的，一頓飯不行，那就兩頓、三頓，無論古今，杜三妞都對「吃人家的嘴軟」這句至理名言深信不疑。

翌日早上，杜三妞又做了一桌豐富的早餐，穿上宋夫人昨天送來的襦裙，戴上京城今年最流行的簪花，到隔壁喊他們過來吃早飯。

飯後，宋夫人到衛家就對衛若懷說：「我晌午不去杜家吃，別叫你小媳婦做了。」「宋夫人，妳怕吃胖吧？」衛若愉一副「別想騙我」的表情。「我可看見了，妳在三妞姊家吃飯的時候偷偷揉肚子！其實妳不用怕啦，妳吃再胖也不會有我伯母胖。」

宋夫人的長相不如衛大夫人，但比衛大夫人高了半個頭，穿平底繡花鞋還隱隱比杜發財高；怎奈無論胳膊和腿多麼細，臉依舊圓滾滾的，單單看臉就像大胖子，若真吃胖一圈，宋夫人有理由懷疑她的眼睛會被肉擠得看不見。

面對衛若愉的打趣，宋夫人微微一笑。「我吃再多也不會胖。」頓了頓，沒等他倆開口就說：「從明天開始，我便準備教杜三妞學規矩，我做一遍、她做一遍，想來吃再多都會消化掉。」

衛若愉心中一慌，故作鎮定。「我沒別的意思啊！宋夫人，我說的都是實話，妳想吃成大伯母那麼胖真有點困難。」

宋夫人呵呵一笑。「你以為我要故意刁難三妞啊？告訴你倆，我在這邊待兩個月就回去了，你們若是覺得再耽擱下去，我教的東西杜三妞能全部學會，便當我什麼也沒說。」

「別……宋夫人，我什麼都沒說。」衛若愉說完就去書房。

衛若懷本來還打算跟杜三妞講一聲，好讓她有心理準備，宋夫人這麼一講，第二天杜三妞過來時，衛若懷怕看見心疼，等杜三妞回隔壁才從書房裡出來。

宋夫人見大外甥沒被美色迷昏頭，心下十分滿意。

丁春花卻不滿意了，閨女在衛家待了半天，回來時雙腿打顫，若不是杜三妞嘴巴快，說她跟著宋夫人學規矩，一遍學下來宋夫人的衣服都汗濕了，丁春花當真會找上衛老退婚。

「下午還去不去？」心疼地問。

杜三妞搖搖頭。「宋夫人說我剛開始學，不能一蹴而就，讓我歇半天，等慢慢習慣了，再一天一天地複習，直到我記清楚見什麼人行什麼禮、說什麼話。」

「真麻煩。」丁春花不禁搖頭。「我下午去山上撿板栗，妳是不去了？」

杜三妞笑道：「妳和伯母去吧！娘，多撿點木耳、蘑菇，宋夫人回去的時候給她帶一些。」

「若懷家那麼多親戚，山上的東西都撿回來也不夠，改天我去縣裡叫妳姊夫買些。」杜大妮生了個兒子，兒女雙全，在婆家底氣足，丁春花也不怕給段家添麻煩，繼而惹來他們不快，如今使喚起段守義來簡直把他當兒子用。

段守義的爹娘在杜衛兩家結親後就著手準備去建康府開店的事宜了。有個好親家，段家兩老不怕別人故意刁難，搞得他們在建康府混不下去，於是很大方地把廣靈縣的酒樓給大兒子，小兒子留下來給大兒子幫忙，待段守義徹底接管酒樓，他弟弟再去建康府。

杜三妞十分清楚段家的轉變，也很高興她娘能想開。「娘，先找村裡人買些茄子，我想趁著這幾天天氣好曬些茄子乾。」

「行。」冬天菜少，杜家村的村民每年春夏秋三季都會準備大量乾貨，竹筍、木耳、蘑菇、地衣等物，鹹菜、酸菜以及梅乾菜更是必備，以致這些菜全放到盛放糧食的屋裡後，可以說半屋子糧食、半屋菜。

杜家已準備足夠過冬的菜，而宋夫人的到來讓丁春花又忙活了幾天，直到十月初十早上飄起細雨，她才閒下來。

杜三妞雷打不動地每天上午去隔壁報到，這其間無論一個行禮的動作重複多少次，她都沒半句怨言。

對禮儀規矩格外嚴格的宋夫人也忍不住和衛老感慨。「您老這個孫媳婦找得好啊！」

「那當然。」衛老與有榮焉道：「幸好我下手快，再過一年，三妞她娘得天天拿著笤帚往外轟人，杜家的門檻也得被踏破。」

宋夫人搖頭失笑，對他的話不予評價，但在接下來教三妞的過程中更加用心。杜三妞不知內情，見此只是更加用心地學，下午休息時也不出去玩，一個人躲在房間裡練習。

杜小魚連著半個月不見杜三妞，村裡收晚稻的時候她也躲在家裡，每次上午去找她玩，丁春花總說三妞在隔壁，可把杜小魚氣得不輕。於是今日趕了個大早，去杜家逮人。「衛少夫人，妳打算和我們絕交呢？還是覺得我們不配和妳玩了？」

杜三妞瞥她一眼，什麼也沒講，不疾不徐地吃完早飯說：「不是想知道我最近在幹麼？走，現在告訴妳們。」

五個十四、五歲的姑娘隨著穿戴齊整的杜三妞到衛家，宋夫人率先注意到走在最旁邊的杜三妞，實在太耀眼，聽杜三妞說她們來陪她，宋夫人也沒多想。

以杜小魚為首的五個女孩見小夥伴跟京城來的夫人學規矩，別提多羨慕了，嘴上不好意思說想跟著學，看的時候卻暗暗記在心裡；然而一見三妞一個動作重複十幾次才被說通過，心中又微妙起來。

三妞回去時，剛走出衛家大門，杜小魚就問：「她是不是故意刁難妳，好讓妳知難而退？」

「沒有。」杜三妞見她一臉「妳別騙我」的神情，失笑道：「宋夫人的要求比較嚴格，妳們難道沒有看出她給我做示範時，整個行禮動作行雲流水？我做的時候，無論行禮還是受禮都很生硬、不自然？」

「沒……看出來。」杜小魚搖搖頭。

杜三妞道：「事實便是這樣，我還得再學一個多月，沒時間跟妳們一塊兒玩了。」

「就學今天這些？」杜小魚忙問。

杜三妞說：「差不多吧！比如見到貴人時該穿什麼樣的衣服、該注意什麼、京城各家和衛家的關係、衛家的親戚有哪些等等。」

「妳只是嫁給衛若懷，怎麼還學這些？」其中一個姑娘很是不解。

杜三妞嘆氣。「我也沒想到。」才怪！「衛老說，衛小哥是衛家嫡長孫，以後會變成衛家的大家長，我若是什麼都不懂……」餘下的話沒說出口。

杜小魚五人卻忍不住打了個寒顫，開口道：「果然衛小哥的妻子不是一般人能當的。」說著話，杜小魚拍拍她的肩膀。「保重！等那個宋夫人走了再來找妳玩。」

宋夫人走的那天是臘月初九，剛過完臘八。來時帶一車東西，走時也拉了一車回去，其中大半車是杜家送的，有茄子乾、竹筍乾、乾木耳、香菇等等，還有些魚乾和兩罈杜三妞新釀的葡萄酒。宋夫人見車裡塞得滿滿的，哭笑不得。「我這趟來得真值得。」

「明年再過來。」衛老順口接道。

宋夫人這下真是哭笑不得了。「明年十月太子大婚，宮裡忙，我想來也來不了。」頓了頓，問：「老太爺，太子大婚您回去嗎？」

「不回去。」衛老道：「我回去了，皇上還以為太子等不及了。妳什麼時候有空再來一趟，我怕時間長了，三妞這丫頭忘了。」

宋夫人點了點頭。「她和若懷成親之前，我會再來一趟。」

成親兩字一出，饒是杜三妞多活一輩子也覺得不好意思，衛若懷更是紅著臉傻笑。

衛若愉眉頭一皺，朝他胳膊上掐一下，嘀咕道：「讓你得瑟！」

「小混蛋！」衛若懷只覺得胳膊一痛，低頭一看，小孩已躲到三妞身後，氣得衛若懷指著他說：「有種給我出來！」

衛若愉白他一眼。「你叫我出去就出去，我豈不是很沒面子？宋夫人，我不送妳啦！三妞姊，我們去妳家，我不想和這種人待在一塊兒！」

「哪種人？」杜三妞好笑。

小孩瞥兄長一眼。「臉皮八丈厚的人。」

「八丈厚也不如你厚。」沒有外人在場，衛若懷也不端著架子，直言道：「姨母，帶他回去！」

宋夫人和衛家二公子很熟，笑咪咪問：「二少爺有一年沒看見爹娘了吧？我來時你母親說想你了，跟我回去嗎？」

「不。」衛若愉當然想回去，可是他一想到自個兒走了，大哥豈不是有機會天天纏著他三妞姊？「我得陪祖父過年。」

「你不是不喜歡他嗎？」杜三妞看衛若懷一眼。「年後的話你倆得一塊兒回京城。」

衛若愉道：「為了祖父，我忍著。」

「嗤，謝謝若愉。」衛老何嘗不知二孫子的小心思？難為他說得理直氣壯。「今天放你一天假，好好玩玩。」

「謝謝祖父！」拉著三妞就去隔壁。

杜三妞這次沒忘記向宋夫人行禮，等她微微頷首，杜三妞才轉身離開。

宋夫人見無論衛若愉怎麼拽杜三妞，她依然不疾不徐地往外走，絲毫不受他影響，心下十分滿意，不愧是自己教出來的。

再說衛若愉，自從杜三妞和衛若懷訂親，本來就不拿自己當外人的小孩更加不見外了，見杜發財剝冬筍，張嘴就說：「三妞姊，晌午在妳家吃飯，就做這個。」

「喲，還學會點菜啦！」杜三妞朝小孩臉上捏一下。

衛二少慌忙躲開。「我都長大了，妳不准再捏我的臉。」

「你昨兒還在你哥面前講你是小孩呢！」杜三妞滿眼疑惑。「難道我記錯啦？」

衛若愉臉一紅。「那是……那是我故意氣他的啊！」

「終於承認故意氣我了？」衛若懷送走宋夫人一行，推門走進來。

衛若愉絲毫沒有被抓包的窘迫。「對，怎麼著？」

「不怎麼著。」衛若懷已長成個小夥子，自然不會真和堂弟動手。「下次再說我臉皮厚的時候先摸摸自個兒的臉。」

「哼！」衛若愉不屑地瞥他哥一眼，要不是不想便宜外人，他早把衛大少背著他三妞姊幹的事說出來了，他給衛大公子留面子，這人居然還蹬鼻子上臉？不愧是他們老衛家最不要臉的人！「三妞姊，我想吃啊！」

杜三妞苦笑。「那也不行。」頓了頓。「我娘和了一盆發麵，晌午得蒸包子，不能只放酸菜和木耳啊！」

「那好吧！」衛若愉想一下。「我也喜歡吃竹筍包子。」

杜家三口最喜歡小孩這點，不歪纏。

杜發財便說：「家裡有肉，叫三妞給你做肉吃。」

昨天臘八，廣靈縣的百姓很注重這個節日，早上熬了臘八粥，中午還做了一桌好菜。杜發財昨兒去縣裡買菜，冬天魚貴，他沒買，買了一大塊豬肉回來，排骨吃完，還剩幾斤肉。

兩家成了親家，衛老想都沒想，吩咐時刻跟著他的小廝。「把家裡的魚拿過來。」

「是。」小廝一點頭，就朝隔壁去。

冬天冷，又沒有活兒，杜家吃完早飯已快到巳時，送宋夫人走的時候又耽擱一會兒，等小廝拿魚過來，杜三妞抬頭看了看太陽，居然快晌午了。

丁春花殺魚，杜三妞拉著小孩去廚房，打算做水煮肉片，誰知他倆進去就看到衛若懷老神在在地在鍋門前坐著。

杜三妞頗為無語地看著衛若懷，衛公子衛她無辜地眨了眨眼……三妞不禁扶額，以前怎麼會認為衛若懷是克己復禮的謙謙公子？她眼瞎成什麼樣啊！

「燒大鍋還是小鍋？」衛若懷率先開口。

杜三妞深深嘆一口氣，很想問，是不是覺得訂親後他倆的婚事十拿九穩，乾脆連裝都懶得裝了？「我去問問。」伸頭向外看。「祖父，晌午吃饅頭嗎？饅頭易消化。」

衛老笑道：「不用管我，你們想吃什麼做什麼。」

「那哪行。」丁春花道：「做米飯也快，誰想吃什麼就吃什麼。三妞他爹，去把爐子搬到廚房裡。」

宋夫人今天回去，衛老便讓廚房做些餅給宋夫人帶著，也是如此，衛家爺孫三人的早飯是豆漿和餅。衛老不想再吃乾巴巴的饃，而且這種天喝點湯湯水水最舒服，比如羊肉湯。

衛家沒買羊肉，杜家更不可能有，又不是過春節的時候，所以對衛老來說，吃什麼都一樣。

進了臘月，杜三妞家開始燒爐子，主要是把爐子放在堂屋裡，吃飯的時候不冷，丁春花在屋裡做活也不凍手。

杜三妞淘一碗米倒進砂鍋裡蒸，便開始調包子餡。丁春花和錢娘子兩人包包子、揉饅頭時，杜三妞著手做水煮肉片。

先把豬肉切片，放進碗裡，打雞蛋進去，倒點菱角粉和豬肉片攪勻待用，隨後切白菜，熱油鍋裡煸炒至白菜軟熟，炒至八成熟左右盛出來。油鍋裡加清水，放薑末、醬油、鹽、蝦米味精和茱萸果醬一起燉煮，水翻滾後加肉片，煮至肉片泛白，舀出盛放在白菜的碗裡，最後炸點蔥花油淋在肉片上，一碗水煮肉片就完成了。

屋裡幾人聞到辣辣的味道，錢娘子忍不住呑口口水，讚嘆道：「這個醬湯的味道真下飯。」

杜三妞笑道：「別急，魚還沒做呢！」

天氣冷，雖說沒下雪，但早晚凍寒導致中午溫度不高。杜三妞沒做清蒸魚或者紅燒魚這類容易涼的菜，乾脆把魚放在鍋裡煎一下，煮成魚湯。

饅頭、包子上鍋蒸，丁春花閒下來就說：「我去摘點生菜，再炒道菜？」

杜三妞點點頭，等她隨錢娘子出去，杜三妞就遞給衛若懷一把菜刀。「幫我割點臘肉。」臘肉掛在屋簷下的房樑上，杜三妞搆不到。

衛若懷一邊接過刀一邊說：「兩道菜夠吃了，如果不夠吃，若愉，你吃包子別吃菜。」

「說得真好聽。」衛若愉真想朝他臉上吐一口唾沫。「不想去就直說，找什麼理由呢！」

話音一落，衛若懷已割了一塊臘肉過來。

杜三妞想笑。「怎麼一點兒也不受刺激啊？」

「我怕他不懂事憨吃，吃完了妳沒得吃。」衛若懷瞅瞅冒白煙的大鍋，又看了看髒兮兮的炒菜鍋，見杜三妞轉身去洗肉，想了想，拿起丁春花剛剛解掉的圍裙。「鍋怎麼刷？三妞。」

「我的老天爺！」丁春花一見衛若懷左手拿水瓢，右手握著高粱穗製的刷子，慌得把菜一扔。「給我、給我，你哪能刷鍋！」奪走水瓢和刷子就把人往外推。

杜三妞回頭一看，穿著青色曲裾的衛若懷身上掛著一塊黑、一塊白的圍裙，耳朵和臉通紅，禁不住笑出聲。「你餓了？」

「沒……」衛若懷被他未來丈母娘推到門口，邊解圍裙邊盯著她說：「我就是想給妳幫忙。」

「你怎麼不問問我還炒不炒菜？」杜三妞心下好笑又感動。「再說了，你們讀書人不都信奉什麼君子遠庖廚嗎？」

「誰說的？酸秀才才信那個！」衛若懷不服。「自古開門七件事，柴米油鹽醬醋茶，如果連廚房都沒進過，那樣的人什麼事也幹不成。」

「你的歪理最多。」衛老和杜發財在堂屋裡閒聊，聽見丁春花驚呼一聲，兩人相視一眼就起身過來，剛好把衛若懷的話聽個完整。「若愉，你也出來，別在屋裡搗亂。」

「我才沒搗亂，明明是大哥自作聰明、自以為是！」衛若愉在衛若懷穿圍裙的時候就跑到鍋前坐著，沒聽到杜三妞說「開飯」前，小孩托著下巴，坐得穩若泰山。

「臘肉除了炒還能怎麼吃，放鍋裡蒸？」衛若懷隨口道。

誰知杜三妞點了點頭。「猜對啦！」說完就掀開砂鍋蓋，沿著砂鍋邊把臘肉放到快蒸熟的米飯上面，隨後往中間打兩個雞蛋，淋點醬油，放一把生菜在最上面，蓋上鍋蓋繼續蒸。

這可看傻了衛老。「三妞啊！妳又做的什麼東西？蛋炒飯不是蛋炒飯，菜飯不是菜飯。」

「在我們的最南端有個地方，那裡的人每天都會吃一頓這種飯，按照那裡的說法，這個叫煲仔飯，至於為什麼叫這個名字……」杜三妞雙手一攤。「我也不知，以前的人太懶了，記錄當地美食只寫個名字，然後寥寥幾筆就完事，我嚴重懷疑寫菜名的人從沒進過廚房，如果是我——」

「妳想怎樣？」丁春花如果知道她又瞎折騰，才不去摘生菜來。「鍋裡的饅頭、包子熟了，拿饃籃去。」

杜三妞抬手一指。「在妳身後櫃子裡。」一見她娘瞬間變臉，機靈不亞於衛若愉的人立馬道：「我端菜！」話音落下就端著魚湯遁出去。

丁春花瞪著她的背影一陣氣結。「這丫頭，她、她真以為自己是廚神再世啊？想到什麼就做什麼吃！」掀開砂鍋一角，見臘肉裡的油滲入米飯裡，而雞蛋還是荷包蛋的樣子，蛋液一戳就破，旁邊還有點點醬油。「這可怎麼吃喲！」半鍋米飯全毀了，別提丁春花多麼心疼。

衛若懷安慰道：「既然三妞說南邊的人吃過，這東西一定可以吃，我們先嚐嚐，實在不能吃就餵狗，反正不會浪費。」

「白米飯餵狗?!」丁春花拔高聲音。

衛若懷嚇得往後一退。

杜三妞擠到他面前。「娘，妳不喜歡怪裡怪氣的米飯，不代表別人不喜歡，是吧，若愉？」

衛若愉的嘴巴動了動，想說「我也不喜歡」，話一出口卻是。「嬸子，我喜歡吃醬油拌飯。」

「那叫醬油炒飯。」丁春花提醒他，別亂接話。

「炒飯裡有雞蛋、有醬油、有生菜和油，這裡也有。」杜三妞說：「炒飯裡沒有的這裡也沒有，我又沒放些亂七八糟的東西，真不知道娘妳緊張什麼？」封上爐子，找兩塊濕布，端著滾熱的砂鍋去堂屋，到堂屋裡把鍋往地上一放，衝廚房喊。「若愉，把勺子和碗拿過來！」

衛若愉下意識看丁春花，丁春花見衛家爺孫三人沒意見，也懶得再數落閨女，反正三妞以後折騰的是衛家。

杜三妞用勺子使勁在鍋裡攪幾下，將蛋黃攪散，臘肉、青菜和米飯攪勻後，給衛若愉盛半碗。「嚐嚐，絕對好吃！不過，飯有些油膩，最好先喝點水。」

衛若愉見桌子上放著兩個杯子，杯子裡都有水，想來是他祖父和杜發財兩人的，端起主位上的水杯喝兩口，就開始吃黃黃綠綠的菜拌飯。

衛若懷一直盯著他。「好吃嗎？」

小孩故意「吧唧」兩下，抿抿嘴道：「一般般，不如蛋炒飯。」

「給我吧！」衛若懷心底嗤笑一聲，多少年了，這小孩就不會換個說法嗎？「我不嫌米飯裡有你的口水。」

「有個屁口水，我才吃一口！」衛若愉真想把碗甩他臉上。

有人比他更快一步，杜三妞遞給衛若懷半碗飯和一雙筷子。「喊祖父來吃飯。」

衛老站在院裡，瞧衛若愉頭也不抬的樣子，便知道三妞做的拌飯可以吃，於是勸丁春花。「妳以前剛學做飯的時候也浪費過糧食吧？誰都有嘗試的經歷，別惱了。」

「我也沒她浪費得多。」丁春花張嘴想說宋夫人在她家吃的第一頓飯，三妞浪費了兩條大魚，話到嘴邊意識到人家不辭辛苦過來教三妞禮儀，便嚥回去。

衛老沒放過她。「所以妳沒她做的飯好吃。」

丁春花一噎。「……衛叔，不是我數落三妞，她以後到您家，您就這樣由著她？」

「吃得好才有精力做事。」衛老笑盈盈道：「若懷做出成績來，皇上一高興，隨便賞點東西也夠他們吃三年、五年。」

「得，當我沒說。」丁春花端著饅頭和包子往桌子上一放。「飯放在桌子上，放在地上像什麼樣？」

「砂鍋太熱了。」杜三妞道：「爹，你做幾個竹墊子，留著專門墊砂鍋。」

丁春花眉毛一豎。「準備天天吃是不是？」

「不是、不是！」杜三妞說竹墊，倒想起來一件事。「爹，明天我做兩個飯糰你嚐嚐，覺得好吃，以後你出去做事就帶著飯糰，晌午吃飯的時候向人家要碗湯就好了，別吃他們的飯，也不知道乾不乾淨。」

「就妳乾淨！」丁春花點著她的腦門，聽到閨女給自己相公做吃的，倒是沒再說反對的話。

飯糰裡包著炒熟的臘肉、鹹菜和生菜，杜發財挺喜歡的，然而三妞覺得不夠好。

臘月二十四是南方小年，一大早丁春花就去縣裡買魚和肉。她回來後，三妞把肉收起來，晌午只煮一條魚，丁春花想都不用想，就知道閨女又要折騰，乾脆吃過午飯就去隔壁她二嫂家做活。

衛若懷哥兒倆今兒有半天假，自從衛若懷和杜三妞訂親，無須再避諱，他得空就往三妞家裡跑；雖然連三妞的手也沒碰過，但他天天報到的效果真好，有時候三妞做飯就會不由自主地多做一些，做什麼好吃的一定會留一碗給他和衛若愉。

在此之前，只有衛若愉有這待遇，衛若懷感慨三妞眼裡終於有他。哥兒倆站在門口等了一會兒不見丁春花的說話聲，相視一眼，推門進去。

杜三妞正在廚房裡收拾豬肉，看到他們就招手。「來得正好，幫我燒火。」

「晌午沒吃？」衛若懷推開小堂弟，擠到杜三妞身邊。

衛若愉氣得朝他屁股上打一巴掌，衛大少巍然屹立，小孩恨得牙癢癢。「三妞姊，不給他吃！」

杜三妞從善如流。「好。」

丁春花去縣裡時杜三妞特意囑咐她娘買兩斤瘦豬肉，那時她就想做肉鬆，怎奈她娘不幫她忙，幸虧衛若懷和衛若愉過來，否則把煮熟的肉撕成細條會累得她手疼。

有他倆搭手，杜三妞炒好肉鬆時，天也快黑了，做好的肉鬆給衛若懷一半，她留一半。「放在飯糰裡特別好吃，明天再試試，晚上吃乾米飯不消化。」說最後一句時看向衛若愉。

小孩的臉一下子紅了，嘟著嘴道：「我才沒這麼貪吃呢！」

杜三妞搖頭失笑道：「嗯，貪吃的是你哥。」誰知抬眼竟看到衛若懷正捏著肉鬆往嘴裡塞。「你……」

「我以為這東西像棉花一樣，居然不是。」衛若懷沒有一絲窘迫。「三妞，把做法寫給我，叫錢娘子做一些，等我年後回京的時候帶上。對了，妳和我一起去嗎？」
「她去幹麼？」衛若愉準備嘲諷兄長不要臉，見杜三妞看過來，眨了眨眼睛，意識到剛才說的什麼，連忙解釋道：「不，不是不讓妳去！三妞姊，京城的人若是知道妳和大哥一起回家，一定會找各種理由上門瞧瞧妳是黑是白。」
「看我是不是有三頭六臂？」說實話，杜三妞也還沒準備好。「居然能和衛家大少爺訂親，對不對？」
衛若愉尷尬地笑了笑，眼珠一轉，奪走兄長手裡的肉鬆，拔腿就往外跑，邊跑邊說：「我先回家吃飯啦！」
杜三妞不禁扶額。「這個小機靈鬼。」
衛若懷往四下裡一看，發現岳父、岳母的聲音不斷地從大門外傳進來，他立馬走到三妞面前，近得能聽到她的呼吸。「我、我今年可能得在京城待到四月分……妳、妳……」
「我會照顧好祖父。」杜三妞自認為很善解人意地接道。
衛若懷卻忍不住嘆氣。「我不是這意思，我……」想了一下，小心翼翼地拉起她的手。
杜三妞渾身一僵，眼睛只顧著往外面瞅著岳父、岳母別突然進來的衛若懷沒發現，自顧自地說：「我會盡快回來。今年會試開考，就是大家常說的春闈，京城到處都是從全國各地趕來的舉人，我想和他們多聊聊，藉此瞭解一下外面的情況。」
杜三妞張嘴想說她知道，見衛若懷的耳朵紅了還不自知，心中一動。「嗯，我會老老實實在家裡待著，哪兒也不去。」衛若懷的嘴巴動了動，杜三妞盯著他，難道他想聽的不是這個？

當然，衛若懷更想跟三妞說「我會想妳的，妳也要想我」，怎奈第一次遇到喜歡的姑娘，沒怎麼行動就順利訂親……縱然衛若懷的「娶妻計劃書」上寫有多條辦法，如今卻因為身分變了，全變成一堆廢紙。「我、我回隔壁了。」嘴上這樣說，卻沒有鬆開三妞的意思。

驀地，門發出「吱呀」一聲，衛若懷轉身就跑，杜三妞的手「啪嗒」打在腿上，等她反應過來自己的手剛剛被衛若懷狠狠甩開時，門口哪還有衛大少的身影？「爹、娘，做飯嗎？」

「若懷和若愉怎麼了？一個比一個還跑得快。」丁春花很是不解。

杜三妞想到剛才被衛若懷拉住，她一動也不敢動，暗暗鄙視了自個兒一會兒。「我做了點肉鬆，他們去和衛老顯擺。」

「做好啦？」杜發財手裡的鐵鍬往牆邊一丟。「我嚐嚐。」

「在櫃子裡。」三妞怕她娘揪住這個問題不放，轉身回廚房端肉鬆。

# 第十八章

冬天日頭短，感覺沒過幾天就到了杜三妞來到亓國的第十四個春節。春節後，衛若懷和衛若愉像以往一樣，年初三動身去京城。

兩人走的那天杜三妞沒一絲不捨，然而第二天她就覺得不舒服，總感覺少了些什麼，每到門外就不由自主地往隔壁瞅，她自己沒發現，丁春花卻忍不住一個勁兒地衝杜發財使眼色。

杜發財笑了笑，難得閨女終於有點姑娘樣，也沒故意湊到三妞面前調侃她。

同樣覺得生活缺了一半的還有衛家兩兄弟，衛若懷是心缺一半，衛若愉是食量小一半，幸虧還有肉鬆。

說起肉鬆，衛若愉便有話講。「大哥，這東西在京城應該比果酒好賣，無論男女老少都可以吃，還好吃，屆時你可得替三妞姊多向姑丈要些禮物。」

「我沒打算把肉鬆的做法給姑丈。」

衛若懷此言一出，衛若愉手裡的肉鬆差點掉下馬車。「為、為什麼？」

衛若懷道：「我和你三妞姊成親後，打發兩個僕人去外面開個店，專門賣些果酒、肉鬆，賺到錢你三妞姊想買什麼買什麼，不用向母親要家用。」

「也是哦！」衛若愉仔細一想。「她還得養孀子和杜叔，三不五時地向大伯母要錢補貼娘家，大伯母怕是會不高興……不對，是親戚若是知道了，一定會在大伯母面前講三妞姊的壞話。」

「知道就好。」衛若懷欣慰地笑了笑。「回到京城別亂說，我們趕在進城前把肉鬆吃完。」

衛若愉看了看手中的小罈子。「難怪你要給祖父留一半，以為你又變孝順了呢！」

「我怎麼不孝順？」衛若懷伸手揪住小孩的耳朵。

身邊沒有幫手，衛若愉仰著頭，裝傻道：「我的意思是更孝順啦！」

衛若懷點了點他的額頭。「你把這個聰明勁用在做文章上，何苦每天抓耳撓腮。」

「人家才八歲多啊！」衛若愉撇撇嘴。「哪能想這麼多？何況我三妞姊說了，我還沒開竅，再長兩歲，等開竅就什麼都懂了。」

衛若懷白他一眼。「杜小麥的基礎不如你，人家的文章連祖父都說很好，你還想等多大才開竅？」

小孩噎住，他又不能說他不是不會，只是懶得思考。「我是不如你，十一歲就想著娶妻。」

「嗤，我都是跟你學的。」衛若懷瞥小孩一眼。「如果不是你提醒，我才想不到三妞。」

「……無賴！」小孩呸一聲。

衛大少抹一把臉，絲毫不受影響地笑了笑，把衛若愉恨得牙癢癢的，到家就找衛炳文和衛大夫人告狀，說衛若懷故意等親事訂下來才告訴他們。

衛炳文夫婦不是第一次被兒子騙，早已習慣，衛若愉沒能如願，便打劫衛若懷的零用錢，給杜三妞買了一堆禮物。

五月下旬，杜三妞終於再見到衛家哥兒倆，不禁揉眼。「你們是不是又長高了？」

「對，三妞姊，再過一年我就和妳一樣高了！妳說妳，去年那麼著急幹麼啊？」衛二少邊嘆氣邊遞出一包禮物和一包鮮桃。

衛若懷朝他頭上敲兩下。「你給我適可而止吧！」

「又沒和你說話。三妞姊，妳不知道，他的朋友都不信他訂親了，明年我們再回京城，妳就和我們一塊兒去吧！」在京城時，衛若愉經常跟他一起出門會友。

衛若懷眼神一暗，看著三妞。

杜三妞想，她明年也十五歲了，按理是該見見衛家的親戚。「我聽你的。」

「我想等鄉試結束。」衛若懷並不希望京城的人太早見到她，究其原因，還是杜三妞太漂亮。

村裡人娶妻先看賢不賢慧、能不能生，容貌次之，這一點雖說和高門子弟選妻標準一樣，但僅限於高門中的嫡子，對次子或者庶子卻沒那麼高的要求。

因為大皇子的緣故，京城之中沒多少人敢招惹衛家，但不表示沒有，皇親國戚照樣不怯衛家，他們家的年輕子弟若不巧見到杜三妞，屆時又免不了引發一番紛爭。

假如衛若懷有功名在身，衛家即便沒有大皇子這個後盾，皇親國戚也不敢明目張膽地跟朝廷命官搶人，所以，衛若懷希望杜三妞第一次出現在京城時，是以他妻子的身分；至於這點，衛若懷並不打算告訴杜三妞，畢竟離他參加春闈還有好幾年，省得三妞徒增煩惱。

雖說離杜三妞十四歲生日還有三個多月，但因為和衛若懷訂親的緣故，從去年九月分開始，她就不再出去給人家做宴席了。

大皇子酒樓裡的廚子腦袋靈活，無須衛若懷再往京城送食譜，段守義的食譜供應便也跟著斷了。起初三妞怕她姊夫不高興，結果衛若懷見到段守義便說：「三妞已是衛家少夫人，若被別人知道她賣食譜，對她名聲不好。」

段守義心想：你不說、我不說，誰知道？還沒等他說出來，衛若懷又來一句——

「你家廚子、跑堂小二、摘菜洗菜的婆子。」

「……是我考慮不周。」好在廣靈縣不大，迎賓酒樓一家獨大，即便沒有新鮮吃食推出，也沒人在乎，因為每次去吃飯，招牌菜都吃不完了，導致杜三妞如今格外閒。

衛若懷把婚後派人開店鋪的事跟杜三妞一講，杜三妞佩服他想得遠，又忍不住鄙視自己還不如一個古代少年。

於是，杜三妞隨著衛若懷去衛家書房，把他走的這段時間，她琢磨出的食譜寫給衛若懷，交由他保存。

衛若懷看都沒看，便把食譜收到書房的盒子裡。「嬸子不在家，今天在這邊吃？」話音落下，見杜三妞臉上閃過一絲古怪的笑容。「怎麼了？」

「沒事。」杜三妞不想說她娘因不用再給她打下手，升為主廚後近來幹勁十足，經常杜三妞出去一趟，回來就聽到她堂嫂說：「三嬸和我娘出去給人家做喜宴，鑰匙在我這兒。」

第一次，杜三妞以為她娘財迷心竅，後來和兩個伯母閒聊時聽出真相，簡直哭笑不得。自那以後，丁春花一出去，杜三妞就來隔壁陪衛老吃午飯。

「我去看看廚房裡有什麼。」杜三妞說話間走到門口，突然又退回來，帶上衛若愉給她的桃子。

衛若愉眼珠滴溜一轉。「三妞姊，我幫妳拎著。」

杜三妞躲開他的手。「不用啦！」頓了頓。「你知道我做什麼嗎？」

「我又不是因為妳要做好吃的才幫妳。」衛若愉說。

衛若懷噗哧笑出聲。「到底誰臉皮厚？」

杜三妞笑盈盈道：「你倆臉皮都厚。」說完，施施然往廚房去。

衛若愉惡狠狠地瞪兄長一眼。都怪你，害我被三妞姊數落！忙不迭地跟上，不好再拉杜三妞的手，畢竟他也九歲了。

杜三妞聽到腳步聲，轉頭瞅了瞅。「你哥沒過來？」

「從京城帶回來好多書，還放在馬車裡沒整理。」衛若愉忍不住看一眼桃子。「我們來的路上經過一處桃園，好多人整車整車買桃子，三妞姊，我猜他們買回去一定是為了做桃子酒。」

「這可說不準。」杜三妞道：「也許做桃罐頭。」

「罐頭？那又是什麼？我和大哥不在的這段時間妳琢磨出來的？」衛若愉連聲問：「好吃嗎？有沒有桃子甜？」

杜三妞笑道：「改天得閒做給你嚐嚐。」見廚房近在咫尺，四周一個人也沒有，杜三妞不禁皺眉。「錢娘子、錢娘子！」

「少夫人，老奴在這兒！」錢娘子拎著隻雞從廚房西面走過來。「喊老奴有何吩咐？」

杜三妞不禁扶額，無論說過多少次她和衛若懷還沒成親，不能喊她少夫人，這人就是不聽。「捉雞幹麼？做給妳家少爺吃？」

「可不是嗎？」錢娘子一臉心疼。「妳看二少爺都瘦了，一定是京城家裡的廚子做飯不用心。這是隻老母雞，燉好給大少爺和二少爺好好補補。」

「他正長個兒，瘦下來很正常。」見錢娘子揪著雞脖子上的毛，杜三妞很想嘆氣。「別殺了，我家有隻鴨子養了四、五年了，妳去捉來殺掉，鴨血、鴨腸都留著，我下午做老鴨湯。」

「這……不好吧？」錢娘子看著衛若愉，希望他拿主意。

杜三妞道：「妳都喊我少夫人了，還有什麼不好？」頓了頓。「是隻麻花鴨，到鴨圈門口就能看到，這是鑰匙。」說著順手把腰間的荷包遞給她。

衛若愉下意識看過去，倏地驚呼。「我的天！三妞姊，若兮姊送妳的荷包……妳怎麼還在用?!」

「又沒壞。」杜三妞以前無論去廣靈縣還是外出給人做喜宴，都是和丁春花一起行動，丁春花怕她注意力不集中，錢袋子被偷走也不知道，便一直自個兒保管錢袋子。也是近一年，丁春花丟下杜三妞，她才學會出門隨手帶上荷包，鑰匙和銅錢都裝在荷包裡。所以總的來說，這荷包還沒用過多長時間。「你看，像新的一樣。」

「可是，荷包上的花樣都過時啦！」衛若愉很是嫌棄。「錢娘子，去告訴鄧乙他娘，再給我三妞姊做，做十個！」

「多少?!」杜三妞瞪大眼。「做那麼多留著吃啊？兩個，錢娘子，別聽他的，兩個就好。」轉頭就問：「你的荷包是不是用一次就不用了？」

「當然不是！」衛若愉說：「怎麼也得用三、四次。」

杜三妞踉蹌了一下，錢娘子慌忙扶住她。「別激動、別激動，少夫人，二少爺沒說完，不同的衣服搭不同的荷包，衣服過季不能穿，荷包自然不能再用。」

「等等，若愉，這幾年的衣服呢？」杜三妞突然想到。「扔掉了？」

衛若愉愣住，她的話題怎麼跳這麼快？「……應該沒有吧！」覺得這樣講不妥，又道：「錢娘子，去問問鄧婆子，順便把爺的衣服找出來。」

「是。」錢娘子微微屈膝，直起腰便準備把雞放進雞圈裡去。

杜三妞再次開口。「其他人呢？」

「啊？」錢娘子四下裡一看，猛地朝腦門上拍一巴掌。「陳萱的男人把她送回來了，幾個丫頭、小子聽說之後，跑去陳家看熱鬧！老奴現在去找他們？」

「一樣一樣辦。」衛若愉說：「先去找鄧婆子，然後去喊他們回來，最後去三妞姊家捉鴨子。」說完看向杜三妞，他這樣安排對嗎？

杜三妞笑了笑。「若愉越來越能幹了。燒火，給你做拔絲鮮桃。」

「好！」衛若愉頓時眉開眼笑。

錢娘子暗吁一口氣，再一次慶幸杜三妞會做好吃的，而且是沒人能抵擋得了的吃食。拔絲鮮桃對杜三妞這個已經做了五年飯菜的人來說非常簡單，將新鮮的脆桃去皮、去桃核，切塊備用，然後把雞蛋、藕粉和麻油一起調成糊，桃肉裹糊入油鍋炸，炸至金黃撈出後，杜三妞就開始熬糖，再將炸好的桃肉裹上糖漿，放在抹油的盤子上，又甜又脆的拔絲鮮桃便好了。

杜三妞做好拔絲鮮桃時，錢娘子還未回來，她便和衛若愉去書房。

衛老嘴上說自個兒牙口好，等他看清杜三妞端來的東西時卻忍不住牙疼，皺眉道：「就做這一個？」

「錢娘子已經洗好菜，我不知道她準備做什麼，也沒問，我就做這一個。」杜三妞說完，感覺到周圍空氣一滯，心底暗笑。「還有老鴨湯，不過得燉一個時辰，晌午吃不到。」說起這個，猛然想起。「家裡有酸蘿蔔嗎？我家沒有。」

「好像沒有。」衛老道：「青菜都可以吃了，又不是夏天熱沒胃口，誰吃那個？」

「那我出去問問，燉鴨的時候用得到。」杜三妞說：「拔絲桃子最好趁熱吃，給我留兩塊就好了。」說完就往外走，都沒讓衛老有機會開口說「不急，吃過午飯再做」。

事實上，杜三妞之所以這麼著急，找酸蘿蔔是其一，其二是去找她認識的包打聽杜小魚，探探陳萱那邊到底是怎麼個情況。

杜小魚是個全才，幹活、繡花、看孩子，粗活能幹，細活也會幹，也是因為如此，站在比她漂亮許多的杜三妞面前，杜小魚從未感到自卑過。

聽到三妞的問話，杜小魚不屑地嗤一聲。「陳萱嫁到男方家裡就嫌人家窮，當時那家人沒多想，畢竟我們村的生活比附近幾個村都好。後來陳萱說溜了嘴，人家找人打聽，打聽出她想攀高枝，也不想想，她都嫁過一次了，家境好的人誰要她？做事不如我索利，長得不如妳好看，還不如春蘭會過日子，嗤！」

「妳怎麼知道她男人那邊的事？」饒是杜三妞有心理準備，也沒想到杜小魚知道得這麼清楚。

杜小魚這次沒顯擺，不答反說：「我算看明白了，嫁人嫁的不單單是男人，還有他們家。陳萱的婆婆隨她兒子過來，沒等陳萱的娘問出什麼事了，她就把有的沒的全他娘地嚷嚷出來，這會兒估計全村人都曉得，陳萱為什麼被送回家了。」

「妳娘又沒給妳訂親，妳害怕什麼？」杜三妞拍拍她的肩膀。「到時候仔細挑。陳萱的男人這是要……和離？」

「差不多吧！」杜小魚搖了搖頭。「雖說她婆婆不講究，可她男人是個好的。剛成親那會兒，陳萱三天兩頭回這邊來，每次她男人都跟在後面拎著大包小包，從沒見他不高興。唉，自作孽不可活。不說她了，我得回家做飯去。」

「妳知道誰家有酸蘿蔔嗎？」杜三妞忙問：「我家的吃完了。」

杜小魚想了想。「我爺爺、奶奶家應該有，天天嚷嚷著嘴裡沒味，喜歡喝粥的時候吃酸蘿蔔，妳去看看。」

杜三妞到杜小麥家一問，放學歸來的杜小麥就去找碗、掀罈子，而杜三妞則被杜小麥的奶奶拉住。

「妞啊！妳見識多，伯母向妳討個主意。」

「妳說。」杜三妞想都沒想就應下來。

「有個女人，好像是叫……對了，和妳二姊夫同姓，縣南三里的趙招弟。」

杜三妞下意識揉揉耳朵。「招弟？怎麼叫這名？」

「是這個名字。」杜小麥把蘿蔔遞給三妞。「我爹說是去年放出宮的大齡宮女，今年二十六，再過幾個月就二十七了，比我爹小兩歲。她去縣裡買糧食的時候聽說我爹是老光棍，就託人去找我爹，我爹的意思是，她如果沒毛病，就找媒婆去南邊提親。」

「她家什麼態度？」杜三妞的腦袋有些轉不過彎，東邊鬧和離，西邊要娶親？

杜小麥說：「我爹說，趙招弟的爹原本準備把她嫁給縣裡的富戶當貴妾，趙招弟不願意。她多年未歸家，和家裡的關係遠了，又在宮裡待了多年，見過世面，她爹娘也不太敢逼她。」

「這樣啊……」杜三妞想了想。「既然能被順利放出宮，說明趙招弟在宮裡挺安分的，或者說很聰明，才能保全了自己。她興匆匆回家，她爹就要把她嫁出去給人家做小，這事估計狠狠傷了她的心。和娘家鬧僵，離家多年連個朋友都沒有，日後你們家也就是她唯一的依靠了。伯娘，這兒媳婦可以。」又接著說：「小麥，她嫁進你們家，就算明年生個孩子，你也十一歲了；等你考上秀才，那孩子不過六、七歲，屁都不懂，欺負不到你。」

「我知道，三姑。」杜小麥笑了笑。「所以這次沒攔著我爹。」

「乖孩子。」杜三妞笑道：「家裡正在做飯，有事直接去衛家找我。」而她到衛家時，出去看熱鬧的眾人都回來了，錢娘子也已殺好鴨子。

杜三妞一進去，見案板上擺著許多切好的肉和菜。「怎麼不做？」隨口問。

「等您呢！」燒火的小丫鬟道：「大少爺一定特別想吃少夫人做的菜，奴婢們可不敢做。」

「……就妳知道！」杜三妞的臉一下紅了，還是繫上圍裙炒菜。四道菜炒好，鍋裡的米湯也差不多煮好了，但是三妞沒立即去吃飯，而是把洗淨的鴨子切塊，放在鍋裡翻炒幾下收汁，隨後和酸蘿蔔、老薑和花椒一起放在砂鍋裡，倒入開水燉煮。

衛家僕人平時便在廚房裡用飯，杜三妞交代一句，就去吃飯了；然而她沒料到，一頓飯還沒吃完，老鴨就燉出味，衛家爺孫不約而同地放下筷子，伸頭往廚房方向看。

杜三妞裝作沒看見，匆匆吃完碗裡的粥。「我回家餵牲口去了。」

「哦。」衛若懷下意識應一聲，反應過來她說什麼，忙放下筷子。「等等，我和妳一起去。」

杜家的豬都吃摻草或菜葉的豆餅、豆渣、麥麩，而餵熟食又比生食效果好，杜發財便在院裡支口鍋專門煮豬食。

杜三妞上午割了青草，但是她沒打水。衛若懷見缸裡有半缸水，估算著煮好豬食，再給牛和驢喝點，差不多就見底了，便拎著水桶、拿著扁擔出去。

杜三妞嚇得不輕。「你會挑水嗎？放在那兒，待會兒我去。」

「不會就學啊！」衛若懷說得挺簡單，也很容易就打滿兩桶水，輕輕鬆鬆挑起來；然而雙腳一動，扁擔卻不受控制地搖晃幾下，衛若懷心裡一慌，撲通聲響起。

「少爺?!」鄧乙大驚失色，尖叫道：「您、您沒事吧？」慌忙跑過來察看他有沒有受傷。「小的說什麼來著？讓小的來，您非要自個兒挑——」
「閉嘴！」衛若懷習武多年，反應夠快，閃身躲開了。「我沒事。」吞口口水，十分想不明白。「它……怎麼就掉下來了？」指著原本掛在扁擔鈎上的水桶。
「沒挑穩就掉了唄！」鄧乙真想送他一對白眼，而當務之急是——「先把另一個放下。」說著話，繞過他拎住水桶。
衛若懷肩膀上一輕。「幹麼啊？我得給三妞送過去。」
「一桶水？」鄧乙詫異地瞪大眼。
衛若懷鄙視他一眼。「誰說一桶？」從井裡又打一桶水起來，指著扁擔。「拿著。」一手拎一桶水，去三妞家。
杜三妞正在餵牛，轉頭看他走過來，想問怎麼不用扁擔？就看到緊跟著他的鄧乙一個勁兒地衝她眨眼，她無奈地搖了搖頭，當作沒看見被鄧乙拿著的扁擔。
衛若懷要碰到一次丁春花和杜發財皆不在家、三妞的堂嫂和堂哥也不在周圍晃悠的機會真的很不容易，所以，他必須把握時機；不但把水缸注滿水，衛若懷還把堆在院裡的木頭給劈好了。
丁春花一回家見廚房的屋簷下堆著一小堆木柴，別提多心疼了。「妞啊！娘跟妳說過多少次，廚房裡沒木柴就燒麥秸，木頭等妳爹回來再劈開，妳現在和以前不一樣，妳如今——」

「停！娘，木柴是衛若懷劈的，和我沒關係。」杜三妞之前答應幫衛若愉做罐頭，衛若懷提了那麼多水，劈了那麼多柴火，用來洗桃子做罐頭真真再好不過。「我忙著呢！」

「衛……隔壁的？」見她點頭。「死丫頭！怎麼能叫若懷挑水、劈柴？他哪能幹這活兒？看妳爹回家怎麼收拾妳！」

杜三妞才不怕她爹。「若懷要做，我攔都攔不住，不信去問鄧乙。」

丁春花立馬出去找鄧乙，甫一進衛家門就被錢娘子拉去廚房。「少夫人做的老鴨湯，我給你們留一盆，您端回去和親家公喝。對了，用的是妳家的老鴨子，我原本說要殺隻雞給少爺補補，少夫人非要我殺鴨子，我、我也沒經過您同意。」

「什麼同意不同意？一隻老鴨子而已。」丁春花一聽這話，少了一隻下蛋的鴨子也不覺得心疼。「我還沒見到若懷，他人呢？」

「少爺說他累了，在房裡歇息。坐了十幾天的馬車，也就大少爺和二少爺身體好受得住，換我年年這樣來回可受不了。」錢娘子說著話，遞給她一盆鴨湯。

丁春花一聽，覺得手有點軟，心有些虛，不敢在衛家多耽擱，同錢娘子隨便扯兩句就回家了，到家又派杜三妞送來一隻五年的老母雞。

錢娘子以為丁春花疼女婿，別提多高興，知道真相的衛家哥兒倆也沒往「補償」那方面想，畢竟只是挑水、劈柴火而已。

杜發財一回家，得知衛若懷做的事，對他更加和顏悅色了，這一點衛若懷倒是發現了，於是，每逢夫妻倆同時外出，衛若懷就放下功課去隔壁幹活。起初杜三妞還會勸他兩句，後來見他一副「這才多少事」的神情，便不再管他。

衛若懷見縫插針地往杜家跑時，杜家村發生了兩件事。和離的女人不愁嫁，但被婆家攆回娘家的女人卻沒人要。陳萱被她爹娘敲打一番，陳家老倆口又找村長從中說和，那家人想著娶媳婦不容易，便又把陳萱接了回去。

趙招弟在杜家去趙家提親的一個月後嫁到杜家村，速度快得饒是杜三妞見慣閃婚的人也不禁瞠目結舌，逮著杜小魚連問：「怎麼這麼著急？」

「聽說我嬸子還嫌慢呢！」杜小魚不能理解。東邊陳家出了個陳萱那種極品，陳家也沒逼閨女趕緊滾蛋。「回頭我得問問小叔，趙家是何方妖孽。」

「別當著妳嬸娘的面。」杜三妞也想知道，怕的是趙家人三不五時地來杜家打秋風。

杜小魚眉頭一挑。「那當然，我又不傻。」一頓。「三妞，我娘這幾天正找人給我說親，怎麼辦？我還不想嫁啊！」

「不想嫁就和妳娘說，我大姊和二姊快十九歲才嫁人。」杜三妞前世沒結過婚，工作能力毋庸置疑，但在嫁娶方面的見識不如杜家村的老人。「我娘說過，最好先訂下來，不然等妳想嫁人時再找人說親，會發現和妳年齡相仿的好後生早被人搶走了。」

杜小魚細細一想。「妳說得對，難怪衛小哥的動作那麼快，榜單剛貼出來就去妳家提親了。」

「我們在說妳！」杜三妞佯裝生氣。「再這樣說我可走了。」

「得得得，不說他，妳難得拋棄衛小哥來找我玩，我才沒這麼不識趣。」見杜三妞作勢要走，杜小魚笑呵呵拉住她。「嬸娘想跟我們家的人一起釀葡萄酒，奶奶叫我來問妳教不教她？」

「教啊！你們現在是一家人。」杜三妞說：「明年小麥去縣裡上學，妳叔那點錢可供不起。」

「妳……她和妳說的一樣呢！」杜小魚道：「我還以為她給自己找理由呢！」

杜三妞說：「拿小麥當藉口也正常，但她說的也是事實；反正妳奶奶和妳叔沒分家，賣的葡萄酒叫妳爺爺、奶奶收著，給她留下買菜買肉、置辦衣服的錢，想來她不會有意見。」

「如果她不同意呢？」杜小魚忙問。

杜三妞聳聳肩。「說明她有自己的小心思唄！小麥家這些年存的銀錢不能教她知道，她在宮中這麼多年，誰知學了多少陰謀、陽謀？」身邊好幾個人精，杜三妞從不敢小瞧古人。可是任她作夢也沒想到，她還是小瞧了趙招弟。

趙招弟嫁到杜家村之前打聽過，杜家村的村民都特會鑽營；然而在得知果酒是杜三妞教給村民的，震驚的同時便慫恿杜小魚去找三妞，要跟杜三妞學做葡萄酒。

杜小魚和三妞的關係最好，全村老少都知道，她沒法推辭，便把人帶過來。

杜三妞見小魚很窘迫，又看了看站在她身邊一臉坦然，麥膚色、濃眉細眼、膀大腰圓的女人，終於明白她為什麼能順利出宮，甭說貴人看不上，憑她這副相貌，連宮裡那些心思齷齪的太監也瞧不上她。

只是，這看著安分其實一點也不安分的女人，確實有點難打發。杜三妞想了想，道：「過三天妳再來，我家的葡萄現在還不能摘。」

趙招弟順著她的視線看過去，葡萄架上一半青、一半紅。「那就去買啊！」說得理所當然。

杜小魚很想捂臉。

三妞不受影響地笑了笑。「我做的葡萄酒留著自家喝，又不拿去賣，這些足夠了。」

「不賣?!」趙招弟一副見鬼的樣子。「妳怎麼想的？妳姊夫可是迎賓酒樓的東家，多好的門路！」

杜小魚的嘴巴動了動，杜三妞搶先一步道：「我不缺錢。」

趙招弟噎住。想當初她進宮當粗使丫鬟便是因為家裡窮，每年的月錢也託差役送回家，以致她在宮裡十來年，只存下二十兩銀子。成親時花去了一些，如今還剩十來兩，瞧著不少，也不過是杜家村普通村民一家兩年的開銷。

娘家靠不住，身上又只有這點錢，相公還有個十歲大的兒子，趙招弟特別沒安全感；在杜小麥的奶奶提出賣的酒錢由她收著時，心裡不大樂意的趙招弟也不敢有半分怨言。

杜小魚家的條件雖說不如三妞家，可她從小到大沒受過苦，底下有弟弟、妹妹，想買髮簪之類的東西雖不如三妞想買就買，但她娘偶爾也會給她買一根；自己做的荷包、團扇之類的拿去縣裡換的錢，她爹娘也不要，所以杜小魚不能理解趙招弟必須賺很多錢、錢少就活不下去的想法。「嬸娘，過幾天再來吧！」

趙招弟抬眼看了看三妞，還想勸她改變主意。

杜三妞卻不想聽。「天快黑了，小魚，妳該回家做飯了。」

「三妞姊這麼早就做飯啊？」衛若愉見大門沒關，大步流星走進來，聽到她說的話，下意識看了看太陽。「還沒到酉時呢！」

杜三妞臉色一黑，她當然知道現在不過四點多。「你跑來幹麼？這個時間不該在家看書？」

「給妳送魚啊！」這些日子杜三妞到衛家時，被岳父大人誇讚的衛若懷開始明目張膽地纏著她，搞得衛若愉想跟他三妞姊說句話都找不到機會。今兒終於逮到祖父帶著兄長外出會友的機會，衛若愉寫完衛老安排的功課，便拎著家丁剛剛捉回來的鯉魚前來。「祖父說他明天下午才回來，我晚上在妳家吃啊！」

「說得好像你晌午不是在這邊吃的一樣。」杜三妞遇過不少聰明人，也遇過耍小聰明的人，但是沒人試圖把他們的想法強加到自己身上，偏偏這個趙招弟就是這樣的人。從來沒顯擺自己有個好婆家的杜三妞，此時一把拉過衛若愉。「知道他是誰嗎？」

趙招弟有幾分眼力見兒，見和三妞同高的少年一身錦緞，便說：「衛家小少爺？」

「對。」杜三妞道：「他哥是我未婚夫，妳覺得我還需要去買葡萄釀酒賣錢嗎？」

趙招弟臉色驟變，紅了黑、黑了白，煞是難看。

杜小魚見此，拉著她出了三妞家，徒留衛若愉滿臉不解。

「什麼情況？她找妳買葡萄酒？」

「不是，一個自以為是的人，真不懂，她這種性子怎麼能在宮裡待這麼多年？」杜三妞接過魚。「我娘在地裡鋤草，你去找她摘幾根香菜，回來給你做糖醋鯉魚吃。」

衛若愉回想他剛進來時聽到的話，再一細想，猜出個大概。「宮裡規矩嚴，像趙招弟這類宮女沒機會在貴人面前講話，她家境又最次，到宮裡誰都敢欺負她，只要腦袋清醒，就會安安分分地等到年齡一到被放出宮。她能這麼快搭上小麥的爹，又這麼快嫁過來，說明趙招弟還有腦子。不過，她家和妳家情況不一樣，她爹娘把閨女當賺錢的工具，她就自然認為別人家也差不多。三妞姊，別氣啦，我去地裡摘菜，回來我們就做飯。」

「去吧！我才懶得跟她生氣，只是第一次見到這麼沒眼色的人。」太陽還沒下山，杜三妞就說要對方回去做飯的話，稍稍想一下也知她是在下逐客令。

衛若愉走後，杜三妞去門口的黃瓜架上摘了三條黃瓜，洗乾淨後用刀背拍碎，切斷了放盆裡。等衛若愉回來，她便調些蒜汁和切成段的香菜一塊兒淋在黃瓜上。

杜三妞家的麥子剛種下，草還沒長出來。晚稻田裡的草不多，丁春花便和衛若愉一塊兒回來，一回來便把少年趕到門口，她去燒火。「若愉，過兩年就可以下場考試了，別動不動往廚房裡鑽，被外人知道不好看。」

「大門一關誰知道啊？」衛若愉毫不在意，見杜三妞拿刀劃開魚背，問：「說好的糖醋鯉魚呢？三妞姊，妳明明做的是松鼠魚，又忽悠我不懂。」

杜三妞的手一抖，鋒利的大刀差點切著手。「如果做好了不是松鼠魚，若愉，把你的零用錢全部給我，可好？」

「我、我……妳那麼厲害，我一點頭，妳改做糖醋魚怎麼辦？」衛若愉平時只關注吃，很少問菜名，而他又經常在杜家蹭飯，一時也弄不清杜三妞有沒有做過糖醋魚。

杜三妞瞥他一眼。「真孬。」

「少用激將法激我。」衛若愉不上當。「我燒大鍋熱饅頭？」

「我來就好。」丁春花邊說邊衝他擺手。「出去玩去，做好飯我喊你。」

衛若愉好不容易逮到他哥不在的機會，哪捨得離開？搬張凳子，托著下巴坐在門口看他未來大嫂往魚身上抹綠豆粉和麵粉，放在鍋裡炸至金黃，撈出來待用，然後把鍋裡的油舀出來，留一點點油在鍋裡，加蔥花、蒜末爆香，再倒入糖、醋、黃酒、醬油和清水調好的糖醋汁以及少許綠豆粉收汁，最後把汁舀出來澆在炸好的魚上。

一道簡單的糖醋鯉魚，杜三妞做得那叫一個行雲流水，一氣呵成，放下勺子就問：「是松鼠魚嗎？」

衛若愉眨巴眨巴眼睛。「粗糙的松鼠魚。」

「你就嘴硬吧！」杜三妞點一下他的額頭。「洗手吃飯。」

「杜叔還沒回來。」衛若愉朝外看一眼。「今兒吃得有點太早。」都怪那個趙招弟，把他三妞姊氣得說做飯真做飯。「再等會兒吧？」

「等會兒就不好吃了。」丁春花舀了半盆溫水，遞給他一片皂角。「我們先吃，等他回來再做。」

「要我說，杜叔別去給人家蓋房子了。」兩人齊齊看過來，少年忙說：「三妞姊每年都做些酒賣，嬸子幫人家做喜宴，家裡還有地，賺的銀錢足夠用，何苦做那麼累的活？」

杜三妞笑道：「我爹閒不下來。」

「叫他跟嬸子一塊兒去給別人做喜宴啊！」衛若愉說：「妳伯母年齡大了，我見每次出去都是嬸子駕車，叫杜叔幫妳駕車也好啊！」

丁春花和杜三妞相視一眼。

「這好像能行。」杜三妞道：「我爹回來我問問他。」

杜發財不樂意，而丁春花一說她剁肉、剁骨頭有些力不從心，杜發財就改口說他考慮考慮，這一考慮就到了第二年開春，杜發財還是拒絕了。

倒春寒時丁春花生病了，恰好有人來請她做飯，杜發財的意思是叫她推了，但丁春花覺得小病而已，沒關係，便接了下來。

出發那天，丁春花的病還沒痊癒，杜發財不放心便跟著她一塊兒去，到辦喜事的人家裡時，人家見他一個大男人在一旁也沒說什麼，覺得很正常。

一頓飯做十幾道菜、六個湯，杜發財以前見他閨女做挺簡單的，瞧著妻子做完菜就不停地揉手腕，忍不住心疼，一回家就跟幾個姪子說他不再去蓋房子了。

杜三妞乘機又說迎賓酒樓的廚子都是男人，杜發財仔細一想，可不是嗎？心裡那點不自在瞬間消失，高高興興地和丁春花一起去給別人做喜宴了。

由於他的加入，丁春花和兩個嫂嫂也敢接離家較遠的活，結果導致杜三妞一年有一半時間在衛家吃午飯。

今兒十月初八，是衛若愉的生日，丁春花和杜發財照例出門工作，杜三妞等他們一走就去衛家，問衛若愉。「今兒想吃什麼？三妞姊都給你做。」

「長壽麵、蛋糕、紅燒肉，還有——」

「停！」杜三妞無語。「這麼多你吃得完？雞蛋糕幫你做，長壽麵晚上吃，紅燒肉少吃，太油膩。」

衛老年齡大，大夫和杜三妞都建議他飲食清淡，衛老雖說愛吃，但他想多活幾年見到曾孫子，所以這兩年很聽大夫的話。這樣一來，衛若愉和衛若懷兩人也只能吃清淡些。

衛若愉平日裡不挑食，但每逢家裡做葷菜，他總要吃個夠，如今杜三妞發話隨他點菜卻又限制他。「妳說話不算話！」

「你天天看書，難道沒看到唯女子與小人難養也？」杜三妞笑道：「若愉，你跟我講道理，傻了吧？」

「妳……」衛若愉噎得到處找衛若懷。「大哥，你管管她！」

衛若懷接道：「我還指望她早點嫁給我呢，可不敢管，萬一惹她不高興，你賠給我一個？」

衛若愉氣得倒仰，咬牙切齒道：「你能不能出息點？今天我生辰！」少年陡然拔高聲音。「你們就這樣氣我?!」

「是你太貪心，有蛋糕、有麵還要肉。」杜三妞白他一眼。「早知道就不問你，我做什麼你吃什麼。」沒有烤箱、沒有打蛋器，做蛋糕的時候很累人、很麻煩，杜三妞說完就吩咐廚房準備。

蛋糕蒸好時，已快到晌午。杜三妞自然不能做紅燒肉，便做回鍋肉，而且做回鍋肉比紅燒肉快多了，只須把肉片放到加了蔥段、薑片、花椒和黃酒的冷水裡煮，煮到肉變色，撈去浮沫後，再撈出來和蒜苗一起倒入鍋裡爆炒。

炒出來的肉肥而不膩，衛若愉嚐過之後，又嘀咕他三妞姊以前不做。

衛若懷真想給他一腳。「有得吃就不錯了！」

「不就怕累著三妞姊嗎？」衛若愉白他一眼。「只有你知道疼我三妞姊啊？」

衛若懷捋起袖子。

衛若愉登時嚇得躲到衛老身後。

杜三妞不厚道地說：「你是比你哥有出息。」

「三妞姊！」少年一下竄出來。

衛老伸手拽住他的衣服，笑道：「她激你呢！」

衛若愉的腳一頓，衝兩人瞪一眼。「不吃了！」扔下碗筷就走，走的時候不忘端走一盆蛋糕。

三人無語地笑了笑。

衛老嘆氣道：「本來想叫他明年下場試試，可這性子……」

「若愉明年才十二，再過三年也不晚。」杜三妞隱約記得宋明清時童試一年一次，亓朝的童試卻是三年一次，想到開國皇帝可能是位穿越人士，倒也不覺得意外。

「小麥明年能下場試試嗎？」

「我不建議他參加，考得不好難免會失去信心。」可是衛老一想到杜小麥家不太富裕，如果他能早點考中秀才，家裡就不需要再交稅，一時又拿不定主意。「妳問問他，把利弊和他說清楚。」

杜三妞點點頭，從衛家出來便去找杜小麥。杜小麥全家對他的要求不高，十八歲也就是可以說親之前能考中秀才就行，明年考不中還有兩次機會，所以沒有一點壓力。

之前衛若懷參加童試時衛老在建康府買了一處院子，第二年七月底，衛老就帶著衛若懷、衛若愉、杜小麥、杜三妞以及兩個小廝、婆子前往建康府。

杜三妞原本不想去，丁春花指著她的額頭一頓數落，杜三妞只能收拾包袱跟過去，充當廚娘。

因碰上秋闈，童試最後一場便提前開始，設在八月初，剛好是最熱的時候。

開考前一天，衛若愉瞧著外面天氣幾乎熱死人，不禁慶幸。「幸好我今年不參加考試！小麥，你真倒楣！」

「說得好像你下次參加童試不會趕上秋闈一樣。」杜三妞煮了一些綠豆湯送到書房。「別吃涼瓜，不准喝涼水，喝這個，東西都收拾好了嗎？」

「放心吧，姑父幫我收拾的。」杜三妞聽他這樣說瞬間變臉，小麥裝作沒看見。「姑父說明天送我去考場。」

「我才不關心你怎麼去！」杜三妞瞪他一眼，轉身出去。

杜小麥心中一慌。「我三姑生氣啦？今天晚上不會又不做飯吧？」

有次杜小麥開玩笑喊衛若懷姑父，衛大少很高興，送給小麥一枝筆，還主動指點他文章，自那以後杜小麥就喊他姑父；只是每次被杜三妞聽見，杜三妞一定變臉，接著就不做飯，只叫錢娘子做。

錢娘子做的也好吃，只是每天就那幾樣，不像杜三妞，一樣的食材她卻能做出不同的花樣。

衛若懷老神在在，絲毫不擔心。「你三姑那人刀子嘴、豆腐心，又識大體，你明天考試，她再生氣也不會在這時候和你置氣。」

杜三妞一個趔趄，差點倒在門上。她本來都離開了，想到廚房裡沒剩多少菜，便回來找衛若懷和她一起去買菜，沒承想卻聽到……杜三妞咬咬牙，真想裝作沒回來過，可是不得不承認，她的確怕小麥誤認為她真生氣了，繼而影響到明天的考試。

那，難道要找錢娘子陪她去買菜？

隨著年齡增長，見的人多了，杜三妞終於意識到她的臉很惹眼。這個時間點建康府到處是來自江南各地的考生，總會有那麼幾個不長眼、犯渾的，杜三妞不想平白惹是非，要出去晃悠，只有衛若懷這位三品大員的公子、王妃的姪子能鎮住場子，護她周全。

在門口等待片刻，聽裡面開始討論其他的事，杜三妞敲門，喊衛若懷。「陪我上街。」

「我去！」衛若愉竄出來。「大哥，你二十五日得考試，好好在家溫書。」說完，非常貼心地關上門。

「咳咳……」杜小麥不是第一次看到這種情況，然而無論發生多少次，每次看到總忍不住笑場。「姑父，再不去，我三妞姑眼裡只剩若愉啦！」

「你少幸災樂禍！」衛若懷瞥他一眼，拉開門拽住衛若愉的胳膊。「在家陪小麥，外面那麼亂，我沒工夫看著你。」仗著比衛若愉高一個頭，不由分說地把他推進屋裡。

衛若愉也知道如果在街上碰到地痞無賴，即便說自己是皇親國戚，就憑他稚氣未脫的臉也沒人買帳；但堂哥不一樣，一貫會裝，瞧瞧他三妞姊，多聰明的姑娘啊，但她至今還不知道他伯父、伯母為何會同意她和堂哥的親事。

可不是？和衛若懷自身利益相關的事，就沒有他算計不到的；然而和杜三妞一起出去，即便兩人已訂婚，他依然謹遵禮法，和三妞之間保持兩臂寬的距離。

杜三妞所料不差，她一出現在萬頭攢動的街道上就引起眾人駐足打量，不過眨眼間，便有那不長眼的人無視衛若懷上前搭訕，詢問姑娘家在何處、怎麼從未見過云云。

不等杜三妞開口，聽出對方口音不是建康府人士的衛若懷便順口胡謅道：「我們剛從京城回來，你沒見過也屬正常。」

搭訕之人愣了愣。「京城？」一板磚下來砸到三個人，兩個是朝廷命官、一個是皇親國戚的地方？「敢問這位公子貴姓？」收起欣賞的表情，十分鄭重地問。

衛若懷手中的摺扇一甩。「鄙人姓衛，不才正是衛炳文衛大人的長子，這位是我的未婚妻。」

「衛、衛大人？」說話之人心裡一咯噔。衛姓在二十年前還是個很普通的姓，自從衛老成為太子太傅，江南地界上的學子無人不知衛老是建康府廣靈縣人。調戲良家婦女調戲到衛老的孫媳婦？此刻連圍觀的路人都下意識收回視線，裝作忙碌的樣子，豎起耳朵聽衛公子接下來會怎麼說。

衛若懷不可能時時陪著杜三妞，衛若愉年齡小不頂事，他同三妞出來便打定主意向世人宣告杜三妞是他的人，不怕死的儘管碰她一下試試。

杜三妞發現停留在她身上、讓她感到不舒服的視線瞬間消失不見，不禁鬆了一口氣，無比慶幸她的未婚夫是衛若懷，換成普通的農家漢子，她能做的便是一輩子不來建康府，窩在廣靈縣旮旯裡不出來。

「是的，請問這位兄臺還有什麼問題？」衛若懷故意裝作很疑惑的樣子。

男子僵住，喃喃道：「沒、沒，只是覺得您和這位姑娘十分相配，在下、在下想問問這位姑娘家中是否還有未嫁的姊妹？」

「嗤！」不知從何處傳來一聲爆笑。

愣住的兩人反應過來，轉頭互看一眼，都看出彼此眼中的無語。

衛若懷已做好戲弄他的準備，話到嘴邊不得不換成——「謝謝，她是家中老么，兄臺恐怕要失望了。」

「唉……」男子只是隨口那麼一說，自然沒想過面前的姑娘真有姊姊或者妹妹，但演戲做全套，他還是裝作很可惜的樣子。「打擾兩位了。」

「沒事、沒事。」衛若懷將來是要出仕的，除非必要，能不得罪人就不得罪人，見其反應這麼快，又這麼有眼色，便多嘴一句。「兄臺是本地人？」

「不不不，我是吳州人，來此參加鄉試。」男子正想轉身走人。

衛若懷眉頭一挑。「原來如此，我也是回來參加鄉試。」想了想，道：「說不定你我還能分到同一考區。」眼底的壞笑一閃而過。

「你……」男子剛想說「你也是今年考生」，就看見衛公子身後，原本和他一起過來、聽到人家姓衛就悄悄往後退的幾個孬貨直衝他擠眉弄眼，無聲地說什麼「案首」、「案首」，不禁愣了愣。案首和他有什麼關係？瞧見衛公子滿臉疑惑，這才突然反應過來，難以置信地道：「您……您是上屆童試案首，衛、衛……」

「衛若懷。你知道我？」衛大少裝作很不好意思。

杜三妞靜靜地看著他繼續逗弄著已恨不得遁地的人，算是明白衛若愉為什麼總說他壞得冒泡，何止冒泡，她現在就想把衛若懷臉上的偽笑撕掉。「走吧！」拉一下他的衣服，再不走，晚上會被套麻袋。

衛若懷巍然屹立，輕輕拍一下三妞的手。「別急，我還不知該怎麼稱呼這位公子，說不定三年之後，你我還能同去京城參加會試。」

可是，林瀚並不想再遇到衛若懷！

三年前童試成績一放榜，比他小一歲的衛若懷是建康府案首，他被父親大人整整念叨一個月。昨日從家中出發時，臨行前他父親不是鼓勵他好好考，而是再次提起衛若懷今年也有可能參加鄉試，不知這次成績如何。

衛若懷就是他的噩夢啊！早知道這位主兒也這麼早來建康府，無論如何他也不出來浪；然而千金難買早知道，面對皇上跟前紅人的兒子，來人只能老實交代。「我叫林瀚。」

「吳州知州是你什麼人？令尊？」衛若懷身後傳來一陣抽氣聲。

杜三妞回頭一看，正是之前圍在林瀚身邊的幾人。

衛若懷看林瀚的表情便知道他猜中了。「沒想到是林家兄弟，林世伯近來可好？」

「好、好。」林瀚眼前一黑，險些暈倒，他居然還心存僥倖……衛若懷怎能如此機靈？

「衛兄弟，我剛到建康府，行李還未整理，先告辭了。」

「行李交給家人就好了。」衛若懷睨了一眼他身後的書僮。「祖父若是知道我在街上碰到林家兄長，卻沒請你去家中坐坐，一定會數落我的，林兄莫不是想看我被祖父訓斥？」

「哪兒的話。」酉時的天不熱，可是林瀚後背全是汗，額頭上更是密密麻麻的汗珠。

「衛老大人也在這裡？」

「是啊！」衛若懷微笑道：「我們在前面不遠處有處宅子。」

林瀚渾身一顫，頓時想死的心都有了。明明是京城貴公子，幹麼穿一身短打出來啊？不是這樣，他也不會以為衛若懷是個小老百姓啊！「不好吧？」

「我小時候在京城見過兩次林世伯，父親和世伯關係不錯，有什麼不好意思？就這麼說定了。」衛若懷不容他再繼續找理由，一錘定音道：「家中沒菜了，還得煩勞林兄和我們一起先去買菜。」

渾身像被抽乾了力氣的林瀚猛地瞪大眼。「你去買菜？」一看他身後的小廝拎著個菜籃子，真想給自個兒一巴掌！眼睛呢?!

「有什麼不對？」衛若懷反問。

林瀚搖搖頭，心想：非常不對啊！你可是衛家大少爺！大少爺！「那邊還有我的幾位朋友……」抬手一指，哪還有什麼人？

可惜衛若懷一回頭，身後空空如也，他稍稍一想便明白怎麼回事，故意皺著眉問：「林兄莫不是看不上若懷？」

「沒、沒有！」林瀚真想給他跪下了！娘的，這衛大少絕對有毛病！

衛若懷佯裝開心道：「那我們走吧！」率先越過他，在前面帶路，其實是實在忍不住了，在無聲地大笑。

三妞朝他胳膊上掐一下，暗示他差不多得了。

怎麼可能這麼算了？

衛若懷的確見過林瀚的父親，那時林大人在翰林院，來衛家向衛老請教學問，衛炳文與對方的關係的確不錯，然而那已經是十年前的事了。

隨著林大人外調，兩人的關係早就淡成點頭之交；只是林瀚實在大膽，他作為林大人的故人之子，今兒就好好幫林大人教教兒子，以免日後到京城衝撞了貴人。

衛若懷越想越覺得世上再也沒有比他更好的人了，林瀚能碰到他，不得不說，真是林瀚的福氣！

林瀚卻不這麼認為，在看見衛若懷和菜市場的小販討價還價時，再次證明他沒看錯，衛大少此人有病，病得還不輕！

衛若懷陪三妞去過廣靈縣，買菜對他來說真不算什麼難事。

杜三妞本打算買些蔥薑蒜和蔬菜，因衛若懷請林瀚回家，便又加買了些雞魚肉蛋。一到家，衛若懷便把林瀚帶去書房繼續戲弄他，杜三妞則去做飯。

衛老外出會友，今兒並不在家，所以杜三妞和衛若懷作為男女主人便坐在主位上，招呼林瀚。

「這個是松鼠魚，酸酸甜甜的；這個是清蒸排骨，這個是韭菜炒蛋，這個是魚香茄盒，但是並沒有魚肉。」衛若懷笑道：「都是些家常菜，我家廚娘做的，林兄別嫌棄。」

林瀚只聽父親說過幾次，想吃這些菜還得預約，結果到衛大少這裡全成了粗茶淡飯?!

衛若懷繼續說：「林兄別站著，快坐。」拿起酒壺。「家中只有果酒，林兄若是喝不習慣，我叫鄧乙去買些白酒來。」

「賢弟客氣了！」林瀚忙說：「果酒就很好。」

「林兄當這兒是自個兒家，喜歡吃什麼隨便挾。」衛若懷說著話，遞給他一雙公筷。

杜三妞當初為了給人家做喜宴，特意做了六張可轉動的圓桌，段守義見這種桌子用起來方便，請免費幫三妞做桌子的木匠也做了一批，隨著近幾年段家生意越來越紅火，迎賓酒樓裡用的桌子也傳至建康府。

林瀚昨天和建康府的好友碰面，對方就說請他去此地的迎賓酒樓吃飯，交談中不免提到可以隨意轉動的圓桌，由於得提前預約，他們預定的時間便定在三天後。

林瀚接下筷子，終於忍不住問：「賢弟家裡怎麼有這種桌子？不是說只有廣靈縣的木匠會做？」其實他更想問，衛家的廚子和迎賓酒樓的廚子是什麼關係？

衛若懷微微一笑。「林兄大概還不曉得，廣靈縣迎賓酒樓的小段老闆是我姊夫，而此地的段老闆是我大姨子的公公。」怕他不明白，特意看三妞一眼。

林瀚恍然大悟。「原來是弟妹的家人，難怪呢！我可得好好嚐嚐這個松鼠魚。」

「松鼠魚酒樓裡有賣，魚香茄盒只有我們家的廚娘會做。」衛若懷用公筷給他挾一個。「加鹽、胡椒、蔥花等調料的豬肉餡，放入沒切斷的兩片茄子當中，裹上雞蛋麵糊入油鍋炸至金黃，盛出來後淋上料汁，茄子外酥裡嫩，沾了芡汁的豬肉餡更是十分美味。他們說有魚肉味，便給起名叫魚香茄盒，反正我是沒吃出來。」衛若懷說著話時瞥一眼衛若愉和杜小麥。

有客人在，兩位少年裝作羞赧地笑了笑，眼巴巴望著林瀚：快點吃啊！三妞姊／三妞姑終於鬆口叫錢娘子多做些葷菜，你再不吃，我們可不客氣啦！

林瀚並沒看出他倆未出口的話，十分矜持地咬了一小口，細細品嚐一番，才說：「非常不錯，我還是第一次知道原來賣相不好的茄子還可以這樣吃。」

兩個少年不約而同地暗哼一聲：你不知道的還多著呢！見林瀚又挾了一個茄盒，快等不下去的兩人終於被允許拿起筷子，一個瞄準松鼠魚，一個筷子直伸向排骨。

杜三妞忍不住嘆氣。「先喝口湯，再吃青菜和肉。」

林瀚一聽，好奇道：「有什麼講究？」

在杜三妞做飯的空檔，衛若懷邀林瀚看他寫的文章，顯擺之際和他聊起今年鄉試可能會考到的內容，林瀚只顧著佩服衛若懷懂得多，聽他一席話，勝讀十年書，就沒發現衛若懷的小心思——這正是衛若懷的目的，不動聲色地讓別人認清自個兒有幾斤幾兩，別妄想不該想的！

此時林瀚已收起他身為知州公子的優越感，在衛家兄弟面前放低姿態。事實上，他也不想，但衛若懷的學問比他好，懂得比他多，連平時吃的、喝的也比他好上不只一星半點兒，林瀚又不是棒槌，不放低姿態也顯擺不起來。

「飯前喝點湯暖暖胃，只吃肉不吃青菜會上火。」衛若懷先杜三妞一步回答他。「林兄面前的綠豆湯還可解暑。」

「賢弟連這些也知道？」林瀚當真吃驚。

衛家出過好幾個進士，衛若懷的學問好，林瀚不意外，然而這樣的人不但親自去買菜，連魚香茄盒怎麼做都曉得，他腦袋裡到底裝了多少東西？

衛若懷很謙虛。「三妞和家鄉裡的丫頭、小子們說話時，我偶然聽到的，林兄若是仔細聽伯母講話，也許懂得比我還多。」

「可能吧！」林瀚心想：我母親懂得還沒你多呢！然而這麼自貶的話萬萬不能說。「先前賢弟說你們剛從京城回來是騙我的吧？」

「那時見你們好幾個人圍上來，以為你們不懷好意，就故意嚇唬你們。」衛若懷一臉抱歉。

他這樣反而搞得林瀚不好意思了。「也是為兄魯莽，賢弟莫自責。」

「林兄不怪我就好、不怪我就好。」衛若懷裝作鬆了一口氣的樣子，招呼道：「吃菜、吃菜！」

林瀚吃得揉著肚子回去。

衛若愉和杜小麥拉住衛若懷，異口同聲地說：「你可真厲害，明明是你話裡話外的顯擺，人家卻當你熱情好客！大哥（姑父），教教我，怎麼辦到的？」

「與生俱來的本事，你倆學不會。」杜三妞突然開口。

衛若懷準備好的長篇大論一下子嚥了回去，差點噎死過去。

兩少年愣了一下，反應過來後，噗哧大笑。「對對對，我們學不會！這是大哥（姑父）的看家本領！」最後四個字咬得格外重。

「再說一遍！」衛若懷的臉一下紅了，不捨得衝杜三妞發脾氣，只得揚起巴掌威脅兩少年。

仗著杜三妞在身邊，兩人根本不怕他，衝他做個鬼臉就跑。

衛若懷氣得瞪眼。「三妞，妳看他——三妞？」

杜三妞頭也不回地回房間了。

# 第十九章

翌日，天未亮，杜三妞便起來做油旋兒給杜小麥帶著。小麥自小便和三妞親近，這次院試他家人沒來，由衛若懷和杜三妞送他去考場，少年非但不覺得失落，抱著一包餅，興沖沖地遞給衙役檢查，那個開心的小表情，在一堆無比緊張的學子中間格外扎眼。

衛若愉瞥他一眼。「他怎麼不怕挨揍呢？」

杜三妞笑道：「若愉，有些人的學問明明很好，但是一到考試就落榜，其實沒別的原因，就是緊張，將來你參加童試若能像小麥這樣，准能考第一名。」

「那當然！」衛若愉抬抬下巴。「咦？衙差幹麼往這邊看？難道小麥的行李有問題？」說著看向他哥。

衛若懷道：「小麥的行李絕對沒問題。」話音落下，就見衙差把行李還給從小屋裡出來、通過身體檢查的杜小麥。

衛若愉吁一口氣。「嚇我一跳。」

「他們估計認出你了。」杜三妞想了想。

衛若懷點點頭。「這邊的迎賓酒樓不賣油旋兒，除了段家，只有我們家會做，消息靈通點的衙差稍稍一想便能猜到小麥是我們家的親戚。這樣也好，考場裡巡視的衙差即便不照顧他，也不會刁難他。」

院試有三場考試，連考兩天，第一天的第一場考試在下午進行，第二天考兩場。杜三妞算著時間和衛若懷一起出府買菜，回來時繞到考場門口，還不到一刻鐘就看到杜小麥揹著箱籠出來，左顧右盼，瞧見樹蔭下的兩人，忙不迭地跑過來。

杜三妞拿著手絹幫他擦擦額頭上的汗水。「怎麼樣？」

「我都會寫，三姑姑，我一定能考中秀才！」杜小麥說著往四周看了看，附近雖沒人，依然壓低聲音說：「好多題目姑父都和我講過。」

杜三妞心裡一咯噔。「一模一樣？」

「怎可能啦！是差不多。」杜小麥崇拜道：「姑父太厲害啦！」

杜三妞卻不這麼認為。「你怎麼知道會考哪些內容？」

「我不知道啊！」衛若懷笑咪咪地說：「但是我有近三十年來各地童試的試題。」

杜三妞腦海裡浮現出八個大字——《五年高考、三年模擬》，原來從這時候就有……不對！「等等，考試結束後，試卷不是都會統一封存起來？」

「祖父擔任過幾次出卷人和閱卷人。」衛若懷道：「每年出題的那些大人都會看歷屆考試試題，以防出現重複的題目。祖父書房裡就有兩本書，專門記載著各地區的試題。」

「兩本書?!」杜三妞難以置信地驚呼道。

衛若懷點點頭。「去年父親又令人送來一本。」

「所以，小麥，那些題目你全背下來了？」杜三妞希望他點頭，又想聽他說不。

「姑父幫我畫出了重點。」杜小麥道：「姑父今年還能考中解元吧？」

「那當然。」杜三妞白他一眼。「他有那麼多試卷。」虧得她當初還以為衛若懷很厲害，沒承想這人居然背試卷！

可是衛若懷卻搖搖頭。「院試的題目可以死記硬背，鄉試卻不行，除了《論語》、《中庸》、《大學》、《孟子》各一文，還有五言詩一首、經義四首以及策問，答案要是出現和人家的一模一樣，那就是抄襲，成績會被取消的。」

「這麼難？」杜小麥瞠目結舌。

杜三妞側目。「怎麼？你還想著繼續背題？」

「哪有。」就算有，杜小麥也不敢承認。「我都不知道鄉試考什麼。」話鋒一轉，說：「三姑，鄉試這麼難，姑父若是還能中解元，妳是不是就同意嫁給他啦？」

「我、我什麼時候說過不嫁給他？」杜三妞轉向衛若懷，嚴重懷疑是他叫小麥問的。

衛若懷一臉無辜。「我沒講過。對了，小麥該餓了吧？我們趕緊回家叫錢娘子做飯。」

「可是，我想吃三妞姑做的啊！」杜小麥收到姑父的眼色，拉著三妞的胳膊。「三妞姑，妳不知道，考場裡的飯可難吃了，米粥裡只有幾粒米，說好的白麵饅頭其中有一半是豆麵！還有啊！菜裡面沒有一點油！幸虧有妳給我準備的油餅。」

杜三妞明知他故意轉移話題，一聽這話，仍是忍不住心疼。

杜三妞一到家就鑽進廚房裡，叫錢娘子把雞和魚燉上，她著手做不黏盤、不黏匙、不黏牙的三不黏，卻不知杜小麥此時已被衛若懷叫到了書房去。

「你的話可屬實？」

杜小麥的腦袋一點，見衛若懷的表情突然變得異常嚴肅，心中一突，惴惴不安地問：「有、有問題嗎？」

「和你沒關係，小麥，別擔心，大哥不是衝著你的。」衛若愉說：「你有所不知，以前出現過家貧的考生在考試期間餓暈，吃不乾淨的東西拉肚子等情況，後來國庫充裕，朝廷便規定考試期間考生的飯菜由當地衙門提供。每位考生每頓飯的飯錢是二十文，開考之前發放到各地設有考點的衙門。」

「二十文！這麼多？」杜小麥還是第一次聽說。

衛若懷接道：「按照京城物價，一大碗公白米飯、一個雞蛋、一碟有二兩豬肉的菜，和一碗湯，足夠一個成年人吃飽。」

「可是我都沒吃飽啊！」杜小麥說出口，意識到情況大大不對，試探道：「姑父的意思……他們貪污？」

「何止貪？若情況真屬實，至少昧下大半！」衛若愉咬牙道：「這群喪盡天良的！大哥，要不要告訴祖父？」

衛若懷搖頭。「祖父最好不要知道，朝廷選才出了紕漏，這事我們家不便插手，你倆也裝作不知道。」頓了頓，說：「玩去吧！我給姑母寫信，由她的口告訴姑父最好。」

杜小麥的腳一頓，想一想，問：「不會牽扯到皇子吧？」其實他更想說的是，會不會和太子有關？

「牽扯到皇子也不會扯上大皇子和太子。」衛若懷對太子不是很瞭解，但衛老不止一次稱讚太子是位明主，衛若懷便能肯定，太子愛財也不會動考生的這筆銀子。

「那就好。」杜小麥怕因他多嘴扯出大皇子，皇帝一怒再令下面官員嚴查，繼而連累到衛家。「若愉，我們去看三妞姑在幹麼。」

衛若愉看他哥一眼，衛若懷微微頷首，他在書房裡也幫不上什麼忙，便同杜小麥一起去廚房。

杜三妞正在攪拌加了綠豆粉、溫糖水的雞蛋黃，兩人正想問她是不是攤煎餅，就見她把蛋黃液倒入熱油鍋裡，迅速攪動，等蛋液凝固後，慢慢往鍋裡加融化的豬油，又是一番攪動，把蛋糊炒至金黃不再黏鍋方停止。

杜小麥看了看鍋裡的雞蛋，又看看揉著手腕的杜三妞，有些不捨得說她，可兩人關係近又玩不來虛頭那一套。「這就是妳說的三不黏？明明是加了很多油的雞蛋羹啊！」

「錢娘子，給小麥做一碗雞蛋羹。」杜三妞也不反駁，張嘴說出這麼一句。

杜小麥瞬間蔫了。

衛若愉不厚道地笑道：「叫你質疑你三妞姑！臭小子，欠收拾是不是?!」

杜小麥撇嘴，還是覺得三妞做的是雞蛋羹，待晚飯吃到他所謂的雞蛋羹後，立馬改口。

「我們明天晚上還吃這個嗎？三妞姑。」

「你什麼時候回去？」杜三妞不答反問。

杜小麥一愣，猛地想起。「明天……有時間嗎？」這是問衛若懷。

衛若懷道：「鄧乙天天都有時間送你，小麥，但我建議你多待幾天，一來秋闈結束後縣裡的書院才開課；二來這邊考生多，明天你和若愉兩個去酒樓或茶館裡坐坐，聽聽人家都聊些什麼。」

「但……我來的時候和我爹說好明天回去。」杜小麥猶猶豫豫道。

衛若懷說：「這個簡單，叫鄧乙明天回去一趟，也順便拿幾件厚衣服來，我估計到月底天就該變涼了。」

八月初正值秋老虎，動一下就汗流浹背。院試成績放榜，杜小麥三場的綜合成績排在本屆童試第七名，喜報送到杜家村那日天已開始轉涼，卻擋不住村民們的熱情，紛紛到小麥家中叫他父親置酒慶賀。

村長曉得依照小麥拿到這樣的成績，回來後一定還會繼續讀書，便建議大家都拿出點錢來，別叫小麥一家出錢辦酒。

村民自然願意。

當初和衛若懷一起參加童試的兩人都考中了秀才，但名次很靠後，兩人的年齡又比衛若懷大，那時衛若懷是案首，衛家人都沒大肆慶祝，兩人的家人想慶賀一番也不好意思。

今年杜小麥只有十二歲，名次又在這麼前面，衝著小麥和三妞家的關係，衛老絕對會時不時地給小麥提點，三年後的鄉試未必沒有杜小麥的一席之地。

杜小麥若是真能中舉，十五歲的舉人老爺？村民一想想就激動，與有榮焉呢！

就在杜家村熱火朝天地慶祝村裡又多一位小秀才之際，杜小麥也在衛家待了二十天；再過兩天便是秋闈，小麥沒再說要回去的話，二十四日上午和杜三妞一起送衛若懷出門。

秋闈總共三天，和童試時不一樣的是，秋闈得提前一天入場，所以衛若懷帶的東西比三年前多兩成，箱籠裡塞得滿滿當當。

在他順利通過檢查時，太子也核實了大皇子告訴他的事情，真有人膽大包天地動考生的飯錢；不過他沒把這事捅到皇帝面前，而是吩咐暗衛偷偷探查證據。

考卷收上來之後交由專人抄錄，封上籍貫姓名再交予閱卷官員批改，即便監考和閱卷官員都認識衛若懷，但因所有試卷的字跡都一樣，他們長著火眼金睛也不知哪份是衛若懷的試卷。

也因衛老就在建康府，衛若懷是考生之一，縱有那膽大包天之人也不敢在考題上弄鬼。江南士子們沒聽到舞弊的風聲，等到成績出來，不出眾人所料，衛若懷是江南地區解元，建康府又把衛若懷的試卷貼出來，江南士子們無不心悅誠服。

這時已是這一年的九月中旬，杜三妞十六歲的生辰早已過去。喜報傳來之後，衛老就去隔壁和杜發財夫婦商量兩個孩子的婚期。

衛家不同於段家和趙家，杜發財便問衛老。「您希望他倆的婚事在這邊辦還是在京城辦？」

「我當然希望在這兒。」衛老笑道：「可是若懷的父親估計沒法過來，所以我的意思是在京城辦，三妞早晚得去京城，也順便見見人。」

「那您老……」丁春花臉色微變。「不過去嗎？」

衛老無所謂地說：「沒關係，我天天吃三妞做的菜，還在乎那一杯茶嗎？」頓了頓。「叫若懷買座院子，你們和三妞住那兒，可行？」

「這有什麼行不行的？」丁春花只在乎閨女將來過得好不好，衛著衛若懷能幫她家劈柴、挑水，三妞的日子一定會很幸福，她也不在乎這些虛的。

衛老笑道：「我給若懷的父親寫信，叫他請人幫兩個孩子算一下日子？」

「您作主就好，還能虧待了三妞不成？」杜發財說著一頓。「今天在我家吃飯吧，我去縣裡買些菜。」

衛老點點頭，杜發財就牽著毛驢上廣靈縣。杜家村離廣靈縣也就五、六公里，剛到午時杜發財就回來了。

衛若懷一見他老丈人拎著大包小包，皺眉道：「杜叔，買這麼多幹麼？天熱不能久放。」

「剛進城就碰到你大姊夫，聽說衛叔在我們家吃飯給我的。」杜發財隨手把東西遞給衛若懷就往屋裡去。

杜三妞機靈地跑去廚房做飯，把堂屋留給幾個長輩，也許和衛若懷太熟的緣故，聽到兩家長輩討論他們的婚期也不覺得不好意思。

杜三妞見一包海鮮裡面藏著一條鯿魚，想了想，便著手做孔雀開屏。這道菜杜三妞從未做過，但她前世去廚房察看時幫大師傅嚐過兩次味道，也順口問了幾句。

當時用的魚據說是武昌魚，對杜三妞來說無所謂，做給自家吃，能做出孔雀開屏的樣子就成。

鯿魚殺洗乾淨，從腹部朝背部均勻地切條，但腹部的位置不能切斷，隨後抹上胡椒粉醃一刻鐘。在這其間，杜三妞切了些蔥薑擺在盤子底部，然後把醃好的鯿魚擺成孔雀開屏的樣子，再擺上紅茱萸果和青黃瓜段用來裝飾，最後撒上黃酒、鹽水後放鍋裡蒸。

丁春花在堂屋裡嘮嗑，衛若懷燒火，衛若愉便給三妞打下手，見魚真像畫本裡的孔雀開屏，少年眼都直了。「大哥，你上輩子做了多少好事啊？」見衛若懷不解，又說：「你將來不做官，憑三妞姊這手藝也能養活你！」

「我可沒你這麼沒出息，等著三妞養活。」衛若懷不屑地看他一眼。

衛若愉舉起拳頭就要揍他。

杜三妞看似不經意地說：「若愉，螃蟹清蒸還是紅燒？」

少年一聽這話，便顧不得他哥。「我喜歡吃清蒸的。」

杜三妞快速把六隻螃蟹綁好放到鍋裡，又指了指大蝦。「這個呢？」

「油燜好啦！」衛若愉見杜三妞做什麼都先問他，得意地衝衛若懷挑了挑眉：看見沒，我三妞姊還是最疼我！

衛若懷懶得搭理他，午飯後，回家就讓衛老給京城寫信。

衛炳文接到信時正忙得腳不沾地，眼底一片烏青，見他兒子居然閒得想娶媳婦，別提多心塞。

衛若懷接到的回信不是婚期，而是他父親一本正經地數落他不思進取，又舉例證明杜三妞多麼能幹，兒子不如媳婦等等；末了不忘再說一遍，大丈夫當先立業、後成家，想娶妻？考上進士再說！

「他沒病吧？」衛若懷把信翻來覆去看了好幾遍，是他父親的字沒錯，這口吻也像顛倒黑白時的衛大人。「家裡出事了？」

衛老聳肩。「我天天待在這小山村裡，你問我，我問誰？」

「我該怎麼和三妞說？」衛若懷頭疼。

衛老道：「實話實話，三妞那丫頭可不傻；不然，你把信給三妞，叫她自個兒看。」

「就我父親這犯病一般的口氣？」衛若懷連連搖頭。「家醜不外揚，算了，給他留點面子。」

衛老失笑道：「三妞還等著你娶她呢！」

「您老又不幫我說和，管這麼多幹麼？」衛若懷收起信，想了想，還是選擇去找杜三妞。其實他也不想，可是差役來送信的時候被杜三妞看見了；然而他剛到杜家，還沒來得及開口，丁春花就問了。

「日子定在哪天？」

衛若懷眼前一黑，果然！「嬸子，實不相瞞，我父親，他……他嫌我配不上三妞。」

「別說笑了。」丁春花好笑道：「我們還得趕緊給三妞置辦嫁妝呢！」

衛若懷嘆氣。「真的。」信紙總共有三張，但衛若懷只抽出中間那一張。「父親說三妞會賺錢、會釀酒、會做飯，而我只會讀書，不過考中舉人就想著娶她，簡直癡人說夢，不信叫她唸給妳聽。」把信遞給三妞。

丁春花面色古怪，上下打量他一番。「確定不是你父親故意找藉口拖延？」

「不可能！」衛若懷脫口而出。

杜三妞側目。「你怎麼這麼肯定？」

衛大少不自在地揉揉鼻子。「他喜歡吃妳做的飯。」頓了頓。「上次我和若愉回去，他就要給我們兩個廚子，換錢娘子一家回京，我沒理他。」

「所以，伯父才不同意我倆的婚事？」杜三妞瞬間明白了。

丁春花也跟著點點頭。

衛若懷的臉一熱。「不會的，咱倆一輩子的大事，父親哪會因為兩個廚子故意從中作梗？可能是我又不知道什麼時候……」

「惹怒他？」杜三妞替他說：「你也是滿厲害的。」

衛若懷攤攤手，有個時不時亂來又小氣的爹，他也很絕望。「嬸子，妳放心，我一定盡快找出原因。」

「不急。」杜三妞也不想這麼早成親。「別又弄巧成拙，等伯父氣消再說吧！」

丁春花深以為然。「剛好我們也有時間給三妞準備嫁妝。」

「對了，你姨母說咱倆成親之前她會再過來一趟，她也沒來。」

杜三妞此言一出，衛若懷才意識到不對，他每次寫信回京，回信裡總會夾著一張他母親的信，這次居然沒有？

仔細回想一下，確定真沒有，衛若懷心中一慌，面上卻故作淡定。「我再寫封信回去問問怎麼回事，大概被家裡的事耽擱了。」

「也好。」杜三妞點點頭，餘光瞥到她娘想說話，拉一下丁春花的胳膊，等他人走了才說：「我覺得京城估計出事了，衛大人怕他們擔心，才用婚期轉移他的注意力。」畢竟是兒子的人生大事，而且衛若懷也不小了，十七歲大的小夥子，衛炳文若不同意，一早就會反對，萬萬不會等到這個時候。

四月分的時候，皇帝生了一場大病，大概感覺到真老了，開始把太子一派的官員提上來，比如在吏部侍郎位置上一待八年的衛炳文，便被調到戶部任戶部尚書。

戶部掌管土地、戶籍、賦稅、官員俸祿等事務，皇帝把全國的錢袋子交給太子，其他皇子不敢明面上跟皇帝對著幹，卻敢給衛炳文穿小鞋。

假如衛炳文折進去，皇帝非但不會責怪坑他的皇子們，還會覺得衛炳文的才能不過爾爾；可想而知，衛炳文在戶部有多艱難。

在給衛老的信中，衛炳文向來報喜不報憂，以致衛若懷至今還不知道他爹高升了。

林瀚等人卻知道，所以在聽到衛若懷自報家門時他們才會那麼孬；沒想到衛若懷確實不知，林瀚又覺得沒有必要明晃晃說出來，就這麼錯過了。

衛若懷說要寫信回去，其實是問他在京城的好友。

等待的日子對衛若懷來說相當漫長，每每想到家裡有可能出事，就會忍不住煩躁，偏偏又不能讓祖父知道，導致衛老誤會他太沈不住氣，只是晚點成親而已，又不是婚事吹了。

十月初十，衛若愉的生日剛過兩天，衛若懷還沒收到京中好友的回信，衛老就吩咐丫鬟、婆子。「收拾些行李，我和若懷、若愉出去住一段時間。」

衛若懷也知自己情況不對，張了張嘴，想說什麼最終還是沒說，轉身去隔壁向杜三妞告別。

杜三妞聽說他們要去嶺南，小年夜之前回來。衛老的門生遍布天下，杜三妞倒也不擔心。「常聽人說讀萬卷書不如行萬里路，你是該出去看看。什麼時候走？我做些吃的你們帶著，現在天涼，不用擔心一時吃不完壞掉。」

「隨便做吧！明天一早走。」衛若懷沒心情吃。「過幾天可能會有京城的來信，先幫我收著。」

「好！」杜三妞應下，隨即同他一起去隔壁，叫錢娘子和麵，下午做饊子。

衛若懷即將遠行，杜三妞一家晌午就在衛家吃飯。

飯後，衛若愉衝杜三妞眨眨眼，三妞笑盈盈地跟著他出去，問：「做什麼？」

衛若愉帶杜三妞去他房裡，把蜂蜜、麥芽糖等物全給她，癟著嘴巴說：「祖父不准我帶，大哥也不准我多吃。」頓了頓，拜託道：「幫我做成好吃的吧？」

杜三妞點點他的額頭。「你正換牙，不能吃這麼多糖。」說完轉身就走。

衛若愉伸手攔住她。「我不自己吃，分給大哥一點。三妞姊，妳就行行好吧！」

杜三妞瞥他一眼，少年立馬裝作無辜地眨了眨眼睛，杜三妞噗哧樂了。臭小子，居然學會賣萌！「行，給你做糖糕吃。」

糖糕的做法十分簡單，麵粉加入沸騰的開水，用筷子把麵粉攪成麵團，再分成一塊塊，裹入白糖，用手心按壓成圓形，放到油鍋裡炸至金黃即可。

至於蜂蜜，被杜三妞沒收了，但是她又用麥芽糖做了一盆糖耳朵，用油紙包好放在衛若愉的行李當中。

衛老見衛若愉車裡裝滿半車吃的東西，非常無語，他們明明出遠門，怎麼被他整得像郊遊？

衛若愉不知祖父的煩惱，不知兄長的擔憂，自然認為這次出去和以往一樣，看看風景、會會朋友，嚐嚐各地的特產就回來。

到陌生的環境裡，衛若懷身為衛家未來的繼任者，白天得繃緊神經應付各種認識、不認識的人，晚上要照顧老祖父、看住精力充沛的小堂弟，累得他沾著枕頭就睡，果然暫時忘記京城的事。

不知內情的衛老非常佩服自己，暫時讓他和三妞分開果然無比正確，等到衛若懷眉宇間的煩躁徹底散去，衛老就大手一揮，回家！

到杜家村的這日是十二月十九，衛若懷跳下馬車就往三妞家去，可他還是慢了一步，進門就聽到衛若愉嘰嘰喳喳地和杜三妞顯擺路上所見所聞。
「一邊去！」衛若懷伸手拽開他。
杜三妞後退兩步。「你的信。」
到嘴邊的話猛地嚥了回去，衛若懷不禁咳嗽幾聲。「怎麼……怎麼有兩封信？」
杜三妞搖頭。「我也不清楚，上面這封是昨天到的，很像伯父的字跡，但驛站的差役送信的時候說，今年京城沒有送年貨來。」
自從衛老回來後，每到臘月中旬，京城總會送來幾車年貨，三妞和衛若懷訂婚後，杜家也會收到一車京城衛家送來的年貨；而今年再過十天就過年了，信到了，年貨卻不見蹤影，即便是丁春花也多少猜到京城衛家真是遇到事了。
衛若懷一聽，都沒等回家，接過信就拆開。
杜三妞緊盯著他，誰知卻看到衛若懷先是瞪眼，繼而皺眉，末了又苦笑，搞得杜三妞搔耳抓腮，忍不住問：「到底怎麼回事？」
「父親罵我不孝。」衛若懷說這話時卻是笑的，見若愉踮起腳尖，衛若懷朝他腦門上拍一巴掌。「都是你害的！」
「嗤，豈不知是你幹了什麼好事，又叫我揹黑鍋！」衛若愉見他還有心怪自己，便知道沒什麼大事，白他一眼。「三妞姊，我給妳買了好多禮物，在外面車裡，我們一起去拿。」
衛若懷抬腳想跟上去，一看還有一封信沒拆，不得不停下來，拆開好友的信，這麼一看，衛若懷可算全明白了。

原來是四個月前太子命人查考生飯錢一事，先叫人查京城、山東等地的童試考場，不出衛若懷預料，這幾處也出現考生吃不飽的情況。

童試不同於鄉試，童試多是少年人參加，鄉試多是青年人，監考衙門不敢在鄉試上弄鬼，便衝童子們下手。參加童試的考生勢單力薄，實難鬧起來，若不是遇到能直達天聽的衛若懷，估計明年這種情況還會繼續發生。

太子拿到證據後直接呈給皇帝，在皇帝問起科舉選才重地江南那邊的情況時，太子搖了搖頭。「時間短，兒臣的人還沒查到江南。」

皇帝一聽，便讓太子退下，派人前去江南察看。

皇帝插手，地方官員惶恐不安，沒多久就抖出幕後之人是三皇子，隱隱還有四皇子的手腳。皇帝震怒，士子乃國之根本，地方官員這樣做無疑在刨樹根，而坐在樹梢上的人正是皇帝，下面稍微一晃，皇帝就有可能摔下來！

這不，剛剛痊癒的皇帝又一次被氣得出氣多、進氣少，便令太子暫理朝政。太子手下能人不少，沒到最後一刻他不會亮出底牌，導致明面上能用的人不多，其中官職最高的文臣便屬衛炳文，衛炳文忙得喲，連杜三妞的食譜也拯救不了！

等到第二年開春，衛炳文整整瘦了兩圈。

皇子們越發等不下去了，京城動盪不安，衛炳文不准衛若懷和衛若愉回去，衛若懷和三妞的婚事也因此耽擱下來。

衛家二少雖然想爹娘，也知伯父是為他好，不哭不鬧就是纏著杜三妞，只要衛若懷一瞪眼，少年就癟癟嘴，泫然欲泣。「也不知道父親和母親怎麼樣了……」

十二歲的衛若愉看似不小，在杜三妞眼裡卻還是個孩子，反觀衛若懷只有十八歲，卻比杜發財高半個頭了，每當這時，被杜三妞訓的人總是衛大少。「能不能別欺負他？」

衛若懷百口莫辯，只能說：「好好好，最後一次，沒下次。」三妞看不見時，就衝衛若愉揮揮拳頭：小子，給我等著！

少年毫不畏懼地挑了挑眉，大哥只會虛張聲勢，有種打他啊！

衛若懷倒是真想逮著他揍一頓，然而杜三妞把他當親弟弟，縱然給衛若懷十個膽子也不敢真揍下去，只能過過嘴癮；不過，君子報仇，十年不晚，未來弟妹一定很想知道若愉兒時的事……

天高皇帝遠，無論衛若懷在杜家村怎麼做，衛炳文都管不到他；反之，等京城的消息傳到杜家村，天下百姓也都知道了。

衛炳文在信中提到京城情況複雜，消息閉塞的衛若懷便老老實實守著祖父和堂弟過日子，順便等父親的消息，而這一等，就到了隆冬時節。

臘八過後，廣靈縣的差役送來一封信，衛若懷見今年依舊沒有年禮，信沒拆開就知情況不妙；可他作夢也沒想到，皇子們太能蹦躂，今天你給我一拳，明天我捅你一刀，恨不得搞死血脈相連的親兄弟。老皇帝傷心之餘，開始召見親信大臣商量退位之事。

衛炳文的意思是，假如皇帝真能放手，待明年太子登基，必然會開恩科。衛若懷當務之急要做的是好好看書，迎接提前到來的會試。

新帝開恩科的部分原因是替自個兒選才，慣會鑽營的衛大少還想著高中之後向皇帝求情，准許他來江南任職，自然不會放過這難得的好機會。

翌日早上，衛若懷令鄧乙去廣靈縣驛站送信，一封給他父親，一封給他姑母，請姑母幫他在城中買一處宅子，直言要留給杜家人上京時居住。

得益於杜三妞的食譜，大皇子的酒樓這些年賺得盆滿缽滿。衛家附近住的都是朝廷命官，在皇宮周邊買宅子不現實，於是王妃就在東南方商賈、百姓居住的地方買一座兩進院子，算是送給兩人的新婚賀禮，令丫鬟、婆子打掃乾淨後，又留兩個婆子看門。

衛若懷所做的一切，杜三妞都不知道。

眼瞅著過完春節杜三妞就要邁入十八歲，杜小魚的孩子都出生了，丁春花也開始著急，和杜發財嘀咕。「京城衛大人到底什麼意思？不方便進京就讓他們倆在這邊辦啊！一直拖著，得拖到什麼時候？」

「隔壁沒開口，妳要我去問？」杜發財連連搖頭。「我閨女又不是嫁不出去；再說了，若懷房裡連個伺候的丫鬟都沒有，不需要我們說，他也忍不住。」

「你、你說什麼葷話呢！」丁春花反應過來，臊得臉通紅。「衛叔又不是外人，你跟他說說他又不會嘲笑你、看不起你。」

「娘還怕若懷高中後娶別人不成？」冬天冷，杜三妞坐在房門口曬太陽，兩人自認為聲音很低，殊不知已被三妞聽得一清二楚。「若懷又不是一朝得勢就拋棄糟糠之妻的人，他雖說這些年不在京城，但之前每年都回去兩趟，什麼樣的大家閨秀、小家碧玉沒見過？可他還是堅持來我們家提親，你們啊，把心放肚子裡吧！」

丁春花嘆氣。「妳說的這些我何嘗不曉得？可我們家和衛家差太多，你倆只要一日不成親，我就忍不住跟著擔心啊！」

「嬸子無須擔心。」衛若懷一到杜家門口隱隱聽到院裡有人講話，猛地想到多年前第一次來杜家聽到的那些話，他便先在門口站一會兒，直到丁春花拔高聲音，他才推門。「我過來就是和你們商量去京城的事。」

「現在？」丁春花一驚。

衛若懷笑道：「哪能說走就走？」隨即把開恩科的事同三妞一講。「父親信上是這麼說的，即便皇上不退位，最遲明年中秋節，我們也要一塊兒去京城。房子已經買好，嬸子，到時京城那座院子就換成三妞的名，你們權當那兒是自己家。」

「這、這怎麼成？」丁春花心虛又羞愧。

衛若懷道：「當我給三妞的聘禮。三妞，妳看呢？」

杜三妞才不跟他客氣。「不要白不要！」

衛若懷笑了笑，他就喜歡三妞這麼不做作。

怎奈計劃趕不上變化，年初五縣裡傳來新皇登基的消息，丁春花慌了神，忙不迭地去找衛老。「是不是要開那什麼恩科？我們現在去京城，家裡的地怎麼辦？」

衛老抬抬手。「三妞娘，別急，等若懷他爹的信到了再說。地讓三妞大伯幫妳種，就算不開恩科，你們到京城也把三妞和若懷的事先辦了，說不定你們過兩個月就回來了。」衛老想了想。「別帶太多行李，東西不夠用到京城再置辦。」

丁春花道：「我知道，衛叔，不會給若懷丟臉的。」到家就把帶有補丁的衣服挑出來，撕開留著納鞋底。

第二日，丁春花領著三妞去二丫店裡。

有道是背靠大樹好乘涼，趙存良有衛若懷這麼個連襟，甭說同行不敢惡意打壓他家布店，縣太爺見到他也會停下來寒暄幾句；而且自從段家的生意越做越大，連帶地趙家的生意也比之前好上許多。

杜二丫的婆婆剛好在看店，聽丁春花說要買布給杜三妞做幾套衣服帶去京城，趙婆子大手一揮。「三妞的衣服我包了！」
據說京城什麼東西都貴，丁春花想留著錢到京城用，也沒跟她客氣。「三妞，快謝謝妳伯娘。」
「謝謝伯娘。」杜三妞微笑道。
趙婆子看到她臉頰上的小酒窩，心情很舒暢。「我以前就和二丫說，咱們家三妞有福氣，妳爹娘的好日子在後面呢！這才幾年啊！一眨眼三妞都成官太太了！」
「伯娘說笑了，若懷只是舉人。」杜三妞佯裝羞澀地笑了笑。
趙婆子一邊把店裡最好的布拿出來，一邊說：「甭謙虛了，最近大家都在傳老皇帝退位後，新帝上臺一定開恩科。我們家小姑子的兒子，最近哪都不去，就窩在房裡看書。」頓了頓。「說不定明年這時候看見妳，我還真的要喊一聲官太太呢！」
丁春花笑笑，沒回應也沒反駁，以後的事誰也說不準，萬一老皇帝一覺醒來又捨不得那至高無上的帝位，找新皇帝要回來……現在想再多也是白搭。
然而丁春花卻不知，新帝早已羽翼豐滿，連新帝登基的消息都傳到江南了，即便老皇帝突然變卦，新帝也不會答應的。
事實上，新帝也沒讓全天下翹首盼望著他開恩科的學子失望。
新帝登基這一年被稱為始元元年。元年二月二的早上，一道寫著恩科將在六月二十四日舉辦的聖旨飛往大江南北，接到消息的全天下舉人立刻收拾行囊趕往京城。

衛家提前接到消息，早早便已收拾好，聖旨一到廣靈縣，丁春花就把家裡雞鴨賣掉，驢和牛、羊以及田地暫時託給三妞的兩個大伯看顧。

二月初九早上，杜家三口到衛家時，丁春花見衛老坐在馬車上，踉蹌了一下。「您老也去？」

「我當年可不是掛名的太傅，真教過新帝幾年，為了面上好看，今上也會叫我回去。」衛老老神在在道：「當年太上皇怕太子按捺不住逼宮，所以我請辭回鄉，他老人家就准了，誰能想到最後等不及的人會是其他皇子？只能說，人算不如天算，一切早注定。」

「當初新皇年齡不大等得起，又有強大外家，他只要老老實實做他的太子，皇位自然是他的。」杜三妞道：「新皇那麼精明的人，怎麼可能不懂這個道理？太上皇杞人憂天了。」

「太上皇哪能不知道？可是人啊，若能控制得了別胡思亂想，世上就沒作奸犯科之事。」衛老道：「發財、春花，你們和我坐一輛車，早點走，天黑能趕到驛站。」

「等等，祖父，這個你們拿著。」杜三妞拎著兩個盒子，看起來很像首飾盒。

衛老皺眉。「給我這個幹麼？」

杜三妞說：「我娘存了幾十個雞蛋，全煮了我們也吃不完，就做些蛋糕，對了，是抹茶蛋糕。」

「抹茶？」衛老知道，茶葉做成茶餅保存，要用的時候再放在火上烘焙乾燥，用石磨碾磨成粉末。「那是用來喝的。」

杜三妞笑嘻嘻道：「米酒也是喝的，您老不照樣吃過酒釀蛋？」頓了頓。「只是把抹茶加進蛋糕裡而已。」

「祖父不要就給我吧！」一年多過去，十三歲的衛若愉已有杜三妞高，大概是有哥哥、姊姊疼的緣故，十三歲時的衛若懷已開始謀劃未來，衛若愉卻還保持著小孩心性。

衛老瞪他一眼。「沒你不要的，小心又吃成小豬！」

自從身體抽高，衛若愉一天比一天瘦，又跟著衛若懷練武健身，誰也想不到如今精瘦的少年，三年前是個小胖墩。

衛若愉正長身體，一天吃五頓還覺得餓，才不擔心胖回去，哼哼道：「吃成豬也沒事，給我吧！」

「若愉，上車，走了。」杜三妞一開口，少年立馬拋下衛老往車裡鑽。

衛若懷抬腿朝他屁股上踢一腳。「坐最外面去！」

「三妞姊，妳看他，又欺負我！」衛若愉癟癟嘴，大有「妳不幫我，我就哭給妳看」的樣子。

「我往裡面坐。」杜三妞對亂吃飛醋的衛若懷無語。「蛋糕是我早上做的，後面馬車裡還有一包茶餅，是大姊夫給的，你們若是覺得好吃，路上再做；若愉，不准吃太多。」

杜家三口要上京，杜二丫和杜大妮不放心，可是孩子小、生意忙，沒法跟過去，沒分家的二丫偷偷給她娘二十兩銀子，段守義給了一百兩，全當給三妞添箱。

廣靈縣離京城遠，段守義又送來半車乾貨，留著他們路上吃，吃不完到京城也無須再買。就這樣，五輛馬車加上騎著馬的護院，一行人浩浩蕩蕩前往京城。

衛若愉哼哼道：「做好就是留著給我吃的。」說著話，掀開四四方方的食盒，見裡面滿滿當當、四四方方的蛋糕呈翠綠色，煞是好看，遂一手拿著一塊。

衛若懷伸手把食盒拿走，放到他身後。

衛若愉「啊」一聲，還沒哭出來，杜三妞又把食盒遞過來。「你又不吃，逗他幹麼啊？」

「誰說我不吃？」早飯吃得好又飽的衛若懷不喜歡吃零食，可他看不慣堂弟那護食德行，便故意講：「若愉，分我一半，以後准你來我家蹭飯。」

衛若愉呵呵道：「我倒是想，可是你當家嗎？」衝他背後挑挑眉。

衛若懷噎住，他的確不當媳婦兒的家，吞口口水，轉身道：「三妞，回頭到京城叫錢娘子一家跟妳住，有什麼事儘管吩咐他們，想出去逛逛叫錢娘子陪妳，或者叫錢明去找我，千萬別一個人出去。」

「對對對！」衛若愉一聽這話，顧不得吃蛋糕。「三妞姊，我跟妳講啊！京城不長眼和眼睛長在頭頂上的人可多了，大哥忙著複習功課沒時間，我有啊！隨叫隨到！」

「滾蛋！」衛若懷朝他腦門上拍一巴掌。「吃你的蛋糕。」

杜三妞好笑。「別擔心，我哪兒也不去。」京城而已，她前世又不是沒去過。

衛老年紀大，走得快吃不消。二月初九早上出發，三月初一才進城，饒是杜三妞骨子裡住了個成年人靈魂，聽到車外人聲鼎沸，也忍不住掀開車簾一角朝外瞅。

機靈的衛若愉立刻給她介紹。「皇宮坐北朝南，位於都城正中央。六部衙門在皇宮南邊，皇宮周圍住著文武百官，百姓和店鋪在周邊，分別在皇宮東面、西面和南邊。三妞姊，大哥買的宅子在東南，出門就能買到東西，可方便了。」

「費心了。」杜三妞心中一動，這個布局和她前世的紫禁城不一樣，但京城又屬於古幽州，杜三妞可以確定兩者是同一個地方，便問：「京城是我朝第一位皇帝建的嗎？」

「是呀，太祖是這裡的人，在幽州稱王時，他的府邸就在皇宮那邊。」衛若懷說：「以前聽祖父說，太祖建城時特意找懂風水的人看過，此地風水極好，如果站在很高的地方俯瞰，京城就像圍棋棋盤。」

「京城的街道是直南直北、直東直西？」杜三妞若有所思道。

衛若懷點點頭。「對，不像廣靈縣，站在東邊看不到西邊。」初到江南，他好幾次差點被彎彎曲曲的道路弄暈得找不到回去的路。

杜三妞心想，這位怕是因為懶惰為了省事，不但就地建城，還直接仿造古長安城，倒是會找理由，發現馬車慢下來，她問：「快到了吧？」

「到了。」衛若懷掀開車簾，隨即從馬車上跳下來。

快到京城時，衛若懷已派了一個護院先行一步，通知看守房子的人。他扶著衛老進門，兩位四十多歲的女人立即迎上來。

「衛大人、衛少爺，房間已打掃好，是先在這兒歇歇，還是先吃點東西？奴婢去買。」面上很是恭敬，兩雙眼睛卻忍不住來回掃視，傳說中的衛少夫人在哪兒？哪兒呢？

杜三妞在門口，告訴錢娘子等人車上的東西該怎麼歸置，左右鄰居聽到聲音紛紛走出家門，看到杜三妞的容貌下意識向前走兩步，試圖八卦一番，可是一對上搬東西往裡去的護院們，立刻毫不猶豫地選擇偷偷打量就好。

僕人把所有東西搬進去後，杜三妞跟著轉身，駐足打量她的人們便一哄而散，奔相走告：這裡來了個極漂亮的姑娘，快來圍觀啊！

杜三妞一進去就被兩人圍住，明面上向她見禮，眼睛卻恨不得黏在她身上。

衛若懷不滿地輕咳一聲。「這段時間多虧妳們，回去記得告訴王爺和王妃，我改天再去看望他們。」話音落下，鄧乙從懷裡掏出兩個荷包遞給兩人。

兩人一瞧衛家大少過河拆橋、開門送客的架勢，偷偷撇撇嘴，回到王府就向王妃告狀去了！

「衛少爺真真太小氣，奴婢多看一眼衛少夫人他都不樂意！」

王妃搖頭失笑。「妳也是眼皮子淺的，經常隨我進宮，什麼樣的美人沒見過？」

「衛家少夫人那樣的！」婆子伺候王妃十多年，她男人又是王府管事，這次被派去幫衛若懷看守房子，足以證明主子多麼看重娘家姪子，說起衛若懷的事也少一分謹慎，多一分隨意。「主子可不知道，奴婢乍一看到衛少夫人，差點晃瞎眼，根本不敢相信她出身鄉野。先不說規矩如何，單單那張臉便能把宮裡一半貴人比下去；還有她那通身氣派，雖比不上京城貴女，但足夠給在私下裡議論衛少爺腦袋不正常、好好的京城貴女不要，偏偏喜歡上鄉野丫頭的人打臉。」

「哦？」王妃瞭解自家人，她姪子眼光極高，王妃心中已有杜三妞不同常人的準備，可連身邊見過世面的奴才也這樣說……「叫若懷帶她過來讓我見見。」

婆子撇撇嘴。「奴婢多瞧一眼他都不高興，不太可能把人帶出來讓大家夥兒圍觀的。」

「那小子……難怪嫂子說起他的事就頭疼，妳來的時候他是不是還沒回去？」王妃問。

婆子答：「可不是？叫錢娘子去買菜，估計打算在那邊吃飯。對了，奴婢差點忘記說，一說吃什麼，二少爺就急吼吼點菜，無論他說什麼，大少夫人都笑著應允，看起來像是個好相處的。」

「若懷怎麼說？」王妃笑問。

婆子未語先笑。「您真該挑個時間去看看，大少爺臉色發黑，奴婢覺得若不是老太爺在旁邊，他能逮著二少爺揍一頓！」

「父親身體如何？氣色如何？」王妃忙問。

婆子道：「不知是不是老奴看錯了，老太爺比之前胖了一些，白頭髮好像變多了，但紅光滿面，且從進門一直到奴婢回來，老太爺都噙著笑。」

「這就好。」王妃真怕失去相濡以沫的妻子又被迫回鄉的父親會承受不住，想了想，道：「哪天杜三妞去衛府，告訴我一聲，我過去見見父親。」

衛老也在問：「打算哪天去衛府，三妞？」

「祖父，三妞姊剛到，您也容她喘口氣。」衛若愉皺眉說：「大伯跟伯娘又不會跑，著什麼急？」

衛老嗤笑。「你伯娘不是毒蛇猛獸，有我在，還怕他們欺負你三妞姊不成？就算我老了不頂用，你大哥同意嗎？」睨了衛若懷一眼。

杜發財和丁春花相視一眼，本來有些擔心衛大夫人拿出婆婆架勢給三妞下馬威，一見爺孫三人叨叨起來，便起身道：「我們去歇歇，做好飯喊一聲。」

「爹、娘，你們去吧！」杜三妞哪知道他們擔憂一路？「祖父，您呢？」

兩進的院子，僕人住廂房，正房有六間，怕杜家的親戚隨杜三妞一起來京城，親自過來察看的王妃又特意命人修葺了兩間廂房，以防到時候臥房不夠用。

哪知衛老在杜家村威望太高，有他跟著，杜三妞的伯父、堂哥們一點也不擔心自家姑娘會委屈，在衛老詢問他們要不要一起上京城時，杜大伯只問一句。「若懷和三妞以後回來，還在不在這邊辦喜宴？」衛老點頭說：「這是必須的。」有他這話，連杜三妞的舅舅們也沒意見，由於日子沒定，他們倒是沒提前給三妞添箱。

而三妞這裡剩這麼多房間，甭說衛家爺孫，就算衛炳文他們都過來也足夠住的，所以衛老也沒強撐著，拄著柺杖回房睡覺去了。

衛炳文這位二品大員一聽老父親回來了，扔下公務就往家裡跑，進門碰到弟弟衛炳武，哥兒倆頭對頭，撐著膝蓋大喘粗氣，隨後整整跑亂的衣服，假裝淡定地直奔衛老的院落。

「父親不在！」坐在廊簷下指點衛若兮看帳目的大夫人拔高聲音喊住他們。

衛二夫人接道：「不用問了，在三妞那兒，吃過晚飯才回來。」

「若懷和若愉也在？」衛炳文滿眼複雜。「等等，杜家人住哪兒？驛站？」

說起這個大夫人就一肚子氣。「你問我，我問誰！」

「這……妳知道就知道，不知就不知，他回來卻不回家，妳儘管去罵他，衝我發什麼火呀？」衛炳文無語。

二夫人搖了搖頭。「大哥有所不知，剛才鄧家小子過來傳話，我們才知道若懷早在東南邊買了處宅子，還是託王妃買的，杜家人就住在那兒。」

「好小子！」衛炳武佩服。「不愧是我大姪子，想得比你們周全！」越過父母找上王妃，即便哥嫂不高興也不敢說半點不是。

「相公，別添火了！」二夫人不贊同道：「我和嫂子正商量今天去不去杜家？去吧，又是下午，哪有人下午登門拜訪的？可如果不去，父親又還在那邊。」

「不去。」衛炳文道：「他不是有能耐嗎？有種把杜三妞藏一輩子！」

「大哥，現在不是置氣的時候。」二夫人算是明白衛若懷偶爾不著調隨誰了。「杜家雖說是平頭百姓，一旦兩個孩子成親，無論外人怎麼看，他們都是我們家親戚。」

大夫人想了想，道：「若兮，去看若恒回來沒。」

「母親喊我做什麼？」衛若恒剛放學，聽說一向不到天黑不回家的父親和叔父在母親院裡，衣服沒換就過來了。

大夫人說：「你哥回來了。」

「大哥？」衛若恒瞪大眼。「在哪兒呢？」說著話就準備去衛若懷的院子。

衛若懷去杜家村時他才一歲多，因衛若恒年齡小，後來又得上學，和衛若懷獨處的時間並不多；但每次衛若懷回來，家裡的伙食總會翻新，別提小小的衛若恒多惦記兄長了。後來衛若懷連中榜首，衛若恒沒少在同窗好友面前顯擺，哥兒倆關係不見得多麼親近，可架不住衛若恒崇拜他。

大夫人看他興奮的樣子，有種肉包子打狗，有去無回的感覺，然而杜家人到了，他們這邊沒法裝不知。「你和若忱一起去見見你們嫂子，告訴你嫂子的爹娘，你父親還沒回來，我正忙著收拾房間，過兩天請他們回家住，哪有住在外面的道理。」

衛若恒也是個機靈鬼，見父親面色不豫，偷偷撇嘴。「母親放心，交給我們吧！」

兩位少年帶著小廝，去點心店買了兩大包東西，又買了些肉和菜，直到把大夫人給的銀錢用完才掉頭去杜家。

自從和衛若懷訂親後，三妞到衛家就很少親自動手做飯了，不是她端架子，而是每當她切菜時，錢娘子就會說「少夫人，您怎麼能做這個」等等之類的話，杜三妞當時就想：我之前也沒少幹過啊！後來見衛家的僕人皆一副「您的身分不同以往」的神情，也樂得清閒，導致今兒衛若愉聽說杜三妞要下廚，高興得要飛起來，點了一堆菜不說，還不忘告訴她明兒早上想吃什麼。

杜三妞好氣又好笑。「你今兒不回家？」

「回家和我明天吃什麼不衝突。」衛若愉說：「不來這邊吃也行，叫錢娘子和我一起回去。」

錢娘子道：「那可不成！老奴走了誰給少夫人做飯？總不能叫親家夫人燒火，少夫人做飯吧？讓外人知道，我們家的臉往哪兒擱啊！二少爺？」

衛若愉衝三妞挑眉。「聽見沒？三妞姊，明天別忘記做我的飯。」

杜三妞想著，回來當天不先回家，在家睡一夜又跑來？她可不想沒進門就惹人討厭。

「做些抹茶蛋糕你帶回去，沒有你哥的分，明天早上不准過來。」

衛若愉想了想。「行吧！」轉身衝衛若懷扮個鬼臉。

衛若懷四下裡一看，見祖父和他丈人、丈母娘都沒起來，揪著衛若愉的衣服就把人往後院拽。

「少夫人……」錢明不安道。

杜三妞穿上圍裙。「若懷有分寸，不會把他揍趴下。」但難得逮到機會，也不會輕饒他。

衛若恒和堂哥衛若忱到時，見大哥神清氣爽，二哥若愉卻不住地揉屁股，小哥兒倆相視一眼：情況不對啊！

「你們怎麼來了？」衛若懷放下茶杯，冷冷一瞥。

衛若恒打了個激靈，三下五除二把父母賣得乾乾淨淨，還不忘奉上禮物。

衛若懷十分滿意，微微頷首。「以後再過來別買點心了，外面賣的不如你嫂子做的好吃。」

「大嫂呢？」衛若忱的性格像早年的衛若懷，話不多，但他是真老實，而不是像衛若懷那般腹中黑，從進屋後就說了這麼一句。

衛若愉瞅一眼堂哥，衛若懷也看他一眼，衛若愉立刻知道他什麼意思。「嫂子在廚房裡，走，帶你見見什麼叫貌如天仙！」

「衛若愉！」

陰森森的聲音從身後傳來，衛若愉心中一突。「開玩笑、開玩笑！大哥，三妞姊快做好飯了，你去喊祖父起來。」

杜三妞問過衛老晚上吃什麼，衛老說不想吃油膩的，她爹娘說不想吃清淡的，叫她看著做些湯，於是杜三妞結合她自己的喜好，教錢娘子的兒媳婦做抹茶蛋糕時，吩咐錢娘子和麵做麵條。

這次的麵條和以往不一樣，不是把麵擀成皮切成麵條，而是把麵團搓成一個個長條，先用擀麵杖壓扁擀成片，然後在中間壓一道印，蓋上紗布餳著。

餳麵的工夫，杜三妞叫錢娘子把焯水的排骨和泡開的木耳、黃花菜、大蝦以及調料一塊兒清炒，倒入涼水燉，待水沸騰，扯著麵片兩頭，把麵片扯成細長狀，從壓出的印記處掰斷丟鍋裡。

錢娘子和她兒媳婦看一遍就過去幫忙，因不熟練，導致麵條有長有短、有薄有厚，兩人滿臉羞愧。

杜三妞毫不在意地笑了笑。「熟練就好，再說了，自家吃，沒那麼講究。」

衛若愉衝兩個弟弟挑眉，無聲地說：聽見沒？嫂子不但人好，心也美！

衛家所有人都曉得二少爺十分崇拜大少夫人，包括其只有三歲的妹妹衛若怡，如果能選擇，真不想承認那人是她親哥。

長大懂事後再也沒見過杜三妞的衛若恒和衛若忱，對他的話保持懷疑。

衛若愉瞥他倆一眼，暗忖：愚蠢的人！就扯開嗓子問：「可以吃飯了嗎，三妞姊？」這時節沒多少可吃的青菜，杜三妞的聲音從廚房裡傳出來。「蒸兩條魚，炒兩盆青菜，一人一碗麵，夠嗎？」說著話往鍋裡倒了一盆生菜，隨即盛出。

衛若愉走到灶臺邊，就見白瓷碗中綠的生菜、黑的木耳、黃色的黃花菜、通紅的大蝦和白色的排骨，再聞到濃郁的香味，就忍不住吞口水了。「夠了、夠了！」立馬喊人端出去。

兩位小少年從未進過廚房，很想進去看看，然而想到裡面的人是他們早已忘記的杜家三妞，莫名有些心虛，便站在門口等她出來。

杜三妞體諒丫鬟、婆子一路上沒閒著，聽衛若愉說飯菜夠吃，也沒叫人再做，跟著錢娘子出去時，對上兩雙直勾勾的眼睛，杜三妞愣了一下，見他們很是眼熟，但一時沒想起來在哪兒見過？「找我？」試探道。

「三妞姊，高個兒是若忱，另一個是若恒。」衛若愉端著魚隨後出來。「妳不記得了？」

「他倆？」杜三妞訝異。「怎麼……怎麼長這麼大了？」

兩位少年眨了眨眼睛，不約而同地暗呼：嫂子好漂亮！

若恒連忙說：「我九歲。」

「我十歲。」衛若忱接道：「上次見三妞姊是八年前。」

「對哦！時間過得真快，都長成大孩子啦！」杜三妞不禁感慨。「別在這兒站著，都回屋，我們吃飯。」一轉頭又衝廚房裡喊，再盛兩碗麵出來。

突然多出兩個半大小子，杜三妞怕麵不夠吃，吩咐錢娘子裝了一碟剛出鍋的抹茶蛋糕。

衛若愉只有對上衛若懷的時候才變得斤斤計較，此時聽到這話非但沒有不開心，還和兩個弟弟解釋蛋糕有多好吃。

兩人知道家裡的飯菜都是跟杜三妞學的，這次沒再懷疑他話裡的真實性，可是也沒想到區區一碗麵竟會如此好吃！香噴噴的排骨，鮮嫩的大蝦，勁道十足的麵條，奶白色的湯汁……最後他們根本沒碰蛋糕，而鍋裡的麵，自然連湯都不剩。

衛老休息夠了，飯後和四個孫子一塊兒回去。

路上衛若愉一個勁兒地後悔，早知道就不答應三妞姊，明早不來吃飯了。

衛若恒和衛若忱暗暗相視一眼。

# 第二十章

翌日，天濛濛亮，衛若恒和衛若忱兩人分別叫書僮整理好書袋，然後告訴父親。「我們出去吃。」

小兒子偶爾會跑出去吃早膳，衛炳文不疑有他，雖說外面的味道不比家裡好，但是孩子麼，總喜歡吃些不同味道的。

衛炳武揮揮手示意知道。「等等，若忱，昨晚你哥回來的時候拎了個盒子，裡面裝什麼？」

「叔父想知道自個兒去看唄！」大房和二房只隔了一道拱門，衛若恒和衛若忱的房間靠牆邊，以致衛若恒走出房門就聽見隔壁院裡的說話聲，只見衛若恒拉著小堂哥的胳膊，催促道：「我們快走吧，待會兒還得複習功課。」

衛若忱略心虛地看看他父親，又看看比他小一歲的堂弟，衛若恒衝他眨眨眼，兩人出門就往東南邊跑。

衛炳武吃過早飯，本來該去兵部，想了想，轉身去了大兒子房裡。

衛若愉昨晚到家和父母說了一會兒話，和兩個妹妹、一個弟弟玩一會兒，洗漱好之後躺在床上已快半夜，這會兒正呼呼大睡。

守在外間的書僮要去叫醒他，衛炳武「噓」一聲，抬眼便看到放在大方桌上的盒子，打開一看，眼中一喜。「這個我拎走了，別吵醒他。」

小書僮張了張嘴，衛炳武回頭一瞪眼，小書僮立即嚇得縮著肩膀滾到榻上裝睡。

錢娘子正在院裡掃地，見兩位少爺突然而至，嚇了一跳。「大少爺不在。」

「不找大哥，我們找大嫂。」衛若恒拿過書僮手裡的書袋。「我們先去大哥房裡看書，錢娘子，我們早上在這邊吃飯，妳去和大嫂說一聲。」

錢娘子眼前一黑，這叫什麼事喲！

三妞昨天睡得早，聽到院裡的說話聲就起來了，開門剛好碰到錢娘子，聽她說衛若懷的兩個弟弟過來，皺眉問：「家裡沒人做飯？」

「大老爺和二老爺每天得早早去部裡，不可能沒人做早飯。」這部分錢娘子還是比較瞭解的。「這個點，兩位爺估計已經吃完了。」

杜三妞無奈地嘆氣。「他們什麼時辰上課？」

「老奴記得大少爺當年是辰時四刻。」錢娘子多年不在京城，也不曉得國子監的開課時間有沒有改。

八點多嗎？杜三妞看了看天空，這個時間最多五點半，真懷疑他倆晚上有沒有睡？「昨天買的肉和蝦還有吧？」

「有，在井裡冰著。」錢娘子去井邊把吊在裡面的東西拉出來。「少夫人，早晨濃油赤醬不好吧？」

「叫妳兒媳婦起來，抓緊時間剁肉餡，我們吃餛飩。別忘了剁些蝦仁，放些香菇、酸筍進去。」杜三妞怕吵著看書的兩人，也怕驚醒還在睡覺的爹娘，壓低聲音說完後，到廚房吩咐錢娘子的男人磨茶餅。

「少夫人又做蛋糕？」錢娘子詫異道。

杜三妞說：「我怕他們早上吃得早，沒到晌午就餓了。」

「對對，您不說老奴都忘記了！以前大少爺去國子監讀書時，鄧乙也會給他送吃的過去。」錢娘子說完，不但把兒媳婦喊起來，還把兒子也叫起來了。

杜三妞昨晚只看到衛若恒臨走的時候拿了一塊抹茶蛋糕，衛若忱看都沒看，因此想一下，又做了兩個雞蛋灌餅。

兩少年吃著料很足的餛飩，樂眯了眼，直到打個飽嗝才不得不停下筷子。隨後，不約而同地起身拱手。「謝謝嫂子招待，國子監離這裡不遠，我們晌午可以出來。」

丁春花一臉不解，看向杜發財無聲地問：什麼意思？

杜三妞哭笑不得。「我待會兒去買菜，你倆不喜歡吃什麼？」

「我們什麼都喜歡吃！」兩位少年異口同聲。

丁春花反應過來，噗哧樂了。「都是自家人，來這裡吃飯，三妞只會高興，不用這麼拐彎抹角。」

「對，直說便可。」杜三妞站起來。「晌午也不用著急。」衛錢娘子遞個眼色。

不消片刻，兩人就聽到噠噠的跑步聲，走到院裡便見錢娘子抱著方盒過來。「三少爺、四少爺，裡面是蛋糕和餅，餓了再吃。」

兩人心中一喜，雙眼亮亮地轉向杜三妞。「謝謝嫂子！」

「快去吧，別遲到了。」杜三妞想摸摸衛若恒的腦袋，意識到他不是皮上天的衛若愉，便改拍拍他倆的肩膀。

「衛若懷！」

一聲怒吼，嚇得衛老趿拉著鞋跑出房間，逢人就問：「出什麼事了？」

院裡的丫鬟、小廝們一臉茫然。

其中一個丫鬟怯生生地說：「二少爺在大夫人那邊吃過早飯回去後沒有一碗茶的工夫，奴婢就見他心急火燎地往大少爺房間裡跑了……」

「小混蛋，又發什麼瘋？」衛老年齡大，雖然昨兒歇了半天，仍然有些緩不過來，今天起得便有些晚。扶著小廝的胳膊穿好鞋，到衛若懷的小院裡就見若愉追著若懷打，嘴裡直嚷嚷著「有種給我站住」。

「幹麼呢？大清早弄得全家不得安生！」二夫人隨後趕來。「若懷，過來這邊，我看他敢打你？能耐得很了！」

也不知是氣得還是累得，衛若愉滿臉通紅。

大夫人瞧見他額頭上密密麻麻的汗水，便拽住衛若懷，踮腳揪他的耳朵。「若愉，過來，給我使勁打！這麼大的人了，還欺負弟弟，要不要臉?!」

「妳倆先問問為什麼。」衛老嘆氣。「別動不動就喊打喊殺。若懷又欺負你了？」

衛若愉氣丕丕道：「他把我的抹茶蛋糕全拿走了，還死不承認！」

「閉嘴，別胡說八道！」衛若懷一開口，耳朵就一痛，皺著眉道：「母親，我今天就沒往隔壁去！想吃蛋糕我直接找三妞，偷拿他的幹麼？你也不想想，長著腦袋留著看的？」最後兩句是衝衛若愉說的。

「就這事？」衛老還以為捅破天了。「沒了叫三妞再給你做吧！」

「祖父，重點不是這個，是大哥不問而取！」衛若愉想給衛若懷一腳，對上柳眉倒豎的母親，頓時裹足不前。

衛若懷拉下母親的手。「我發誓，真沒拿你的蛋糕。」指著鄧乙。「不信問他。」

鄧乙說：「二少爺，大少爺今天起得有些晚，你和二夫人都過來了，他才洗漱好，奴才就睡在外間的榻上。」

「聽見沒？你屋裡丟東西不找你的人，找我？衛若愉，你腦袋裡裝著豆腐啊？」衛若懷揉著生疼的耳朵。「母親，搞清楚再動手。」

「這麼說來，蛋糕長腿飛了不成？」衛老環視四周，發現若愉身後的書僮縮著腦袋。

「小鄧子，出來。」

「老太爺，跟、跟小的沒關係啊！」鄧乙最小的弟弟抬起頭，眾人就見小孩淚眼汪汪。

衛若愉心中一突。「臭小子，是不是被你吃了？」

小鄧子連連搖頭。「不是小的，不是……可、可我不能說啊！」

「也不能告訴我？」衛老挑眉，見小傢伙猶豫，福至心靈地問：「是不是被若愉他爹拿走的？」

小鄧子鬆了一口氣。「小的什麼都沒講，是、是老太爺說的，和小的沒關係！」

「慫包！」衛若愉朝他屁股上踢了一腳。「怕他幹麼？在家裡面祖父最大，伯娘第二，伯父第三，我母親第四，他排在第五！」

「可……可奴才聽門房大哥說，大老爺分走了一半啊！」小鄧子比衛若愉小一歲，身體不如衛若愉結實，看起來還像個十歲的孩子，這會兒縮成了一團。

眾人好氣又好笑。「行了，不怪你。」

「謝謝老太爺！」小鄧子破涕為笑。「主子，小的想攔住的，可二老爺太嚇人啦！」

衛若愉怒其不爭。「你呀你！不會把我喊醒啊？」

「啊？對哦，小的當時忘了。」鄧丁恍然大悟。

眾人哭笑不得，可一想到衛家兩位老爺幹的事，又滿臉窘迫。

然而衛若懷可沒忘記算帳，立即揪住衛若愉的耳朵。「現在輪到你我了吧？」

「伯娘！」衛若愉立馬扯開嗓子。

衛若懷下意識鬆開他。

衛若愉連忙跑到大夫人身後，對二夫人說：「母親，我去找三妞姊。」

「給我老老實實在家待著！」二夫人說：「父親，離恩科還有段時間，且還有若懷和三妞的婚事要辦，你們一時半刻也沒法回去，兒媳想把他送去國子監可好？」

衛老微微頷首。「國子監祭酒也算是我的學生，我吃完早飯帶他過去。」

衛若愉弱弱地提醒。「我的抹茶蛋糕……」

二夫人柳眉一豎。「找你父親要回來。」

「哪能啊！」衛若愉苦著臉，心想，以後再有什麼好東西都不往家裡拿了，叫三妞姊幫他藏起來！

杜三妞答應衛若恒兩人，晌午要做他們的飯，等錢娘子收拾好廚房，杜三妞便叫上她爹娘同錢娘子一塊兒出去。誰知他們剛出門不久，衛家兩位夫人就過來了。

錢明和他媳婦看家，見夫人過來，忙要去街上找杜三妞。

大夫人搖頭苦笑。「別去了，也是我們沒提前告訴她。」指著馬車裡的白米、白麵和幾疋綢緞。「這些留著給三妞做衣服，等她回來，就說……說我們路過這裡，順便來看看。」

「少夫人那麼聰明的一個人，不會相信的。」錢明提醒道。

二夫人笑道：「初九是我的生日，你只管告訴她，她懂得。」

錢明將信將疑，見到杜三妞後，老老實實把兩位夫人交代的話敘述一遍。

杜三妞若有所思道：「我知道了。」

丁春花不明白。「妳知道什麼？」

「初九再去衛家。」杜三妞說：「中間還有好幾天，我們也有時間準備，嬸娘這樣說，估計也是提醒我，不要急，晚些去也沒關係。」

「那就好。」丁春花放心之餘忙問：「我們該送什麼？妳連衣服都不會做，如果妳的針線活——」

「娘，妳和爹去歇歇吧，萬事有我呢！」杜三妞打斷她的話。「再說了，趕明兒若懷過來，我同他講一聲，他自然會幫我們準備禮物。」

丁春花頗為無語。「若懷、若懷，還沒嫁給他，就這麼不拿自個兒當外人！」

「他樂意幫我做事！」杜三妞抬抬下巴。

丁春花朝她腦門上拍一巴掌。「做飯去，別耽誤若恒他倆上課。」

前世生活壓力大，杜三妞只能不間斷地工作，今生沒什麼壓力，杜三妞想做些她感興趣的事，比如做飯。

杜三妞前世從事餐飲工作，最喜歡看到別人吃到美食時幸福的樣子。每次客人用餐，她總會帶著服務員過去詢問哪道菜需要改進，聽到客人提出意見，她會認真記下，聽到客人誇讚，她面上謙虛，心裡卻是樂開花。

之前她做前世只聽說過或者見過的食物時還有些顧慮，畢竟她家不富裕，做菜的時候還得想著適不適合賣給她姊夫，但自從和衛若懷訂婚，找到一輩子的飯票後，杜三妞開始放飛自我，想做什麼便做什麼。

衛若懷回家前把私房錢偷偷交給了杜三妞，杜三妞手裡有錢心不慌，到菜市場準備大肆購買，丁春花跟在後面嘮叨她敗家，杜三妞回了句「做給若恒他倆吃」，丁春花就倏然住嘴了，不過，還是提醒她別買太多，魚和肉放到第二天就不新鮮了。

杜家住的地方離菜市場很近，杜三妞想了想，買了排骨和魚、兩斤大蝦、菠菜、生菜以及調料，隨後又帶著她爹娘在城裡轉一圈，以致到家已經快晌午了。

錢明的媳婦殺魚、剁排骨，錢娘子洗菜、剝蝦，杜三妞站在門口等著炒菜。

錢娘子餘光瞟到她無聊地掰手指，遂問道：「也不知三少爺和四少爺喜不喜歡吃蛋糕和餅？少夫人，要不要再做些別的，留著他們下午吃？」

杜三妞出去逛一圈，該打聽的已打聽個大概，也知道國子監中午十二點放學，下午兩點再上課，六點放學，而騎術課安排在下午，下午的運動量遠比上午大。杜三妞仔細想了想，說：「做沙琪瑪。」

「那又是什麼？」錢娘子好奇地問。

杜三妞說：「我也只見過圖片。」隨後對挑水的錢明說：「去幫我買些東西。」遞給他二兩銀子，就叫他媳婦去隔壁借老麵。

杜三妞著手和發麵。

錢娘子見她往麵裡加雞蛋，再結合她兒子買來的麥芽糖和蜂蜜等物，笑道：「少夫人，您會做吃食的名聲，今天下午就得傳遍京城。」

杜三妞手一頓。「正好，給妳家少爺長臉。」

錢娘子心中打了個突。「您……您知道？」

「若懷如今十九，不是九歲，又是江南解元，給他說親的人只多不少，他和我訂親，即便妳家夫人有心隱瞞，也沒法對親戚朋友隱瞞吧？京城貴女不要，偏娶小門小戶的農家女，背地裡說他的人不少吧？」

錢娘子尷尬地笑了笑。「那些人無知。」

杜三妞微微頷首。「的確，所以我不在意他們怎麼說，妳也不要瞎擔心，現在說得多開心，以後臉就有多痛。」

不用等以後。

衛若恒和衛若忱同班，上午兩節課，中間可以休息兩刻鐘。其他人和他們年齡差不多，都是一群正長身體的少年，隨著老師一聲下課，門外的書僮紛紛拎著食盒進來。

關係不錯的學子之間會互相交換吃食。

衛若恒的朋友們看到衛家小廝就圍上去問：「這次又是什麼好吃的？」

衛家兩位夫人舉辦過多次宴會，如今京城人人皆知衛府做的飯菜僅次於御膳房。在國子監讀書的衛若恒和衛若忱也因此一天比一天受歡迎，雖說有一大半是衝著衛家的飯菜，但總比討厭他們、背地裡陰他們好。

擱在以往，哥兒倆早就打開食盒任好友拿點心了，可是今天，衛若恒打開食盒，衛若忱護著另一邊，兩人各拿出一個溫熱的雞蛋灌餅和兩塊抹茶蛋糕，食盒裡瞬間空了一大半。

衛若恒和衛若忱後退兩步。「那些送給你們。」

幾位少年伸頭一看，盒子裡只剩四小塊綠色的東西，瞬間不樂意了。「衛三，我不喜歡綠色的，你手裡的麵餅給我嚐嚐。」

「別作夢了。」衛若忱不太會和別人吵，他倆在一塊兒時，一向是衛若恒出頭。「我可告訴你們，這是我大嫂做的，我們也是第一次吃，今天誰敢搶我的餅，我就和他絕交。」

「大嫂？就是、就是那個……」

「對，你們口中的鄉野農女。」衛若恒親眼見過他嫂子有多麼美、多麼賢慧，因此也不在乎外人怎麼講，自家人知道自家人的好就行了。「不吃我就叫人收起來啊？」

其中一位少年隱約聽家裡長輩提過，衛家的飯菜之所以這麼好吃，和衛若懷的未婚妻有關。「吃！」伸手拿一塊，想了想，又拿一塊。

其他人一見他這樣，下意識去搶剩下的兩塊，兩塊蛋糕一下子就碎了，眾人看了看黏在手上的東西，愣住。「這、這是什麼？怎麼這麼軟？」

「加抹茶的蛋糕。」衛若忱吃著雞蛋灌餅說。

「抹茶不苦嗎？」不知誰說一聲。

左右開弓吃蛋糕的少年道：「剛吃是有點苦，但裡面加了糖，多吃兩口就感覺不到了，大概因為抹茶有點苦，糖也不膩人。衛三，老實說，是不是你大嫂做的？」

衛若忱老實，叫他說謊話他寧願不講。「是的，大嫂很早就起來，親手給我們做的。」

「衛三、衛四，你倆吃什麼呢？你祖父和你們二哥來了，在祭酒那兒，你倆不過去看看？」門口傳來一聲驚呼。

衛若恒兩三下解決掉一塊蛋糕，把剩下的交給他的書僮。「收好。」轉頭就對同窗們說：「不准在我二哥面前亂講！」

眾人一時不明白，就見衛若忱也把蛋糕放起來。

「你、你們怕他知道？」

「大哥不捨得嫂子下廚，若知道累著她，他不數落嫂子，只會逮著我們揍一頓。」衛若恒沒少聽他母親講，衛大少有了媳婦不要爹娘的一番話。

「一塊蛋糕而已，太誇張了！」他們家姊妹也沒這麼嬌氣。

衛若恒說：「一點也不誇張，我祖父和二哥，萬一還有我父親、母親要吃，甭說一塊，三塊、四塊也不夠吃。」還有句話他沒說，抹茶蛋糕是二哥最喜歡的糕點，知道嫂子做給他倆吃，不知道怎麼修理他倆！

眾人為了以後的零食，點頭。「成，我們不講，但是你們嫂子再做什麼好吃的，不准吃獨食。」

衛若忱挑眉，突然開口說：「你們之前不還說我大哥瞎眼？」

課堂裡忽然寂靜下來，一半少年的臉一下紅了，喃喃道：「開玩笑、開玩笑，誰叫衛大哥把嫂子藏這麼嚴實……」

衛若恒嗤笑一聲。「誰的嫂子？」

「你的、你的，我們不跟你搶！」只要有好吃的，誰管她是不是山野丫頭？

衛若愉向祭酒問清弟弟在哪個班，特意過來看看他們。「晌午去三妞姊家吃飯，母親她們不在，我和大哥、祖父一塊兒去姑母那邊，家裡沒人。」他哪裡能想到，兩個小傢伙竟跟他藏心眼。

衛若恒兩人第二節課都沒認真聽，中午放學就往外跑，看到自家馬車連忙衝書僮擺手。

「你們回家，我們去嫂子家。」

內城安全，且晌午路上都是人，兩個書僮也不怕他們遇到危險，打個千就駕車回去了。

錢明見兩人氣喘吁吁，強忍著笑，接下書袋，邊往裡走邊主動說：「少夫人做了糖醋排骨、清蒸魚和蒜蓉大蝦，就等兩位少爺回來。」頓了頓，問：「這個放大少爺房裡？」

「去吧！我們去吃飯。」衛若恒擺擺手，和小堂哥一塊兒去洗漱。到堂屋裡，見嫂子的爹娘都在，桌上也擺滿菜，獨獨不見正主。「我嫂子呢？」

丁春花還以為他倆會先拿筷子吃呢！「在做什麼沙琪瑪，給你們下午吃。」

「這樣……那，我們下午不吃了。」衛若恍眉頭緊皺。「別叫嫂子做了，來吃飯吧！」

衛若恒說：「我去喊嫂子來吃飯！」

丁春花張了張嘴想說「三妞教會錢娘子就過來，不用喊她」，結果少年已跑出去。

衛若恒到廚房，看案板上有幾碟麵皮，鍋裡還有，好奇地問：「妳們在做什麼？」

杜三妞的手抖了抖，回頭見他四處打量，腦袋一響，臉上開始往外冒熱氣……她不敢說自己前世只看過麵點師傅做過一次沙琪瑪，具體步驟早忘得差不多，就特意和了滿滿一盆麵。然而那盆麵因她掌握不好火候，現下已被浪費了大半，擺在案板上、灶臺上的麵塊，就是因為炸得太嫩或太老的緣故，不能用了。

「做沙琪瑪啊！」杜三妞故作鎮定。「出鍋就好了。」

衛若恒走近一些，伸頭往鍋裡瞅瞅。「咦？不是油？」

「糖水。」炸至酥脆的麵條放入熬好的糖水裡攪拌，再根據個人口味隨意加些果仁。杜三妞覺得這次差不多，便抓了一把乾桂花和葡萄乾撒鍋裡，攪拌均勻後，撈出放在塗了麻油的盤子上，再用另一個抹了油的盤子壓平。

衛若恒不禁眨了眨眼睛。「這麼大塊怎麼吃啊？」

「放涼後切成塊。」杜三妞一頓。「你怎麼不去吃飯？筷子不夠還是沒拿碗？」

「我、我來叫妳吃飯的。」衛若恒訕訕笑道。

杜三妞擦擦手，脫掉圍裙交代道：「錢娘子，像我剛才那樣做，做好妳們也去吃飯吧！」說完就往外走。

衛若恒下意識跟上去，走兩步又忍不住問：「嫂子，那些麵皮怎麼不倒鍋裡？」

杜三妞的腳步一頓，而後神色自若地說：「鍋裡面一次放不了那麼多，別看了，趕緊去吃飯，吃過飯睡一會兒。」

「哦哦……」杜三妞在衛若恒心中太完美了，因此少年不疑有他，聽她說沙琪瑪要放涼，吃飯的時候也沒特意留著肚子。

吃飽後，小哥兒倆去衛若懷房間裡看一會兒書，睡兩刻鐘，杜三妞便喊他們起來。

衛若忱見杜三妞手裡拿著兩個四四方方的白紙包，像極了街上賣的點心，猛地想到昨日登門時兄長說的話，居然不是誇張的。「嫂子，一包就夠了。」

「分給朋友吃。」杜三妞微笑道：「總不能你們吃，讓他們看著唄？還是說，你倆沒朋友？」

「才不是！」兩人異口同聲。

杜三妞笑盈盈地把東西遞過去。

兩人相視一眼，瞬間決定藏起來一包。然而他們卻忘了筆墨紙硯一直放在箱籠裡，下午放學後由來接他們的小廝揹著，他倆的書袋裡一直都是只放幾本書的，突然間變得鼓鼓囊囊的，細心之人一見他倆就會發現有問題……

騎術課後有一刻鐘的休息時間，老師的「休息」兩字還沒說完，和衛家兄弟交好的少年們再次把兩人團團圍住，不等他倆說話，拽著他們的胳膊就往課堂裡去。

丁春花和杜發財剛吃一口沙琪瑪，就叫錢娘子把剩下的包起來給衛老送過去。丁春花盯著杜三妞，三妞不敢私藏，不得不把所有的沙琪瑪拿出來。

「綿甜鬆軟，甜而不膩，還不硌牙。」衛老打量著手裡的吃食。「三妞那丫頭以前怎麼不做？」直言這東西最適合自己。

錢娘子笑道：「奴才覺得少夫人不捨得。」

衛老皺眉，正想問「不捨得什麼」，一看手裡的東西，便猜到了。「她做這個浪費了多少東西？」

「什麼都瞞不過老太爺。」錢娘子恭維道：「七、八斤白麵和五、六斤麻油，還有一兩銀子的蜂蜜和糖全部用完了。」

衛老一聽這話，來了興趣。「三妞她娘這次又怎麼念叨她？」

「親家夫人和親家老爺大概不習慣這邊的天氣，上午出去逛一圈便受不住，少夫人做沙琪瑪的時候他們在屋裡睡覺。」錢娘子道：「老奴來之前隱約聽他們說什麼時候才能回去，少夫人說他們不是享福的命，一家三口就又叨叨起來了。」

「別說他們，我也不習慣。」北方氣候乾燥，南方濕潤，衛老回來兩天就覺得各種不舒服，何況丁春花和杜發財在那邊過了大半輩子，兩地語言還不太一樣。「三妞是不是還叫妳告訴我，不准多吃？」

錢娘子嘿嘿傻笑。「少夫人說不用她提醒，您老知道。」

衛老撇撇嘴。「既然知道我不能吃這些多油多糖的東西，還叫妳送來，故意的吧？」

錢娘子繼續裝傻。

衛老無語，擺擺手。「行了，剩下的給他們送過去吧！」這個「他們」，自然是指衛炳文兄弟倆。

衛若兮見錢娘子過來，放下手裡的扇面，霍然起身。

大夫人睨了她一眼。「幹麼去？」

「我、我……我想一定是嫂子遇到了什麼事，我關心她啊！」衛若兮早已領教過杜三妞做飯的本事。昨天她就想跟兩個弟弟一起去看望杜三妞，順便嚐嚐她做的飯菜，怎奈如今已訂親，被母親拘在家裡學規矩、學管家，無論誰出去浪都不帶她。衛若兮想抗議，然而送給婆家親戚的繡品還沒完成一半呢！每當這時她就羨慕杜三妞，又後悔當初在杜家村那段時間沒好好跟杜三妞學做菜，假如她也能做出一桌又一桌美味……低頭瞅了瞅繡了一半的扇面，這些東西便有多遠滾多遠！

「大小姐，少夫人一切安好。」錢娘子走到衛大夫人身邊，打開食盒。「這是少夫人剛做的沙琪瑪，不能多吃，易發胖。老太爺說，給二夫人一半。」

衛大夫人聽衛若愉念叨他的抹茶蛋糕，就知道杜三妞的廚藝精進了，雖然瞧著食盒裡的東西不如糕點鋪子裡做的精緻，大夫人非但不嫌棄，還有些迫不及待地捏起一塊。「咦？我以為是脆的，居然是軟的！」

「可不是。」錢娘子與有榮焉道：「做的時候老奴也以為是又酥又脆，沒承想入口即化。」頓了頓，又說：「少夫人知道大少爺的外祖父、外祖母年齡大了，便叫老奴過來教府裡的廚子做這個，好做給親家老太爺吃。」

大夫人眼神一閃，輕聲道：「她……有心了。若兮，那一半給妳嬸娘送去。錢娘子，現在就去廚房，早點做好早點回去。」

「夫人，一時半刻做不好的。」錢娘子無奈地笑了笑。「這東西用的是發麵，還需要蜂蜜和糖，少夫人說再加些葡萄乾和杏仁之類的東西會更好吃，廚房裡有嗎？」

衛大夫人哪裡曉得廚房裡有什麼？想了想，道：「需要什麼告訴她們，叫她們立刻去買，妳明天上午過來。對了，妳上午沒事吧？」

「沒事。」教府裡的廚子做沙琪瑪並不是杜三妞交代的，是錢娘子自作主張，她晚上還得回去幫杜三妞做飯，沒法留在府裡，只能推到明天。

衛家大夫人等錢娘子走後，叫小丫鬟把一塊塊嬰兒巴掌大的沙琪瑪切成四小塊，然後盛在三個白瓷碟子裡，看起來便是滿滿的三碟。

隨後，衛大夫人叫小丫鬟把碟子放到櫃子裡去。

小丫鬟不懂。「夫人，切好不就是為了方便吃嗎？」

「妳懂什麼？」衛大夫人道：「那爺幾個若是知道了，怕是連晚飯都不吃了。」

「等他們吃過晚飯，也沒肚子吃這個了。」衛若兮從隔壁回來就聽到這句。「母親，其實妳是怕被他們一次吃完，自己沒得吃吧？」

衛大夫人瞪她一眼。「我若是真那麼想，直接吃完不就得了？」

衛若兮抿抿嘴。「是呀，可是我記得錢娘子剛才走的時候說過，這東西易發胖，一塊沙琪瑪相當於三碗米飯。」

「繡妳的蝴蝶去！」衛大夫人面色一沈。

衛若兮聳聳肩。「被我猜中了吧？」見母親大人看過來，拿起扇面假裝忙碌，嘴裡不忘小聲嘀咕。「惱羞成怒，我不跟您計較。」

衛大夫人朝她腦門上拍一巴掌。衛若兮手一抖，針差點戳到手指上，正想說她母親，抬頭一看，哪還有衛大夫人的身影？

衛若恒一到家，衛若兮就衝他招招手，指著堂屋裡的櫃子。「那裡有好東西。」

「好吃的還是好玩的？」衛若恒忙問。

衛若兮老神在在道：「想知道啊？自個兒看。」

衛若恒立馬拉開櫃子。「沙琪瑪啊！三妞姊給的？」

「你怎麼知道？」衛若兮本希望小弟把沙琪瑪吃個乾淨，誰知這小子看一眼就把櫃子關上了。

衛若恒心中一突，意識到說溜了嘴。「三妞姊住處離國子監不遠，她下午給我和若忱送一些，我朋友可喜歡了。」還說明天要跟他一起去杜家蹭飯，衛若恒想都沒想就拒絕了。

「這樣啊……」

衛若兮一計不成，衛若懷拜親訪友歸來又故技重施，結果衛大少想的卻是杜三妞喜歡做菜，但一向怕麻煩，沒多少耐心，現在居然安下心來做沙琪瑪，可想她得多無聊；偏偏他得出門會友，拜見和他父親交好的學士們，沒時間陪杜三妞，想了想，他轉身去隔壁。

衛若兮簡直想罵人，說好的「見了吃的走不動」呢？她倒是想再接再厲蠱惑她父親，怎奈衛炳文到家時剛好開飯。

晚飯過後，衛炳文嚐了一塊。「沒有抹茶蛋糕爽口。」

衛大夫人喜歡甜食，家裡三個男人不感興趣，衛若兮想吃又怕胖，結果，三碟沙琪瑪八成都落到她肚子裡。

翌日，衛若愉一聽大哥要送兩個妹妹去陪杜三妞，心下羨慕不已；不過，想到杜三妞在這邊誰也不認識，一早就交代七歲的衛若恬和三歲的衛若怡到杜家要乖乖聽話。

兩個小姑娘不想去，衛若愉說是會做沙琪瑪的嫂子，喜愛甜食的小姑娘便特意拿著自己最喜歡的荷包，見到三妞就遞給她，小大人般說：「打攪嫂子啦！」

杜三妞哭笑不得。「你倆想多了，我不無聊。」

「不是我。」衛若懷一臉無辜。「是嬸娘希望若恬能像妳一樣賢慧。」頓了頓。「若恬，大哥說得對嗎？」

對個鬼哦！在家的時候明明不是這樣講的！小姑娘眨巴著大眼。「是的，嫂嫂，我和若怡想跟妳學做蛋糕和沙琪瑪。」

「好，我們去廚房。」杜三妞牽著兩個小姑子，轉頭瞪了給她找事的兩人一眼。「你們不是忙嗎？我就不送你們了。」

衛若懷摸摸鼻子。

衛若愉朝他哼一聲。都是你出的鬼主意！

兩個小孩雖說年齡不大，但二夫人教得極好，剛開始，杜三妞看得出來，她們對廚房根本不感興趣，等杜三妞用麵團捏出幾個小動物，又放到鍋裡蒸，兩個小孩才算開心起來。

不知不覺到晌午，衛若怡一聽嫂嫂問她想吃什麼，猛地想到來之前大哥說的，大嫂會做很多好吃的，兩個小孩便毫不客氣地點了一堆葷菜。

杜三妞無語，真是若愉的親妹妹，口味和他一樣。然而杜三妞並不打算滿足她倆，嘴上說：「好，妳們去我房裡歇歇，我給妳們做。」她倆一出去，立馬叫錢娘子洗菠菜、紫莧菜，切老南瓜、磨黑芝麻。

錢娘子茫然了。「全是素？少夫人，二小姐和三小姐不喜歡吃芝麻糊，您做這些她倆會掀桌子。」

「誰說我做那個？」杜三妞道：「做五種顏色的麵條，用排骨湯下麵條，我不信她倆不吃。」

錢娘子心想，那玩意兒能吃嗎？面上故作驚訝道：「五種顏色？怎麼做啊？少夫人。」

「用煮南瓜、莧菜和菠菜的水和麵。」杜三妞說話間，突然意識到黑芝麻入麵必須先炒熟，否則特別難吃，那麼看來只能煮芝麻水了。「對了，家裡有黑芝麻嗎？」

「沒有。」錢娘子若有所思道：「不過老奴好像懂了。」隨即叫她男人去買胡麻，即黑芝麻；至於她，忙著削南瓜皮，她兒媳婦洗菜，小兒子燒火。

杜三妞舀出五碗麵粉，分別倒入五個瓷盆裡。

金燦燦的南瓜煮爛後，把南瓜攪碎吊在井裡冰涼；紫莧菜和菠菜一出鍋，南瓜也差不多冰涼了，杜三妞便叫錢娘子用濃稠的南瓜湯和麵，不消片刻，便出現一個金色麵團。

錢娘子和她兒媳婦齊動手，杜三妞在旁指揮，半個時辰後，黑、黃、紫、綠、白五種顏色的麵條在排骨湯裡翻滾，杜三妞又丟了些生菜和蝦仁進去，熟滾後便盛出來。

衛若恬和衛若怡早餓得肚子咕嚕叫，想叫嫂子先做沙琪瑪、蛋糕，但迫於大哥的威嚴，兩個小孩不敢太麻煩杜三妞，只能選擇喝水墊肚子。

丁春花和杜發財兩人在堂屋裡陪她們，見她倆來回摸肚子，別提多心疼了，然而閨女說她倆挑食，不准慣著她們，丁春花只能在心裡哀嘆一聲：可憐見的，攤上這麼一個冷心腸嫂子！

杜三妞若知道她娘怎麼個站著說話不腰疼，一定把兩小丟給她，可惜杜三妞沒有順風耳。

杜三妞辛辛苦苦做出一鍋彩色麵條，因今天有點熱，自個兒反倒沒胃口，不過，她還是裝作十分歡喜的樣子，對衛家小姊妹說：「快來看看這是什麼？」

「肉肉？」衛若恬早已等候多時，錢娘子一把碗放下，她就眼尖地看到排骨。「怎麼還有青菜啊？嫂嫂，我可討厭吃啦！」

「我、我也不喜歡！」衛若怡慌忙說，恐怕慢一點杜三妞就逼她吃生菜。

杜三妞早料到了，放生菜進去也沒指望她倆吃。「難道沒發現紫色的麵條？妳倆以前見過？」

丁春花和杜發財猛地起身，伸頭一瞅。「還有綠色的？等等，那黑不溜丟的是什麼玩意兒？」

「對哦、對哦，還有黃色的呢！」衛若怡像發現新大陸，眼睛瞪得滾圓，手攥著筷子往碗裡攪。「好、好漂亮！真的是麵條嗎？嫂嫂。」軟軟的聲音，寫滿好奇的小臉，誰能想到這麼可愛的孩子口味極重，嗜愛濃油赤醬。

杜三妞說：「是的，像天上的彩虹一樣的麵條，為了做這些麵條，看看我的手都累紅了。」其實是給她娘端碗，碗熱燙紅的。

兩個小姑娘不知，衛若怡立馬放下筷子，抓過杜三妞的手。「嫂嫂，若怡給妳揉揉，揉揉就不累了。」

「嫂嫂……」衛若恬一張嘴，口水差點流出來，忙吞口口水。「做三種顏色就行了，白色和黑色的可以不要，妳……妳就不會這麼累。」

杜三妞想笑，真是個愛漂亮的小姑娘，吃麵條也挑好看的。「我答應給妳們做好吃的啊！若怡、若恬，可得吃完。」

「我們一定吃完！」每次吃飯都得丫鬟哄的兩個小孩挾起麵條，顫顫巍巍地往嘴裡送，跟著過來的兩個丫鬟想上前服侍，兩個小姑娘一擺手。「我們長大了，會自個兒吃。」
兩個丫鬟反射性掐自己一下，痛得倒抽一口氣，意識到不是作夢，轉頭看杜三妞。
杜三妞卻只顧著照看衛若怡，以防胳膊沒有筷子長的小孩戳著自個兒。

中午放學後，站在國子監門口的衛若恒和衛若忱迎來了人生第一次的重要抉擇——去不去杜家蹭飯？去杜家？必然會穿幫；不去？兩位少年不樂意去酒樓湊合。
然而，現實並沒有留給他倆太多時間。
衛若愉從裡面出來，四下裡一看。「我們家的馬車呢？」
小哥兒倆相視一眼，可以說小廝誤認為他們今天繼續去杜家就沒來接嗎？不能啊！
想了想，衛若恒率先開口。「我們想去姑父的酒樓裡吃飯，便打發他們回去了。」
太子登基後，安郡王大皇子被封為安親王，安親王的酒樓在內城最熱鬧、人氣最旺也最繁華的地段，和國子監隔一條街，走一刻鐘就到。
衛若愉打量他一番，自認為猜到真相。「想叫我請客，是不是？」
「二哥最好啦！」衛若恒沒來得及想這麼多，忙笑嘻嘻道：「我們快去吧，二哥。」一手拉著一個兄長。
然而第一天上課的衛若愉沒想過出去浪，身上只有半兩銀角子和幾個銅板，於是將荷包遞給小堂弟，涼涼道：「我倒是想，可是沒錢。」

衛若恒愣了愣，見他一副事不關己的樣子，脫口道：「夠了，我們少吃點。」

這下換衛若愉傻眼了。

衛若恒眼底精光一閃，信誓旦旦保證。「如果我倆吃太多，你就把我們留在那兒抵錢！」

「不錯，我就是這麼想的。」見衛若恒僵住，衛二少嗤笑一聲。「這麼點出息？可惜掌櫃不敢收你倆！」隨即往酒樓方向去。

酒樓坐落於皇宮東面，安親王買下酒樓時希望生意興旺發達，便起名東興樓。

衛家的飯菜不比酒樓裡差，除非必要，衛炳文兄弟倆很少去東興樓用餐，更不用說帶孩子去花冤枉錢了，結果導致東興樓的掌櫃不認識衛家的少爺們。

跑堂小二哥見三位少年衣著不凡，也只是把他們帶到人聲鼎沸的二樓大堂，而不是三樓安安靜靜的包廂裡。

衛若恒和衛若忱第一次來東興樓，坐下就忍不住往四處打量。

「先點菜。」衛若愉把菜單推給他倆。

衛若忱低頭一看。「咦？這個好方便啊！」指著面前的白紙和一旁裝訂成冊的菜單。

「要自己寫嗎？」

「您說小的寫也成。」

順著跑堂小二的視線，三人便看到筷籠旁邊有個黑炭，接著就聽到小二又說——

「只要把客官的座位號和點餐的號寫在這紙上就行啦！」

「誰發明的？好方便啊！」衛若恒想到就說：「我猜一定不是王爺。」

小二哥眼皮一跳，心下訝異，這位少年怎麼如此肯定？又聽到年齡最大的少年說——

「王爺若能想出這個，他早十年前就是天下首富啦！」

「小二哥，到底是誰？」衛若恒仰頭問。

小二哥心想：我也想知道你們是何方神聖，居然敢如此瞧不起今上的兄長！「小的不知。客官，點菜嗎？」

衛若恒臉色微變，怎麼點啊？隨隨便便一個紅燒肉都要六十文，紅燒魚更貴！「二哥請客，你來吧！」說著話，把菜單推回去。

三兄弟下午還有課，衛若愉也沒再逗他，點個魚和肉，又點兩碟素菜和一碗海鮮湯，一人一碗米飯。

小二哥走後，衛若忱就算出來錢了。「心真黑。三百文，夠我們一家吃兩天的。」

「沒見識的小鬼！」旁邊桌上的人一聽這話，鄙視道：「沒錢就不要來這裡吃飯，這裡吃的是飯嗎？」

「不是飯是什麼？」衛若恒見小堂哥被欺負，立馬回嗆。「你倒是給我吃出花來！」

「吃的是人脈。」衛若愉悠悠道：「東興樓的客人不是達官貴人就是皇親國戚，隨隨便便搭上一個，像他這種人得立馬回家燒香拜佛。」

「你——」對方一噎，但不得不承認他說的是事實。

衛若愉笑道：「我什麼？我家不需要，所以我的兩個弟弟才不知道。若恒、若忱，以後再遇到這種人離遠點，否則，不明真相的人還以為他和我們有什麼關係呢！」

「嗤哈哈哈……你們別看我，我笑點低。」突然開口大笑的人拿起扇子擋住臉，另一隻手慌忙擦掉嘴邊的茶水。「這位小兄弟說的也沒錯，如果這位客人面帶笑容，我會當你們認識，關係還不錯呢！」

「你！」被點名的人臉色通紅，嘴巴動了動，半晌才憋出一句。「你知道我是誰嗎？」

「那你又知道他是誰嗎？」笑點極低的青年男子指著衛若愉。「他身上的袍子足夠你在東興樓吃三天。據我所知，城中有三位年齡相仿的少爺的人家可不多，而且還都在國子監上學。」

「你怎麼知道我們在國子監？」衛若忱好奇地問。

男子說：「離這邊最近的學堂便是國子監，算著時間，剛放學你們就過來了。衛少爺，我猜的對嗎？」

「衛、衛少爺？」小二哥手一抖，紅燒肉差點摔在衛若愉身上。

衛若愉起身接過來。「不錯。天熱不想回去，來這邊吃點。若忱、若恒，吃飯。」拿起筷子挾一塊紅燒肉入口。「咳！這什麼玩意兒？」

眾人沒想到他突然放過挑釁的人，一時沒反應過來，見他把肉吐桌子上，又是一愣。

「有、有問題嗎？」小二哥心臟緊縮，這三位故意來找茬的嗎？

「又鹹又甜，還這麼膩，你們廚子就這手藝？」衛若愉眉頭緊皺。

衛若恒挾起一塊，咬一半，剩下一半果斷放回去。「真下飯。吃完這碟紅燒肉，我得喝一壺水，剩下的菜都省了。」

「沒有這麼差勁吧？」周圍食客紛紛拿起筷子，沒點紅燒肉的客人挾別人的嚐嚐。「還好啊！」

小二哥眼中一喜，可一想到衛家和安親王的關係，衛家少爺不可能故意找茬，所以又說：「衛少爺，小的給您換別的？」

「不用了，我們趕時間。」衛若愉並不是故意找茬，等清蒸魚和素菜上來，雖然魚有些腥，青菜炒得老，好在還能入口，就著吃兩碗米飯就下去結帳。

掌櫃聽說衛家三位公子對飯菜不滿意，差點嚇尿，哪敢收他的銀子？非但如此，還送他一包饊子，給他們下午吃。

在他們走後，掌櫃立刻去廚房瞭解情況。

翌日早上，衛若恒就向他二哥坦白從寬，三兄弟一起背著長兄去杜家蹭飯了。

杜三妞聽說他們昨天晌午沒吃飽，被怪味紅燒肉噁心得不行，最近都不想吃豬肉，便和錢娘子一塊兒去買些海鮮。

晌午做的油燜大蝦、清蒸小黃魚、酸菜魚和蒜蓉生菜，主食是蚵仔煎。然而等衛家哥仨到杜家，菜只剩一半。

衛若愉看了看滿嘴油光的衛若恬，和坐在杜三妞懷裡嚷嚷著還要吃蝦的小妹若怡，嚴重懷疑衛大少是故意的。

杜三妞見三兄弟站在門邊不進來，奇怪道：「不餓啊？」

「餓，餓得能吃下一頭牛！」衛若忱看見小妹臉上兩塊蝦皮，嘴角抽搐。「妳倆早上沒在家吃飯？」

「不好吃。」特別討厭青菜的衛若恬神色自若地嚥下丁春花挾的小青菜。

看出來了！衛若忱心想：在家的時候吃點菜葉像要妳們的命，倒是會在嫂嫂面前賣乖！

「嫂子，米飯呢？我盛飯。」

「沒飯。吃吃……吃蚵仔煎。」衛若怡指著面前的盤子。「好好吃哦！」挖一勺塞嘴裡，揚起勺子給他看，吃光光啦！

杜三妞想笑。「別亂動彈。若愉，東西得現做現吃，廚房裡有調好的木薯粉和綠豆粉，叫錢娘子給你們做，一會兒就好。」

的確很快。海蠣煎至八成熟，倒入麵糊攤成圓餅，麵糊凝固，打個雞蛋，撒上蔥花和香菜，煎至雞蛋完全凝固後盛出來，根據個人口味澆些豆瓣醬或者茱萸醬，三份做好不用一刻鐘。

衛若恒低頭嗅嗅，居然聞不到腥味，不禁感慨。「嫂子真會吃。」

「杜叔和嬸子說，三妞姊前世是廚子，還是御廚級的，我覺得很對。」衛若愉並不急著出去，明明手上端著熱氣騰騰的蚵仔煎，還繼續翻箱倒櫃找吃食。

錢娘子不是第一次見他這般作態，七、八年過去依然很無語。「二少爺，少夫人給你們準備的點心還沒蒸好。」指著牆角冒煙的爐子。「怕耽誤晌午做飯，就用爐子蒸紅豆，這會兒正在蒸江米。」

「又是江米、又是紅豆，三妞姊準備做什麼？」衛若愉掀開鍋蓋，確實如此。

錢娘子搖頭。「老奴也不曉得，這你得去問少夫人。」

「算了，反正下午就能吃到。」蚵仔煎沒開吃就惦記半成品?衛若愉不會讓自己看起來像個貪得無厭的人。然而，他的兩個妹妹卻很貪。

杜三妞怕她倆吃海蠣不消化，便只許她倆吃蚵仔煎裡的雞蛋和粉，以及蝦肉和魚肉。怎奈兩小隻第一次吃油燜大蝦和酸菜魚，酸菜又開胃，以致衛若愉三個從廚房裡回來時，姊妹倆已吃得肚兒圓，卻還叫著「嫂嫂，沒飽呢，可以再吃點嗎」。

「可以啊！」杜三妞答應得很乾脆。

衛若愉不贊同地皺了皺眉，張嘴想提醒。

杜三妞抬頭瞥他一眼，就說：「錢娘子還做了很好吃、很好吃的點心，妳們要吃幾個？」

「啊？」兩小隻睜大眼，就見杜三妞點了點頭。小姊妹倆猶豫不決，想了好一會兒才道：「嫂嫂，我要洗手，我要睡覺。」睡醒再吃多多。

杜三妞抿抿嘴，忍著笑把懷裡的小姑娘遞給丫鬟，隨後去房裡看著她倆午睡。

兩姊妹睡著，衛家三兄弟也去休息時，杜三妞教錢娘子把紅豆沙放入蒸熟的江米中，揉成團，壓扁，放在麻油裡煎至兩面金黃，糯米糍粑就成了。

外香裡軟，寡淡的江米分去紅豆沙的甜，衛若愉醒來就吃了一個。如果不是杜三妞提醒他吃多不消化，他能把杜三妞給他準備的四個餅吃光光！

衛若恒和衛若忱與杜三妞認識的時間不久，但她沒厚此薄彼，每人都準備了四個餅，用煞白的紙包裹好放到包裡，送他們出去。

「少爺，行行好吧……」打頭的衛若愉被一個十歲左右的少年堵個正著。

杜三妞三兩步走過去，見對方手裡拿著個帶缺口的白瓷碗，身上衣服乾乾淨淨，連個補丁也沒有，詫異不已。古代乞丐的畫風這麼清奇？想了一下後，問：「你要錢還是要吃的？」

「吃的。」少年脫口而出。

杜三妞頓時確定他是真窮，轉頭就說：「若愉，把你的糍粑給他。」

「三妞姊……」衛若愉不捨得啊！

杜三妞瞪眼，他立馬拿出來放少年碗裡。少年面色微紅，眼裡閃著晶瑩，杜三妞心裡有些堵，莫名想到前世被父母遺棄的自己。「若恒、若忱。」

「給你。」少年面前多出兩包東西。「不、不用了，這些夠、夠了！」

「李家小子，你家還有姊姊妹妹呢！」趴在門邊圍觀的婦人突然開口。

杜三妞循聲看過去，挑眉道：「妳認識他？」

婦人神色坦然地道：「認識，是我叫他在門口守著的。」見四人臉色驟變，婦人繼續道：「我知道妳是衛家未過門的少夫人，這三位是衛家的少爺。我不是故意打聽的，衛大人家的婆子送兩位小姐過來的時候，街坊認出來了。」

「原來如此。」杜三妞轉頭衝裡面喊：「錢明，帶他去找大少爺！」

少年和婦人皆一愣。「妳都不問什麼事？」

「我問有用嗎？」杜三妞說著話，打量她一番。「看穿著，妳家應該挺富裕的，又這麼熱心，但不說接濟他，卻讓他來堵我們，可見他家不單單是因為家貧吃不上飯吧？」

「他還能有什麼事？」衛若恒好奇了。

杜三妞直言道：「你得罪了什麼人？」

少年愣了愣，下意識看向旁邊的婦人。

婦人說：「這孩子從小沒爹，上個月她娘出去幫人家說媒，驢不知怎麼驚了，他娘從車上摔下來，頭磕在石頭上就這麼去了。雖說剩下他們姊弟三個，家裡有驢有房，日子也能過得去。可是他殺千刀的嬸子要把他姊姊、妹妹賣去王府，把他家的驢車、鍋碗瓢盆、柴米油鹽全弄走，還揚言他姊姊和妹妹不去王府就餓死他們。」

「豈有此理！」衛若忱大怒。

杜三妞拍拍他的肩膀，示意他稍安勿躁，而後似笑非笑地看著隔壁的婦人。「還不說實話？」

婦人正想說「我說的是真的」，一對上那烏黑的眸子，心中一驚，還沒反應過來就說：「他嬸子的娘家妹子是王府庶妃。」

「哪位王爺？」杜三妞又問。

婦人頭皮發麻。「是、是……」

「二王爺還是三王爺？」杜三妞再問。

少年下意識後退兩步。「衛少夫人，謝謝妳，不用了。」

「等等，我嫂嫂又沒說不幫你！」衛若愉喊住他，衝弄鬼的婦人道：「還不快說?!」

「是……二王爺，賢王殿下。我、我只知道這些，幫不幫隨便你們，和我沒關係！」婦人說完，忙退到屋裡去。

——未完，待續，請看文創風627《妞啊，給我飯》3（完結篇）

3 月 PUPPY 美麗的邂逅

Doghouse X PUPPY

## 一夜歡

花花世界，霓虹燈下，
男人為歡而愛，女人為愛而歡，
當黎明來臨，激情褪散，
這一夜是偶然擦撞的火花，
抑或將點燃出恆久的光芒？

NO／515

### 一夜拐到夫 著 宋雨桐

這個行事作風霸氣冷漠的男人，現在是在勾引她沒錯吧？
可，他不是她今晚想色誘的目標耶！他這誘惑她的舉動，
分明是逼她把他當種馬嘛！她絕對不是故意碰他的喔……

NO／516

### 搞定一夜情夫 著 季茈

發生一夜情，還鬧出「人命」，完全顛覆了她的生活！
但是當雷紹霆突然出現在她面前、不斷糾纏她之後，
她決定主動出擊，搞定這個男人，讓孩子有個爸爸！

NO／517

### 一夜夫妻 著 左薇

唐海茵很意外，像莫傑這樣的鑽石級單身漢居然會看上她，
還對她展開熱烈的追求，甚至開口要求她嫁給他。
她覺得就像麻雀變鳳凰，卻發現他會娶她並非是因為愛……

NO／518

### 一夜愛上你 著 梅莉莎

原本以為跟他只是一夜情，從此以後不再有交集，
但她卻情不自禁愛上他，還偷偷生下他的孩子……
沒想到如今再度重逢，他竟然成了她的僱主?!

Hi-Life

**3/21** 在 **萊爾富** 與妳邂逅　**單本49元**

文創風
626

# 妞啊，給我飯 2

國家圖書館出版品預行編目資料

妞啊，給我飯 / 負笈及學著. --
初版. -- 臺北市 : 狗屋, 2018.04
冊 ; 公分. --（文創風）
ISBN 978-986-328-851-0（第2冊：平裝）. --

857.7 107002735

著作者 負笈及學
編輯 黃淑珍
校對 沈毓萍 蔡佾岑
發行所 狗屋出版社有限公司
地址 台北市104中山區龍江路71巷15號1樓
電話 02-2776-5889～0
發行字號 局版台業字845號
法律顧問 蕭雄淋律師
總經銷 知遠文化事業有限公司
電話 02-2664-8800
初版 2018年4月
國際書碼 ISBN-13 978-986-328-851-0

本著作物由北京晉江原創網絡科技有限公司授權出版

定價250元
狗屋劃撥帳號：19001626
網址：love.doghouse.com.tw E-mail：love@doghouse.com.tw